Rebecca Niazi-Shahabi
Leichte Liebe

Roman   Rowohlt · Berlin

1. Auflage März 2009
Copyright © 2009 by Rowohlt · Berlin
Verlag GmbH, Berlin
Satz aus der Adobe Garamond PostScript, InDesign,
bei Pinkuin Satz und Datentechnik, Berlin
Druck und Bindung CPI – Clausen und Bosse, Leck
Printed in Germany
ISBN 978 3 87134 621 7

Für Oliver

Ich weiß nicht, wo er ist», sagt Martha. «Bei mir hat er sich nicht gemeldet. Und falls du ihn sprechen solltest, kannst du ihm von mir ausrichten, dass er sich auch nicht mehr zu melden braucht.»

Beinahe fünf Wochen ist es jetzt her, dass Martha zuletzt etwas von Antoine gehört hat. An einem Mittwochvormittag hat er nach einem Telefonat ihre gemeinsame Wohnung in München-Schwabing verlassen und ist seitdem nicht wieder aufgetaucht. Sie hat keine Ahnung, wohin er wollte und mit wem er kurz vorher gesprochen hat. Und auch sonst scheint niemand zu wissen, wo er ist, denn ständig rufen irgendwelche Leute bei Martha an, die ihn ebenfalls seit dem besagten Mittwoch nicht mehr gesehen haben: Jeden Tag ab elf Uhr klingele ununterbrochen das Telefon, sie gehe ja schon gar nicht mehr ran, klagt Martha, denn in den seltensten Fällen sei es für sie. Es mache ihr nämlich keinen Spaß, beschwert sie sich weiter, nahezu täglich mit Antoines Freunden zu reden. «Wenn er da ist, macht er nur Ärger, und wenn er nicht da ist, auch», sagt sie. Sie komme wirklich nicht zur Ruhe. Und Ruhe sei etwas, was sie nach all den Jahren dringend nötig habe.

Auch ich gehöre zu den Leuten, die ihre Ruhe stören: Seit vier Wochen rufe ich jeden zweiten Morgen bei ihr an, um zu fragen, ob mein Vater sich gemeldet hat, und jedes Mal antwortet sie, dass er das nicht getan hat. Inzwischen brauche ich sie gar nicht mehr zu fragen – schon wenn sie meine Stimme hört, erklärt sie barsch: «Er ist nicht da, du hättest nicht anzurufen brauchen», und dann beklagt sie sich, wie unmöglich es von ihm sei, sich einfach so fortzuschleichen, und was er alles hätte erledigen müssen, aber nicht erledigt habe, bevor er an jenem Mittwoch aus dem Haus ging: das Auto abmelden, das nasse Laub auf der Terrasse aufkehren, einkaufen, die Küche putzen und die Wäsche aufhängen, die er zwei Tage vor seinem Verschwinden gewaschen hat. Nun hat Martha die Wäsche ein zweites Mal gewaschen und selbst aufgehängt, die Küche und das Bad geputzt, das Auto abgemeldet, die Raten für den Kredit eingezahlt und eine neue Glühbirne in die Flurlampe geschraubt. Das Ergebnis dieser Anstrengungen war vorhersehbar: Sie hat wieder Rückenschmerzen. Zwei Nächte habe sie vor Schmerzen nicht schlafen können, und über eine Woche lang habe sie täglich ihre Ärztin aufsuchen müssen, um sich eine Spritze geben zu lassen. Schlecht gehe es ihr, um nicht zu sagen: entsetzlich schlecht. Aber wie es ihr geht, dafür hat sich Antoine ja noch nie interessiert.

«Mir ist egal, wo er ist», höre ich ihre Stimme aus dem Telefonhörer, den ich ein Stück von meinem Ohr entfernt halte, ich verstehe trotzdem jedes Wort. «Am liebsten wäre es mir», sagt sie, «er käme nur noch ein einziges und letztes Mal vorbei und holte den Müll ab, den er hier sechsunddreißig Jahre lang angesammelt hat. Der Schrank in seinem Zimmer ist vollgestopft mit Zeug: Lederjacken, Hemden mit Kugelschreiberflecken auf der Tasche, Hosen und kaputte Schuhe, alte Koffer und wer weiß, was noch alles.

Überall im ganzen Haus liegen seine Sachen rum, den Keller kann man gar nicht mehr betreten, das Auto ist ein einziger Aschenbecher, ganz unten im Wäschekorb schimmeln seine Jeans.»

Was ich wissen wollte, weiß ich jetzt, und das, was nun folgt, kenne ich auswendig: Martha hat anderes zu tun, als hinter meinem Vater herzutelefonieren und ihn anzuflehen, doch wieder zu ihr zurückzukommen. Ganz im Gegenteil: Sie wäre froh, wenn er bei irgendeiner anderen untergekommen wäre, auch wenn es ihr leidtäte um diese Frau, die sehr schnell herausfinden werde, wie es sich lebt mit einem Mann wie ihm.

Sorgen scheint Martha sich keine zu machen. Ich halte den Hörer wieder ans Ohr und frage in ihren Redestrom hinein: «Und wenn ihm was passiert ist?» Sie schnaubt halb verächtlich, halb belustigt: «Frag doch eine seiner Freundinnen, wo er steckt.» Und bevor sie weiterreden kann, sage ich: «Das habe ich schon.»

Diese unerwartete Wendung unseres Gesprächs bringt uns beide aus dem Konzept. Sie schweigt mehrere Sekunden, ich wundere mich, wie mir dieser Satz rausrutschen konnte, und überlege, wie ich das wiedergutmachen kann. Viel Zeit habe ich nicht, denn Martha gewinnt natürlich als Erste ihre Fassung zurück und sagt kühl und vollkommen beherrscht: «Du Verräterin. Ich habe dir vertraut, ich habe geglaubt, du bist anders als dein Vater. Ein durchtriebenes Stück bist du, setzt dich an meinen Küchentisch und lachst mir ins Gesicht, obwohl du dich kurz vorher mit ihm und seinen Schlampen getroffen hast, hier um die Ecke in den Schwabinger Cafés, sodass alle sehen können, wie dein Vater mich hintergeht.» Ich zucke zusammen, denn sie hat ja recht:

Mein Vater ist so stolz auf jede einzelne seiner Eroberungen, dass er sich nicht verkneifen kann, sie mir vorzustellen, wenn ich in München bin. Oft, wenn er sich angeblich nur mit mir allein zum Mittagessen im Café Atzinger oder im Schellingsalon treffen wollte, war, kaum dass wir uns gesetzt hatten, eine elegant gekleidete Dame an unseren Tisch getreten, die mir verlegen die Hand reichte und beteuerte, wie froh sie sei, endlich Antoines Tochter kennenzulernen. Es war mir tatsächlich schwergefallen, zwei Stunden später vor Martha so zu tun, als ob ich von dieser oder den anderen Frauen nichts wüsste.

Ich antworte ihr lieber nicht, jede Entgegnung würde dieses unangenehme Gespräch verlängern.

Um wie viel spannender als mein eigenes ist das Liebesleben dieser siebzigjährigen Frau. Sie fühlt Eifersucht, Wut und Erleichterung und erlebt Versöhnung. Wenn mein Vater wiederkommt, wird er Blumen und Geschenke mitbringen, sie bekochen und ausführen. Wie dumm und ungeschickt von mir, dass ich ihr offenbart habe, wie viel ich über sie und ihn weiß.

Sie hat fast wieder zu ihrem üblichen Tonfall zurückgefunden. Irgendwie ist es beruhigend: Wenn sie sich nicht sorgt, dann kann ihm auch nichts passiert sein, denke ich. In diesem Moment sagt sie traurig und wie zu sich selbst: «Es ist absurd, dass ausgerechnet ich an einen Menschen wie deinen Vater geraten bin.»

Ich fühle mit ihr. Durch meinen Vater ist sie auch an mich geraten, und ich bin an sie geraten, und fremder können sich zwei Menschen nicht sein. Durch sein Verschwinden sind wir nun gezwungen, jeden zweiten Tag miteinander zu sprechen. Ich hätte nicht anrufen sollen. Ich bin mir aber leider überhaupt nicht sicher, ob sie mich anrufen würde, wenn sie eines Vormittags entdecken würde, dass er im Laufe der Nacht nach Hause gekommen ist und nun in voller Montur schlafend auf der Wohnzimmercouch liegt. Martha sagt nichts mehr, das Telefonat ist zu Ende.

Wie jedes Mal bitte ich sie, sich bei mir zu melden, sollte sie etwas von meinem Vater hören. Doch bevor ich diesen kurzen Satz beendet habe, fällt sie mir mit einem «Mach's gut» ins Wort und legt auf.

Es ist nicht das erste Mal, dass mein Vater einfach verschwindet. Menschen, die ihn gut kennen, wundern sich eher, wenn er zur vereinbarten Zeit am vereinbarten Ort erscheint. Er kann mitten auf der Straße während eines Spaziergangs oder Einkaufes entscheiden, dass er anderes, Wichtigeres zu tun hat – ein kurzes Wort, und schon rennt er über die Ampel. Ruft man ihn zwei Tage später an, tut er so, als wäre nichts geschehen, was einer Erklärung bedürfe. Einige Begebenheiten dieser Art sind mittlerweile legendär und werden in seiner Familie immer wieder erzählt, sobald das Gespräch auf ihn kommt: In den Siebzigern beispielsweise war er nach Israel gereist, um seine Mutter in Hulon, einem Vorort von Tel Aviv, zu besuchen. Dort war er dann am Vormittag nach seiner Ankunft aufgestanden und hatte seine Mutter gebeten, ihm einen Kaffee zu machen. Währenddessen wollte er sich unten am Kiosk eine Schachtel Zigaretten holen. Zwei Wochen später hat er wieder an ihrer Tür geklingelt. Meine Großmutter soll ihn mit dem knappen Satz «Dein Kaffee ist kalt» empfangen haben. Am nächsten Morgen ging sein Flug zurück nach München.

Ob er für eine halbe Stunde verschwindet, für Wochen

oder für ein Jahr – im Grunde erzählen diese Abwesenheiten sein Leben. Bis heute hat er keinen Beruf erlernt und auch sonst nichts zustande gebracht. Wie soll man etwas zustande bringen, wenn man es nirgendwo lange aushalten kann.

Mein Vater war dreizehn, als die Franzosen 1954 Marokko in die Unabhängigkeit entließen und die Situation für den jüdischen Teil der Bevölkerung immer schwieriger wurde. Mein Großvater beschloss, die Familie müsse auswandern, und endlich war keine Rede mehr davon, dass mein Vater – außer in Französisch – so schlechte Noten hatte. Während der Vorbereitungen für die Abreise ging er gar nicht mehr zur Schule, drückte sich wie früher schon im Hafen herum, für diese letzten Wochen jedoch ganz ohne schlechtes Gewissen: Das neue Leben in Paris – eine Stadt, von der er träumte, solange er denken konnte – würde er disziplinierter angehen.

Beginnen musste mein Vater die Sache allerdings allein und in Israel: Denn während seine Eltern mit seinen vier jüngeren Geschwistern nach Paris zu ihrem ältesten Sohn Romain reisten, wurde er zu seiner Überraschung auf ein Schiff Richtung Haifa gesetzt. In Haifa empfingen ihn seine Schwester Colette und ihr Mann und nahmen ihn mit in den Kibbuz, in dem sie bereits seit zwei Jahren lebten. Ein Kibbuz in einer heißen und öden Wüste ist kein Ersatz für Europa, für Pariser Cafés, Theater- und Opernaufführungen. Die strengen Regeln aber, die dort herrschten, ließen ihm kaum Zeit, dies zu bedauern.

Wie es weiterging, als Slomo und Alice Hasidim drei Jahre später schließlich in Israel eintrafen, ist ebenfalls Familienlegende: Kaum war Antoine zu seiner Familie in die winzige Dreizimmerwohnung gezogen, die der Staat für die Familie bereitgestellt hatte, verschwand er für mehrere Monate. Niemand hatte Zeit, den Lieblingssohn meiner Großmutter zu suchen. Alle waren mit den Widrigkeiten des neuen Lebens beschäftigt. «Er ist ein Jude unter Juden», soll mein Großvater gesagt haben, «hier wird ihm nichts geschehen.» Meine Großmutter hat die Dinge immer schon weniger romantisch gesehen, doch mehr, als in der neuen Nachbarschaft nach ihrem Kind herumzufragen, hat auch sie nicht tun können.

Niemand weiß, wie viel Angst meine Großmutter um meinen Vater hatte, denn sie sprach nicht darüber. Keins ihrer Kinder hat ihr solche Probleme bereitet wie Antoine – auch in Israel ist er nicht regelmäßig zur Schule gegangen, verbrachte vielmehr die drei Jahre bis zum Militärdienst am Strand von Tel Aviv und in den nahegelegenen Bars, und 1961, mit zwanzig Jahren, verließ er das Land und fuhr als Küchenhilfe zur See.

Ein Einberufungsbescheid rief ihn 1967 aus Deutschland zurück, wo er sich gerade aufhielt: Der Sechstagekrieg hatte begonnen, und tatsächlich tauchte mein Vater am sechsten Juni 1967 im Rekrutierungscamp Tel Hashomia auf und meldete sich beim zuständigen Major Dani Grüner, um von diesem in eine neue Uniform gekleidet und mit einer Uzi ausgerüstet zu werden, dann mit zwölf anderen Soldaten in den Sinai zu fahren, wo er helfen sollte, die Pässe Mitla und Gide zu erobern, dort aber nur fünfzehn Minuten nach der Ankunft sein Gewehr in einem Gebüsch versteckte und floh. Beduinen, die in der Nähe ihr Lager aufgeschlagen hatten, nahmen ihn auf, und vier Tage später wurde er von einem Soldaten seiner Kompanie erkannt, der in der Gegend eine Patrouillenfahrt machte. Mein Vater entging dem Disziplinarverfahren nur, weil er Arabisch sprach und für die ägyptischen Kriegsgefangenen im Gefängnislager Atlit als Übersetzer gebraucht wurde.

Während dieses Aufenthaltes in Israel enttäuschte er aber nicht nur seinen Staat, sondern auch wieder seine Familie, denn gleich nach Kriegsende lieh er sich das Auto seines Bruders Marcel, um nach Eilat ans Rote Meer zu fahren, bevor sein Flug zurück nach Deutschland ging. Es war heiß im Sommer 67, und er hatte vergessen, rechtzeitig Kühlwasser nachzufüllen. Kurz vor dem Ziel streikte der heißgelaufene Motor, mein Vater schob das Auto an den Straßenrand, ließ es dort kurzerhand stehen, ging zu Fuß weiter nach Eilat und reiste von dort, ohne sich bei seinem Bruder auch nur zu melden, wieder nach Deutschland zurück.

Wen er später noch in New York, Marseille, Bremen oder Amsterdam hat stehenlassen, oder wer heute noch in Paris und Granada darauf wartet, dass mein Vater ihm wiedergibt, was er sich einst geliehen hat, weiß nur er selbst, denn zwischen 1967 und 1970 hat niemand etwas von ihm gehört.

Dreieinhalb Jahre nach seinem Verschwinden war er dann plötzlich wieder zurück in Deutschland und schloss knapp zwei Jahre darauf an einem Vormittag im Frühling 1973, kurz nach seiner Heirat mit Martha, den gemeinsamen Antiquitätenladen zu, ging in die Mittagspause und blieb für vier Monate weg. Der Grund für seine Abwesenheit war eine damals legendäre Schwabinger Schönheit, hochgewachsen, blond, stolz und finanziell unabhängig. Er hatte sie an diesem Mittag auf der Leopoldstraße getroffen, man trank einen Kaffee, dann hatte man Lust, in einem

Restaurant zu Mittag zu speisen, andere Freunde kamen hinzu, und am Abend ging man in großer Runde zu ihr, in ihre elegante, großzügige Eigentumswohnung. Viele bemühten sich damals um diese schöne Besitzerin zweier gutgehender Boutiquen in der Münchner Innenstadt, und meinem Vater schmeichelte es natürlich unendlich, als sie in den frühen Morgenstunden ihn von allen Anwesenden auserwählte, den Rest der Nacht und den Tag darauf in ihrem Bett zu verbringen. Sechzehn Wochen war mein Vater ihr Geliebter. Saß in den Schwabinger Cafés, besuchte Bars, Diskotheken und teure Clubs, trank exquisite Weine, ging einkaufen und aß in den besseren Restaurants: Sie zahlte alles. Das war doch etwas ganz anderes als die Geschichte mit Martha. Wer von wem genug hatte nach diesen sechzehn Wochen, weiß man nicht, aber noch am selben Tag, als er bei der Boutiquenbesitzerin seine alten und neuen Sachen gepackt hatte, kehrte er zu Martha zurück.

Unzählige Menschen, vor allem Frauen, hat mein Vater im Laufe seines Leben stehen- und im Stich gelassen, betrogen, nicht abgeholt und versetzt. Und je größer die Schuld ist, die er auf sich geladen hat, desto länger dauert es, bis er sich wieder meldet.

Ich habe ihn sieben Jahre lang nicht gesehen, nachdem ich nach einem Umzug ein paar Möbel von mir und meinem Freund bei ihm in München untergestellt und er dann offensichtlich kurzerhand dessen Jugendstilsofa verkauft hatte: Als ich mit ihm absprechen wollte, wann wir vorbeikommen können, um das wertvolle Möbelstück wieder abzuholen, war er telefonisch einfach nicht mehr zu erreichen gewesen.

Meinen Cousin Alon hat er 1998 auf einer Reise mit

vier seiner Kommilitonen in Casablanca sitzenlassen. Erst ein knappes Jahr später hat man wieder etwas von ihm gehört.

Geblieben von dieser Reise sind acht Stunden ungeschnittenes Filmmaterial, das Alons Abschlussfilm für die Filmakademie in Tel Aviv hätte werden sollen, es nach dieser unerfreulichen Reise jedoch nicht geworden ist und nun bei meiner Tante Miriam im Küchenschrank liegt. Ich habe mir eine Kopie davon schicken lassen, nachdem ich von dieser Reise gehört hatte.

Eine Kassette zeigt Aufnahmen vom Strand von Casablanca, mein Vater steht in der Sonne und schwärmt davon, wie reich die Hasidims waren, vor 1954. So reich, dass Alice und Schlomo Hasidim jedes Wochenende zwei große weiße Zelte an diesem Strand aufstellen ließen, und in diesen Zelten servierten ihre Diener Tee und Kuchen für die Armen. Im Hintergrund sieht man neugierige Kinder, fast nur Jungen, auf und ab hüpfen. Weil jeder gerne vor die Kamera möchte, drängeln und schubsen sie. Mein Vater lacht und erzählt auf Arabisch weiter, wie es hier an dieser Promenade ausgesehen hat in den Fünfzigern, und plötzlich stehen alle Kinder still und hören zu.

Dann das Gesicht meines Vaters in Nahaufnahme, stumm und sehr deprimiert. Man sieht, er ist entsetzt über den Anblick des Café de Paris, einst eines der elegantesten Cafés von Casablanca, an einem ehemals schönen Platz gelegen, auf dem mein Großvater mit einem der ersten Autos der Stadt eine Runde gedreht haben soll, um die französischen Damen in ihren weißen Kleidern zu beeindrucken. Niemand sagt etwas, man hört nur die leise gemurmelten Anweisungen meines Cousins Alon. Ein Schwenk über das Publikum des Café de Paris, Männer, die Tee trinken und

Backgammon spielen, im Hintergrund mein Vater, wie er seine Zigarette wegwirft. Das Café ist voll, die Menschen sitzen auf denselben rotgepolsterten Stühlen von einst, nur sind diese nun vollkommen zerschlissen. Auf einem dieser Stühle hat vielleicht mein Großvater gesessen und hat mit den französischen Damen geplaudert bei einer Tasse Kaffee oder einer echten holländischen Schokolade. Und wieder das Gesicht meines Vaters, angespannt, in seinen nervösen Händen eine Zigarette. Man hört einen Kommilitonen von Alon, der versucht, meinen Vater zum Erzählen zu animieren, doch dieser wendet sich unwillig ab. Die Kamera zeigt, was mein Vater sieht: den Marktplatz, den ungeteerten, schlammigen Boden. Seitenstraßen mit Teerfackeln und den Resten von alten Stromleitungen, den Abfall, die Tiere, den Dreck und die bettelnden Kinder. Plötzlich ist es Nacht, und die Menschen gehen in ihren Djellabas mit Fackeln durch die engen Gassen. Die Szene erinnert an einen Mittelalter-Kostümfilm. Drei Minuten später ist schon wieder Tag, und man erkennt das ehemalige französische Viertel mit den Art-déco-Häusern, wie ausgestorben, kein Mensch ist auf der Straße, aber da war mein Vater schon nicht mehr dabei: Am Abend zuvor hatte er auf dem Parkplatz mit einem Freund von Alon einen Streit angefangen, und die Filmcrew hat die Reise ohne ihn fortgesetzt – mit wenig Erfolg, wie mir Miriam in dem Brief schrieb, den sie den Filmkassetten beigelegt hatte.

Auf unserer vorletzten gemeinsamen Reise nach Israel im Sommer vor zwei Jahren erkannte meine hundertjährige Großmutter ihren Lieblingssohn nicht mehr. Hatten wir nur für kurze Zeit das Wohnzimmer verlassen, um etwas aus der Küche zu holen oder ins Bad zu gehen, fragte sie ihre philippinische Pflegerin, wo all die Besucher hingegangen seien. Einen Abend lang saß ich allein mit ihr und der Pflegerin auf dem Sofa vor dem Fernseher, und meine Großmutter fragte in einem fort nach ihren Kindern: «Wo ist Pierre, wo ist Miriam, wo ist Colette, wo ist Marcel, und wo ist Antoine?» Wie oft wir ihr die Fragen auch beantworteten, nach ein paar Minuten des Schweigens fing die Fragerei von vorn an.

Als mein Vater mich an diesem Abend mit dem Auto aus Hulon abholte und nach Tel Aviv brachte, fiel mir plötzlich wieder die Geschichte seines kurzen Besuches Anfang der Siebziger ein. Ich fragte ihn, ob er sich denn erinnern könne, wo er die berühmten zwei Wochen vor vierunddreißig Jahren gewesen sei. «Welche zwei Wochen?», fragte er zerstreut zurück, denn wir standen gerade an einer Kreuzung. «Na, die mit dem Kaffee», sagte ich. Das Stichwort genügte. Mein Vater bog rechts ab, wechselte die Spur, und nachdem er sich eine neue Zigarette angezündet hatte, vertraute er mir nicht ohne Stolz das fehlende Detail an – den Pointenkiller sozusagen: Er sei hinunter zum Kiosk gegangen, daran könne er sich noch genau erinnern, erzählte er, und gerade als er die Zigaretten habe bezahlen wollen, habe hinter ihm ein Auto gehalten. Eine Frau habe das Fenster heruntergekurbelt und seinen Namen gerufen. Diese Frau hatte er vier Jahre zuvor am Strand von Tel Aviv kennengelernt, eine interessante und sehr anziehende Frau, und seitdem hatte mein Vater sie nicht mehr gesehen. Kurz haben sie miteinander geredet – worüber, wisse er heute nicht mehr –, und dann habe sie ihm gesagt, sie sei auf dem Weg nach Eilat, ob er nicht mitkommen wolle. Ein eindeutiges Angebot, betonte mein Vater und vergewisserte sich mit einem

Seitenblick, ob ich auch verstand. Eines, das man sofort annehmen oder ablehnen müsse. Eines, dessen besondere Stimmung man durch den Satz «Ja gerne, aber ich muss mich noch von meiner Mutter verabschieden und saubere Unterwäsche einpacken» nur zerstören könne. «Wenn dir eine Frau» – und er senkte seine Stimme bei dem Wort Frau – «ein solches Angebot macht», sagte mein Vater, «dann gibt es nur eins: Du steigst ein.»

Ich rufe in München an, in Chemnitz, in Israel, in Frankreich, in Ungarn. Niemand hat etwas von meinem Vater gehört. Allerdings hat auch kaum jemand erwartet, von meinem Vater zu hören: Der Unterschied zwischen dem üblichen Nichtmelden meines Vaters und diesem besonderen Nichtmelden meines Vaters erschließt sich den meisten nicht, die ich nach ihm frage. Da mein Vater mir stets stolz die Telefonnummern seiner Eroberungen diktierte und ihnen wiederum meine Nummer zu geben pflegte, habe ich einen guten Überblick über seine weiblichen Bekanntschaften der letzten Jahre. Mit einigen habe ich auch schon lange und ermüdende Telefongespräche über das problematische Zusammensein mit meinem Vater geführt, ohne Erfolg. Es war keineswegs so, dass ihre Namen von da an in den Erzählungen meines Vaters nicht mehr auftauchten. Nur diese Frauen sind empfänglich für Nuancen, was meinen Vater betrifft. Sie sind sehr bemüht, ihre Erleichterung zu verbergen, wenn sie von mir erfahren, dass er nun schon seit Wochen vermisst wird, und enthusiastisch bieten sie an, mir bei meiner Suche zu helfen. Ohne Zweifel wäre es ihnen lieber, man findet ihn erschlagen in einem Waldstück neben einem

Autobahnparkplatz, als dass sich herausstellt, dass er sich nicht bei ihnen meldet, weil er eine neue Freundin hat.

Auch die Familie in Israel ist nicht besorgt. «Du kennst doch deinen Vater», sagt mein Onkel Romain am Telefon, Antoines ältester Bruder, der ihn nun schon mehr als ein halbes Jahrhundert hat suchen müssen, seit sage und schreibe 1949, als ihn meine Großmutter in Casablanca regelmäßig auf die Straße geschickt hat, den kleinen Bruder nach Hause zu bringen.

Ich allein bin davon überzeugt, dass es mit seinem Verschwinden dieses Mal etwas anderes auf sich hat. Mein Vater ist nicht mehr jung, und er kann nicht mehr so leicht Geld verdienen unterwegs, für alles, was er zum Leben braucht: Zigaretten, Kaffee und französische Zeitungen. Er ist auch nicht mehr so risikofreudig wie früher. In den letzten Jahren ist es schon zu unangenehmen Engpässen gekommen, so zum Beispiel, als Martha ihn vorigen Winter rausgeworfen hat und Gizella nicht erreichbar gewesen ist. Da hat mein Vater dann eine Nacht im Auto zugebracht, ohne Heizung. Keine vierundzwanzig Stunden hat es gedauert, und er stand wieder in seiner schmutzigen Winterjacke vor Marthas Tür. «Siehst du, was für eine Ehefrau Martha ist», klagte mein Vater, als wir an diesem Abend miteinander telefonierten, nachdem er ein Bad genommen hatte und nun in ihrem Wohnzimmer vor der Heizung hockte. «Umbringen wollte sie mich. Einfach so in die Kälte schickt sie mich hinaus.»

Immer kürzer werden die Abstände zwischen seinen Fluchten und der Rückkehr. Und immer öfter kann man ihn abends bei Martha zu Hause erreichen, wo er liest, kocht oder fernsieht.

Es beunruhigt mich, dass das Auto bei Martha im Hof

geparkt ist, die Koffer und Taschen im Schrank stehen und sein Pass in der Schreibtischschublade liegt. Joseph hat schon Dutzende Male angerufen, dabei ist Joseph der beste Freund meines Vaters und weiß meistens, wo er sich gerade aufhält. Er muss etwas Besseres gefunden haben als Martha, die ihn seit sechsunddreißig Jahren mit Unterbrechungen hasst und erträgt. Etwas Besseres als Eva, Renate, Uta und Heidrun, denn auch sie haben seit fünf Wochen nichts von ihm gehört. Dass er in letzter Zeit von keiner neuen Bekanntschaft erzählt hat, muss nichts heißen. Es ist durchaus möglich, dass mein Vater vormittags aus dem Haus geht, um Joseph oder Raoul zu treffen, und nur zwei Stunden später hat eine Schwabinger Lehrerin in den Fünfzigern, die mit einem soliden Rechtsanwalt oder Architekten ermüdende dreißig Jahre verheiratet ist und im Café zufällig mit meinem Vater ins Gespräch kommt, das Gefühl, ihr Leben habe sich verändert.

Mein Vater kann einen Menschen im Kaufhaus, in einem Schnellrestaurant, auf der Straße oder bei einem Arztbesuch kennenlernen. Ihm genügt ein kleiner Anlass – man sucht die Eingangstür, bestellt zufällig das gleiche Gericht, weiß die Uhrzeit, braucht Feuer oder die Zeitung –, um mit Fremden ein Gespräch zu beginnen.

Ich habe keine Lust mehr, ihn zu suchen. Überall, wo er hätte sein können, habe ich nun angerufen. Irgendwann wird er sich schon melden, mein Vater, mit irgendeiner lächerlichen Erklärung für seine Abwesenheit, und es täte einem leid um jede Minute, die man in die Suche nach ihm investiert hat.

Dennoch habe ich kein gutes Gefühl, als ich das Fremdwörterbuch und den Grammatikduden in meine Tasche packe. Wenn ich mich nicht beeile, komme ich zu spät in die Agentur. Das fehlte noch, dass ich wegen meines Vaters einen Kunden verliere.

Wahrscheinlich wäre es das Beste, ich würde eine Vermisstenanzeige bei der Polizei aufgeben. Ich versuche mir das Gespräch vorzustellen, das der diensthabende Beamte mit mir führt:

> Polizist: «Sie möchten eine Vermisstenanzeige aufgeben?»
> Ich: «Ja, mein Vater ist verschwunden.»
> Polizist: «Seit wann vermissen Sie Ihren Vater denn?»
> Ich: «Seit ungefähr fünf Wochen.»
> Polizist: «Wieso kommen Sie erst jetzt?»
> Ich: «Es ist nicht ungewöhnlich, dass mein Vater für längere Zeit verschwindet.»
> Polizist: «Wie oft kommt das denn vor?»
> Ich: «Ich weiß es nicht. Manchmal.»
> Polizist: «Ist Ihr Vater verheiratet?»
> Ich: «Ja, er lebt mit seiner zweiten Frau in München.»
> Polizist: «Und warum hat sie ihn nicht vermisst gemeldet?»
> Ich: «Sie vermisst ihn nicht.»
> Polizist: «Sie vermisst ihn nicht?»
> Ich: «Nein.»

Ich werde nach der Arbeit trotzdem zur Polizei gehen.

Auf dem Fahrrad konzentriere ich mich auf den Text, den ich heute zu schreiben habe: «Rufen Sie uns an, Ihre Krankenkasse kümmert sich gerne um Sie.» Dieser Satz war der Krankenkasse nicht enthusiastisch genug gewesen, und heute Morgen hatte mich der Kreativdirector angerufen und gebeten, einige Variationen dazu zu verfassen.

«Wir freuen uns auf Ihren Anruf. Ihre Krankenkasse» – formuliere ich auf der Oranienburger Straße. Am Alexanderplatz: «Wir freuen uns sehr auf Ihren Anruf. Ihre freundliche Krankenkasse.» Das Fahrrad abschließen, warten auf den Fahrstuhl: «Wir würden Ihren Anruf außerordentlich begrüßen. Ihre Ihnen stets verbundene, freundliche Krankenkasse.» Im Fahrstuhl: «Ihr Anruf ist uns Ehre und Verpflichtung zugleich. Ihre Ihnen ergebene Krankenkasse.» Ich steige im zwölften Stock aus, drücke den elektronischen Türöffner, an meinem Platz tippe ich die vier Sätze in den Computer. Dann gehe ich in die Küche und mache mir einen Tee. Auf dem Alexanderplatz weit unten zu meinen Füßen laufen viele Menschen zwischen S-Bahn, der Straßenbahnhaltestelle und dem Kaufhaus hin und her. Wie schnell kann da jemand verlorengehen. Auf jeden Einzelnen von ihnen wartet irgendwo irgendjemand, und dieses Gefühl hat etwas so Schönes und Tröstliches, jeder ist bemüht, an den Ort zu gelangen, an den er gehört, keiner auf dem Platz unter mir hält inne, niemand zögert vor der Straßenbahn, lässt sie abfahren und schlägt plötzlich eine ganz andere Richtung ein. Wie wäre es, wenn mein Vater wieder auftauchen würde, um festzustellen, dass ihn niemand vermisst hat? Würde er mich eigentlich suchen, wenn ich einfach verschwinden würde? Er ist nie allein gewesen. Nie hat ihm jemand zu verstehen gegeben: Jetzt ist es genug. Auch ich habe in der wenigen Zeit, die wir miteinander verbringen, ein Dutzend Dinge erlebt, die ich ihm hätte nicht verzeihen dürfen. Zum Beispiel, dass er in Jerusalem auf einem Ausflug mit meiner Freundin Hannah mitten auf einer Kreuzung kehrtmachte und in der Menge verschwand. Während der zweiten Intifada, wo in der Stadt Dutzende von Bomben hochgingen und über fünfzig Leute getötet wurden, ist er einfach ohne einen Abschiedsgruß davongelaufen. Es war unmöglich, ihn einzuholen, und das war auch der Sinn der Sache, denn er ist, wie sich hinterher herausgestellt hat, mit dem Auto nach Hulon zurückgefahren, mit dem wir gemeinsam gekommen waren. Hannah und ich mussten am Abend den Bus zurück nach Tel Aviv nehmen. Warum er das getan hat, weiß ich bis heute nicht, entschuldigt hat er sich jedenfalls nie, und noch heute werde ich wütend, wenn ich daran denke. Damals habe ich ihm inständig gewünscht, dass er einen Unfall hat oder überfallen wird, und plötzlich war ich sicher, dass genau in diesem Bus, in dem wir uns befanden, der nächste Anschlag stattfinden wird, als Strafe für meine schlechten Gedanken.

«Name, Alter und Wohnort der vermissten Person», fordert mich der Beamte auf.

«Antoine Hasidim, geboren 1941 in Casablanca, Wohnort: Türkenstraße neunzehn in München-Schwabing. Staatsangehörigkeit Israel.» Der Beamte schreibt Namen und Adresse auf den Vordruck für Vermisstenanzeigen. Als er bei der Zeile für die Staatsangehörigkeit ankommt, hält er inne. Er schaut mir ins Gesicht: «Kein Deutscher?» «Nein, Israeli.» «Ihr Freund?» Und obwohl er mir auch die letzte Frage in einem freundlichen Ton stellt, hat sie etwas Ungehöriges, Beleidigendes. «Nein, mein Vater.» «Wie lange schon hier wohnhaft?»

«Mein Vater wohnt seit achtunddreißig Jahren in Deutschland.»

«Aufenthaltserlaubnis?» Seine Hand rutscht weiter zum nächsten Feld.

«Er ist seit siebenunddreißig Jahren mit einer Deutschen verheiratet.»

«Mit Ihrer Mutter?»

«Nein.»

Jede Information komplettiert das Bild über meine Verhältnisse, die mir immer so unendlich kompliziert vorgekommen waren, die sich aber plötzlich problemlos in ein vierseitiges Dokument eintragen lassen. «Gut, nun notieren Sie bitte hier noch eine kurze Beschreibung Ihres Vaters in diesem Feld, Größe, Haarfarbe, Augenfarbe und besondere Kennzeichen.» Der Beamte schiebt das ausgefüllte Formular zu mir herüber. «Haben Sie vielleicht ein Foto von Ihrem Vater?» Während ich schreibe, schüttele ich den Kopf. Ich habe nur ein einziges Foto von ihm, und darauf ist er neunundzwanzig Jahre alt, meine verliebte Mutter hat es gemacht. Der Name meines Vaters und dieses Foto waren das Einzige, was ich als Kind von ihm kannte, und als ich von zu Hause nach Berlin ging, hatte ich es heimlich mitgenommen.

Wie lange ich meinen Vater vermisse, ist bereits eingetragen: sechsunddreißig Tage. Danach haben mich zwei andere Beamte schon vorhin gefragt. Als einer von ihnen meine Geschichte wiederholte, um sicherzugehen, dass er alles richtig verstanden hat, klang sie plausibel: Ich vermisse meinen Vater seit mehreren Wochen. Da er in einer anderen Stadt wohnt und ich ihn nicht täglich spreche, hätte es sein können, dass er geschäftlich oder privat verreist ist und vergessen hat, mir das mitzuteilen. Und Martha, seine Frau, mit der er schon seit Jahren eine schwierige Ehe führt, ist nicht zur Polizei gegangen, weil sie glaubte, ihr Mann habe sie verlassen.

In der Agentur hatte ich mich, nachdem mein Chef beschlossen hatte, die ursprüngliche Abschiedsformel in dem Anschreiben der Krankenkasse zu verwenden, auf den Besuch im Polizeirevier vorbereitet und einen DIN-A2-

Bogen erstellt mit den Familien- und Freundschaftsverhältnissen meines Vaters, soweit sie mir bekannt waren: auf der rechten Seite feinsäuberlich untereinander die in Israel lebenden Geschwister: Romain, der Älteste, Miriam und Maurice, die beiden Jüngsten, Pierre, der meinem Vater am ähnlichsten ist, und Shmuel, der noch bei meiner Großmutter wohnt, außerdem Colette, die mit keinem mehr redet. Neben den Namen hatte ich die Adressen und Telefonnummern notiert, außerdem die Ehepartner und die Anzahl der Kinder. Auf der linken Seite stehen dann Martha und Heidrun, die ehemalige Dozentin für Marxismus-Leninismus in Chemnitz, Renate, die Kunstlehrerin aus München, mit der er sich fast jeden Mittag im Café Atzinger trifft, die Französin Uta, die er in Lyon auf der Straße kennengelernt hat und die uns einmal Geld für die Rückreise von Südfrankreich nach München geschenkt hat. Außerdem Gizella, die Ungarin, die sich seit vier Jahren von ihm trennt, Eva, die einen Skinhead zum Sohn hat, alle Frauennamen, die mein Vater je erwähnt hatte, dazu alles, was ich von ihnen wusste, und der Zeitpunkt, an dem sie vermutlich in sein Leben getreten waren. In der Mitte dann seine Freunde in München, viele Araber, die ich nur dem Vornamen nach kenne: Raoul, Joseph, Fahesh, Maarouf und Adil. Dann den emeritierten Physikprofessor, den er jeden Sonntag im Café der Pinakothek der Moderne trifft, um zu philosophieren, und der nun schon fünfmal seinen Kaffee hat alleine trinken müssen. Zwei Stunden hatte ich daran gesessen und die einzelnen Kategorien in verschiedenen Farben gekennzeichnet – die engste Familie in Gelb, angeheiratete und entfernte Verwandte in Orange, Freunde von Antoine in Lila, die gemeinsamen Freunde von ihm und Martha in Grün und die Frauen in Rot. Zufrieden mit meiner Arbeit war ich zum Kopierer gegangen und hatte zwei Farbkopien gemacht. Diese Aufzeichnungen werden der Polizei sehr hilfreich sein bei der Suche nach meinem Vater, hatte ich gedacht. Aber als ich dann vor den beiden Beamten stand, haben mich plötzlich Zweifel befallen. Vielleicht würde dieses Papier den Eindruck erwecken, als sei es bei den vielen Freunden, Verwandten und Frauen praktisch unmöglich, meinen Vater ausfindig zu machen, also habe ich es in meiner Tasche stecken lassen.

Ich reiche dem Beamten das Formular zurück. Es ist gar nicht so einfach gewesen, diese Vermisstenanzeige aufzugeben, jedenfalls nicht so einfach, wie ich dachte. Ich habe hinreichende Gründe dafür anführen müssen, dass meine Sorgen berechtigt sind, Ausschlag hat dann die Tatsache gegeben, dass mein Vater ohne Geld und Auto war, als er am sechzehnten Januar verschwand.

Die Stimme am elektronischen Türöffner hat übrigens viel wärmer und mitfühlender geklungen als die des Beamten, der jetzt vor mir steht. Wahrscheinlich hat er eine junge Mutter erwartet, deren Kind am Abend nicht nach Hause gekommen ist. Ich dagegen suche einen achtundsechzigjährigen Mann – lichtes Haar, schlechte Zähne, nikotingelbe Finger. Einen Menschen, der nie den kleinsten Cent zum Bruttosozialprodukt beigetragen hat. Und der Staat wird, wenn mein Vater lebend gefunden wird, weiterhin seine Miete, die Zigaretten und die Kaffeehausbesuche zahlen müssen, bis an sein Lebensende. Der Beamte seufzt, bevor er fortfährt: «Ist Ihr Vater selbstmordgefährdet, oder vermuten Sie ein Verbrechen?»

Ich verneine, sage, dass ich vielmehr an einen Unfall gedacht habe.

«Natürlich werden wir in allen Krankenhäusern nachfragen», erklärt er mir nun doch mit ein wenig Mitgefühl. «Und falls ihm etwas zugestoßen sein sollte, werden wir es sicher herausbekommen. Aber weitere Nachforschungen werden wir nicht anstellen: Ihr Vater ist ein freier und erwachsener Mann, und solange keine Eigen- oder Fremdgefährdung vorliegt, kann er gehen, wohin er will.»

«Was ist, wenn sie ihn nicht finden?», frage ich.

«Nach zehn Jahren können Sie einen Menschen für tot erklären lassen. Bis dahin werden Konten, Lebensversicherungen oder andere Werte eingefroren.»

«Nach jedem Menschen wird also zehn Jahre gesucht?», frage ich den Beamten.

«Wie ich schon sagte, nicht wirklich», antwortet dieser.

Auf einen kleinen Zettel schreibe ich noch die Telefonnummer meines Onkels Romain, der Beamte heftet ihn an das ausgefüllte Formular, ich bedanke mich, und im nächsten Moment stehe ich im dunklen Flur. Allein und erleichtert. Ich fühle mich wie nach einem Zahnarztbesuch: Etwas Notwendiges ist unternommen worden, und nun kann man die Sache für eine Weile vergessen. Auf dem Weg nach Hause kaufe ich mir zur Belohnung zwei Schokoriegel, doch kaum habe ich sie aufgegessen, wird mir schlecht, und ich bin genauso unruhig und traurig wie vorher.

Am nächsten Nachmittag, gegen drei, ich sortiere gerade meine Rechnungen, klingelt das Telefon: Es ist Martha. Sofort bereue ich, dass ich nicht gewartet habe, bis der Anrufbeantworter angesprungen ist.

Marthas Einstellung mir gegenüber hat sich in den letzten achtundvierzig Stunden nicht verändert: Kühl und voll beherrschten Ärgers teilt sie mir den Grund ihres Anrufes mit: «Du hast eine Anzeige seinetwegen aufgegeben!»

Die Polizei ist bei ihr gewesen und hat nach ihrem Ehemann Antoine Hasidim gefragt. Und man hat ihr auch gesagt, wer sie geschickt hat. «Meinst du nicht, dass ein kurzer Anruf angebracht gewesen wäre, um mich vorzuwarnen? Zwei Beamte sind vor ein paar Stunden in einem Polizeiwagen vorgefahren und haben im Hof geparkt, sodass alle sie sehen konnten», berichtet sie. Sofort sehe ich sie vor mir in ihrem gelben Bademantel, wie sie neugierig aus dem Küchenfenster schaut – wie die meisten ihrer Nachbarn auch – und wie das angenehme Gefühl der Neugierde dann aber nur bei ihr in Schreck umschlägt, als die Beamten sich dem ehemaligen Antiquitätenladen Prössl-Hasidim nähern. Durch das große Fenster versucht einer von ihnen, ins Innere zu spähen, der andere rüttelt an der verschlossenen Holztür mit den hübschen Eisenbeschlägen aus dem achtzehnten Jahrhundert. Sofort denkt Martha: Die sind hier wegen der vielen Ankäufe und Verkäufe ohne Quittung oder sonst einen Beleg. Nie hatte sie meinem Vater die Notwendigkeit einer ordentlichen Buchführung verständlich machen können, und alle Unregelmäßigkeiten haben sich auch nicht ausbügeln lassen über die Jahre. Es ist ein Wunder, dass sie nicht beide im Gefängnis gelandet sind. Und nun ist es doch passiert, ist sie überzeugt. Jetzt, wo sie schon dachte, sie habe diese ewigen Sorgen und den Streit hinter sich; drei Kreuze hat sie gemacht, als sie letztes Jahr den Laden nach dreiunddreißig Jahren endgültig geschlossen hat. Erst als sie die Schritte auf der Treppe hörte, sei ihr plötzlich eingefallen, dass die Polizei vielleicht aus einem anderen Grund kommen könnte: Es ist ihm etwas passiert, sie haben ihn gefunden, irgendwo. Und sie habe geglaubt, das Herz bleibe ihr stehen, als es an ihrer Tür läutete, und sie sei erst beim zweiten Klingeln in der Lage gewesen, die Tür zu öffnen.

All das hätte ich ihr ersparen können mit einem kurzen Anruf. Zu allem Überfluss hat die Polizei das Zimmer von Antoine sehen wollen, und das sei ihr entsetzlich unangenehm gewesen, denn es war noch genau in dem Zustand, in dem er es verlassen hatte: die dreckige Unterwäsche auf dem Stuhl, die benutzten Taschentücher auf dem Nachtschrank, die vollen Aschenbecher neben dem ungemachten Bett. Martha redet sich in Rage, mir bleibt nichts übrig, als zuzuhören. Außenstehende können ja nicht wissen, dass es sinnlos ist, hinter Antoine herzuräumen, schimpft sie, dass sie es sogar versucht hat am Anfang ihrer Ehe, aber ein einzelner Mensch hat ja gar nicht die Kraft dazu, den Status quo der Räumlichkeiten aufrechtzuerhalten, in denen sich dieser Mann aufhält. Weiß denn die Polizei, wie oft sie die Küche geputzt hat, den Fußboden, die Schränke, die Arbeitsflächen, und zwei Stunden später steht er auf, macht sich einen Kaffee, stellt den Kaffeefilter auf eine viel zu kleine Tasse, und naturgemäß läuft die Tasse über, der Kaffee fließt über die Küchenplatte und die geputzte Spülmaschine, dann kommt er noch einmal in die Küche, um sich ein Stück Brot zu holen, tritt mit seinen Hausschuhen in die Kaffeelache, hinterlässt braune Fußstapfen auf dem geputzten Küchenboden und anschließend auf dem ohnehin schon ruinierten Wohnzimmerteppich. Wie viel Arbeit notwendig ist, um die gemeinsamen Räume in einen einigermaßen repräsentablen Zustand zu bringen, könnten sich andere kaum vorstellen, sagt sie. Das hintere Zimmer, in dem mein Vater wohnt, habe sie quasi aus dem Grundriss dieser Wohnung gestrichen, und wenn Besucher kämen, kontrolliere sie, ob die Tür zu diesem unerfreulichen Teil ihres Lebens auch fest verschlossen sei.

Nach der Inspektion des Zimmers setzten sich die Beamten mit ihr an den Wohnzimmertisch und stellten ihr viele Fragen: Wie eine Verbrecherin sei sie sich vorgekommen. Und ob sie den Namen von der Frau wüsste, mit der ihr Mann vielleicht zusammenlebt. «Wenn er diese Wohnung verlassen hätte, um zu einer anderen Frau zu ziehen, dann wäre er schon längst wieder zurück», habe sie gesagt. Da seien die beiden Polizeibeamten erst recht misstrauisch geworden, denn ich, Yael Fischer, habe bei der Polizei angegeben, Antoine Hasidim habe eine Geliebte. Gleichzeitig habe ich mich jedoch als seine Tochter ausgegeben, was aber nicht der Wahrheit entspreche. In einem wenig freundlichen Ton habe man ihr erklärt, dass man nun eine Antwort auf all die Ungereimtheiten haben wolle, der eine Beamte habe ihr sogar gedroht, sie zum Revier mitzunehmen, als sie sich weigerte, mit ihnen die Einzelheiten ihres Ehelebens zu diskutieren. «Dich, seine Tochter, sollten sie aufs Revier nehmen und verhören, habe ich ihnen geantwortet. Du weißt ja anscheinend alles über seine Frauengeschichten.» «Es tut mir leid», sage ich. Und es tut mir wirklich leid: Wie konnte ich wissen, dass die Polizei Martha in München aufsuchen würde, nachdem man mich vorgestern noch darüber aufgeklärt hatte, dass erwachsene Menschen nicht gesucht werden.

Die Beamten haben Martha dann aber doch nicht mitgenommen, dafür das Mobiltelefon meines Vaters, seinen Reisepass, den Führerschein und ein Foto von ihm. Alle Gegenstände, außer dem Foto, hatten sich in seinem Zimmer befunden. Und sie fragten Martha, ob sie mich kenne: «Sie haben vermutet, du bist eine Geliebte von ihm», sagt Martha, «und traust dich nicht, bei mir anzurufen. So ein Quatsch, was die sich immer ausdenken. Aber mach dir keine Sorgen, ich habe ihnen erklärt, dass du seine Tochter bist. Ohne Zweifel.»

Als ich elf Jahre alt war, hatte er uns das erste Mal besucht. Ich war so aufgeregt, dass ich schon Stunden vorher an der Straße vor unserer Einfahrt stand. Hier wird er ankommen, hier wird er langgehen, dachte ich. Als er dann kam, versteckte ich mich im Garten und beobachtete von dort aus, wie er aus seinem Auto ausstieg und zu unserer Haustür ging. Mein Vater war genauso schön und geheimnisvoll, wie ich ihn mir immer vorgestellt hatte.

Nachdem meine Mutter, mein Stiefvater, meine Schwester und ich mit ihm Tee getrunken hatten, ließen sie mich mit meinem Vater allein. Seine Aufmerksamkeit hatte für mich beinahe etwas Obszönes. Er bemühte sich um mich, und das kannte ich nicht. Er hatte mir einen Kassettenrecorder mitgebracht und spielte mir Gedichte von Heinrich Heine vor: «Sie liebten sich beide, doch keiner / Wollt' es dem andern gestehn; / Sie sahen sich an so feindlich, / und wollten vor Liebe vergehn.» Nach jeder Strophe stoppte er die Kassette und fragte mich, ob mir das denn gefalle und ob ich verstanden habe, was der Dichter damit meine. Ich war jedoch zu klein für Heine und seine Liebesangelegenheiten und schämte mich furchtbar beim Zuhören. Wie erleichtert war ich, als meine Mutter ins Zimmer kam und uns vorschlug, spazieren zu gehen.

Auf diesem Spaziergang haben sich mein Vater und meine Mutter dann gestritten. Sie hatten sich mehr als zehn Jahre nicht gesehen, aber es ist ihnen offensichtlich leichtgefallen, an damals geführte Gespräche anzuknüpfen. Es ging um Politik, daran erinnere ich mich – wenn meine Mutter streitet, geht es meistens um Politik –, mein Stiefvater Burkhardt ging in anklagender Haltung neben ihnen her. «67 habt ihr euch am ägyptischen Volk schuldig gemacht, du bist Bürger eines unterdrückerischen und imperialistischen Staates», rief meine Mutter, und mein Vater erwiderte wütend, meine Mutter könne sicher sein, dass es unter anderem seinem persönlichen Einsatz zu verdanken sei, dass der Krieg so ein glückliches Ende genommen habe.

Mir wandte sich mein Vater erst vor der Haustür zu – um sich zu verabschieden. Das versprochene gemeinsame Abendessen wurde nicht mehr erwähnt.

Als er gegangen war, nahm meine Mutter mir den Kassettenrecorder weg mit den Worten: «Dein Vater denkt, damit könne er sich bei dir einschleimen, nachdem er sich fast elf Jahre nicht hat blickenlassen. Entsetzlich, dass du darauf reinfällst.»

Nach diesem Besuch hörte ich acht Jahre nichts mehr von ihm. Mein Vater hat zwar noch mehrmals angerufen, aber meine Mutter hat jedes Mal aufgelegt und mich nicht mit ihm sprechen lassen. Er hatte ohnehin kein Recht mehr, mit mir Kontakt aufzunehmen, seitdem Burkhardt mich adoptiert hatte.

An den Abenden, an denen meine Mutter und er ausgingen und meine Schwester und ich alleine zu Hause waren, wurden wir angewiesen, nicht ans Telefon zu gehen, beziehungsweise sofort aufzulegen, wenn er sich am anderen Ende meldete.

Ich fühlte mich betrogen. Und gleichzeitig schuldig: Meine Mutter behandelte mich seit dem Besuch meines Vaters, als ob ich ihr und meinem Stiefvater etwas angetan hätte. Also verriet ich besser niemandem meine Sehnsucht nach dem Mann, den ich nur einen einzigen Tag in meinem Leben gesehen hatte. Ich perfektionierte mich darin, meine unerwünschten Gefühle vor den anderen geheim zu halten, sodass ich sie beinahe selbst vergaß.

Also Leute, die Aufgabe ist klar: Bei dieser Kampagne müssen wir auf die Tränendrüsen drücken. Ich will, dass die Leute anfangen zu weinen, wenn sie unsere Plakate sehen», sagt Hajo beim Briefing zu einem Spendenaufruf für Kinder in der Dritten Welt: ein Prestigeprojekt für eine Werbeagentur. Der Deal ist einfach: Die Agentur verlangt kein Geld für die Kreation, dafür wird sie für ihr Engagement lobend erwähnt und darf sich bei der Ideenentwicklung mehr Freiheiten herausnehmen. Wird ihre Kampagne veröffentlicht, dann lässt sich damit vielleicht einer der begehrten Werbepreise gewinnen, und die nächsten Kunden zahlen die Kosten für diese gesponserte Kampagne mit. So ein Auftrag außerhalb des regulären Tagesgeschäfts bedeutet für die fest Angestellten, dass sie abends länger arbeiten müssen und am Wochenende auch. Nur ein Freelancer wie ich wird nach Stunden bezahlt.

Graphiker, Texter, Artdirectoren, Kundenberater und Marketingplaner stehen auf und verlassen den Konferenzraum mit dem erhebenden Gefühl, dass nun das gemeinsame Wirken gefragt ist. Das Gefühl hat sich schon fast verflüchtigt, wenn man an seinem Platz oder in der Küche angekommen ist, wo man mit den Kollegen wartet, bis das Teewasser kocht oder man an den Kühlschrank kann, um sich den mit seinem Namen gekennzeichneten Joghurt zu nehmen. Mit der Kaffeetasse und dem Joghurt läuft man den Gang entlang zu der Arbeitsgruppe, der man zugeteilt ist. Ich sitze bereits an meinem Platz und versuche, an die uns gestellte Aufgabe zu denken. Meine Gedanken wandern. Das Frühstück grummelt mir im Magen, ich schreibe: «War Ihnen Ihr Frühstück wieder zu üppig? Er hatte keins.» Dieser Satz könnte unter einem Bild von einem abgemagerten Jungen stehen. Ich schreibe also unter den Text: «Bild: Hungerndes

Kind hockt auf sandigem Boden und blickt mit großen Augen von schräg unten in die Kamera.» Ich schaue rüber zu meiner sogenannten Artpartnerin Silke, dann auf die Uhr. Wir sitzen erst eine Viertelstunde auf unseren Plätzen, es ist zu früh, um sich über Ideen auszutauschen. Ich stehe auf und gehe in die Küche, um mir einen neuen Tee zu machen, schaue aus dem Fenster, das auf den Hof hinausgeht. Es hat zu schneien begonnen. Mit der Tasse gehe ich zu meinem Platz zurück. Am Schreibtisch angekommen, stelle ich die Tasse ab und tippe im Stehen in den Computer: «Können Sie sich vorstellen, wie es ist, wenn man niemanden hat, zu dem man Mama oder Papa sagen kann?» Wie halten das die Leute aus, jeden Tag hier zu sitzen, jahrelang, das Lebendige auf Mittagspausen und fünf Wochen im Jahr beschränkt. Meine Artpartnerin blickt auf: «Hast du schon was?» «Nicht viel.» Silke zeigt mir am Bildschirm die Montagen, die sie gemacht hat: schwarze Babys mit ausgestanzten runden Löchern anstelle eines Bauches. Einen Text hat sie auch: «Fühlen Sie manchmal eine innere Leere? Wenn Sie sich um seine kümmern, kurieren Sie vielleicht auch Ihre.» «Wie findest du das?», fragt sie mich. «Kein schlechter Ansatz», sage ich. Dann zu unserem Artdirector, der rechts von ihr hinter seinem riesigen Rechner versteckt ist: «Was meinst du, Oliver?» Wir hören ein Rascheln, Oliver nuschelt. «Jetzt nicht.» Oliver telefoniert, surft im Internet und zeichnet dabei Karikaturen von Kindern, mit hohlen Wangen und aufgeblähten Bäuchen. «Mal schauen, was es heute Mittag in der Polizeikantine gibt», sagt er. Nachdem er das Mittagsangebot von sämtlichen Kantinen in Agenturnähe gecheckt hat, beschließt er nach einigen Telefonaten mit Kollegen, zum Italiener zu gehen.

Am Nachmittag ist die erste Besprechung, Hajo ist nicht

zufrieden: «Ihr solltet doch auf die Tränendrüsen drücken. Da muss mehr Gefühl rein! Das mit dem ‹niemanden haben, zu dem man Mama und Papa sagen kann› geht schon in die richtige Richtung. Das sitzt aber noch nicht, das muss knapper kommen, und serienfähig soll es auch sein.» Alle packen ihre Sachen zusammen, niemand hatte etwas anderes erwartet. Heute Morgen wurden wir in den Himmel gelobt: Das ist eine ganz wichtige Sache für uns, und ihr seid die Besten, deswegen haben wir euch ausgewählt. Heute Nachmittag ist der Kreativdirector enttäuscht. Es ist jedes Mal und in jeder Agentur dasselbe Spiel. Nach der letzten Besprechung dieses Tages, kurz vor dreiundzwanzig Uhr, verlasse ich die Agentur und fahre mit dem Fahrrad im leichten Nieselregen nach Hause. Meine Artpartnerin Silke und ein paar andere Kollegen müssen noch weiterarbeiten. Sie tun mir leid, ich hätte es heute Abend keine Stunde länger aushalten können.

Drei Nachrichten auf meinem Anrufbeantworter: Einmal Renate mit besorgter Stimme, ob ich schon etwas gehört habe von Antoine, Uta, die Französin, die sicher längst einen Ersatz für meinen Vater gefunden hat, fragt, ob ich etwas brauche, und Heidrun beschwert sich, dass ich die letzten Male nicht zurückgerufen habe.

Es ist fast Mitternacht, ich habe keine Lust, mit diesen einsamen Frauen über meinen Vater zu sprechen. Ich bin sicher, sie erwarten von mir, dass ich bei meinem Vater ein gutes Wort für sie einlege bzw. ihn – wenn er wieder aufgetaucht ist – an ihre Existenz erinnere für den Fall, dass er sie in den Wochen seiner Abwesenheit vergessen hat. Als würden sie mich um meine Verwandtschaft zu dem geliebten Mann beneiden, um diese unauflösbare Verbindung, die einhergeht mit der Berechtigung, selbst nach einem Streit ohne fadenscheinigen Vorwand anrufen zu dürfen.

Heidrun scheint sich ernsthaft Sorgen zu machen, denn sonst würde sie sich nicht so gehenlassen. In der Regel setzen die Frauen meines Vaters alles daran, es sich nicht mit mir zu verderben. Aber ich nehme ihr den Ton nicht übel, sie kann ja nicht wissen, dass sie nicht die Einzige ist, die ich zurückrufen muss. Ich werfe meinen Mantel über den Stuhl, stelle die Tasche in die Ecke, zu erschöpft, um mir die Zähne zu putzen, liege ich nur wenig später im Bett.

Am nächsten Morgen wache ich gegen neun auf. Es ist Samstag, und ich muss nicht arbeiten, die Freelancer sind am Wochenende zu teuer. Ich mache mir einen Tee, nehme ihn mit ins Bett und überlege, ob ich die Zeitung, die ich vor drei Tagen gekauft habe, im Bett oder im Café lesen soll. Im Bett ist es gemütlich, andererseits habe ich von hier aus nur den Blick auf die Unordnung, die sich in der letzten Woche angesammelt hat. Ich dusche, ziehe mich an, suche etwas Kleingeld zusammen und gehe hinaus auf die Turmstraße, die unaufregende Hauptstraße von Berlin-Moabit. Sogar dieser Ödnis haftete für meinen Vater der Glanz der Großstadt an. Bei seinen sporadischen Besuchen bei mir in Berlin betrat er diese Straße stets so, als sei sie der Ausgangspunkt für ein Abenteuer: ein Vormittag, man möchte nur einen Kaffee trinken, doch das Unternehmen «Kaffeetrinken» könnte sich ganz unvorhergesehen in etwas Größeres verwandeln. Wenn man dann mit ihm im Café sitzt, das nicht schön oder gemütlich sein muss – Hauptsache, es liegt um die Ecke –, und auf die Straße blickt, einen Kaffee und ein

Croissant vor sich, dann gibt es nichts, was wichtiger wäre auf dieser Welt. Man braucht ja nur eine Zigarette und einen angenehmen Gesprächspartner, um glücklich zu sein.

Ich schlage den Weg zum Café Buchwald ein, für den Geschmack meines Vaters schon zu weit von meiner Wohnung entfernt. Das Buchwald ist überfüllt, nur an einem kleinen Tisch direkt neben dem Eingang ist noch Platz. Ich setze mich an die Seite des Tisches, von der aus ich den Raum überschauen kann. Wenn ich mit ihm im Café sitze, liebe ich den Moment, wo die Kellnerin an unseren Tisch tritt und er sich bei ihr einen Kaffee bestellt und das Wort «Kaffee» so ausspricht wie manchmal das Wort «Frau». Anschließend beugt er sich zu mir herüber, als wolle er mich etwas Intimes fragen – etwas, das nur ihn und mich etwas angeht –, und fragt, was ich trinken möchte: Einen Milchkaffee oder eine Schokolade? Und was dazu? Ein Nussnougatcroissant oder lieber eine Vanilleschnecke? Ich brauche immer etwas Zeit, um mich zu entscheiden. «Überleg in Ruhe», fügt er stets hinzu, wenn ich nicht gleich antworte. Und er wirft der Kellnerin einen tadelnden Blick zu, sollte sie ihre Ungeduld zu deutlich zeigen. Ich, seine Tochter, soll mir sicher sein, dass ich genau das Richtige für mich an diesem Morgen auswähle. Einzigartig fühle ich mich dann, wie ein Mensch, dessen Wunsch nach einem Nussnougatcroissant schon etwas Kostbares ist. Wie muss es erst um meine anderen Bedürfnisse bestellt sein?

Eine Kellnerin tritt mit einem Tablett voller Geschirr an meinen Tisch, ich hole Luft, um zu bestellen, doch sie stellt das Tablett vor mir ab, ohne meinen Blick zu streifen, und verschwindet wieder in den hinteren Teil des Cafés. Ein paar Minuten später kommt sie zurück, nimmt ihr Tablett und schaut mir kurz fragend ins Gesicht, ohne ein Wort zu sagen. Ich bestelle Milchkaffee und ein Stück Himbeertorte. Auf dem Weg hierher hatte ich mir fest vorgenommen, nur ein Croissant zum Frühstück zu essen, doch für den schlechten Platz und die unfreundliche Kellnerin muss ich mich entschädigen.

Ich beobachte die anderen Gäste. Viele sehr alte Frauen sind an diesem Vormittag im Buchwald. Sie sitzen zu zweit oder zu dritt mit ihren besten Freundinnen zusammen, weil – so stelle ich mir vor – es schon lange keinen Mann mehr gibt, der sie begleiten könnte. Oder sie haben vielleicht nie einen Mann und eine Familie gehabt. Aber auch Fünfzig- und Sechzigjährige gibt es hier. Ich schaue sie mir genau an. Seit ich meinen Vater kenne, interessiere ich mich für fünfzigjährige Frauen. Ich bin immer wieder erstaunt, wie gut und attraktiv viele von ihnen aussehen. Auch meine Vorstellungen über den Zustand des Körpers einer fünfzig- oder sechzigjährigen Frau habe ich revidieren müssen. Ich dachte, mit sechzig sieht eine Frau einfach grauenhaft aus und kann sich nur noch voll bekleidet in der Öffentlichkeit zeigen, eine Sauna oder ein Badestrand sind für Menschen wie sie tabu, außer, es ist ihnen mittlerweile egal, was andere über sie denken. In München habe ich Fotos gesehen, die ein Freund meines Vaters von ihm und seiner ungarischen Geliebten Gizella am Plattensee gemacht hat, wo Gizella ein Ferienhaus besitzt. Auf einem dieser Bilder steht mein Vater in Hemd und Badehose mit Zigarette am Strand, und Gizella rekelt sich für ihn im flachen Wasser in einem farbenfrohen Bikini. Man kann durchaus noch attraktiv und begehrenswert aussehen mit fünfzig, und die meisten Frauen tun viel für ihr Aussehen und ihre Figur, schon mit dreißig sorgen sie sich darum, wie ihr Gesicht und ihr Körper in zehn oder in zwanzig Jahren aussehen werden – ich verdränge dieses Thema, bei meinen Hüften und dem Bauch muss ich gar nicht erst versuchen, da mitzumachen.

Eine von den nicht schönen fünfzigjährigen Frauen sitzt ein paar Meter weiter mit dem Rücken zu mir. Ihr Hintern wölbt sich über die Stuhlkanten links und rechts, das üppige Profil ihrer Freundin links von ihr beugt sich über Kaffeetasse und Kuchenteller. Es ist ganz und gar nicht schwer nachzuvollziehen, wie eine Frau zu dem Entschluss kommt, sich einfach gehenzulassen. Dann muss sie keinen Sport mehr treiben, keine Anti-Cellulite-Massage und keine Diät mehr machen, und sie muss sich vor allen Dingen nicht mehr anstrengen, täglich aufs Neue ein interessanter Mensch zu sein. Stattdessen kann sie im Café Buchwald sitzen und mit einer Freundin Himbeertorte essen, so viel sie will.

Und hier tritt mein Vater auf den Plan und räumt ab, was das Zeug hält: Bei jeder unserer Begegnungen prahlt er mit neuen sexuellen Abenteuern und beschreibt mir die Genüsse, die ihm ältere und meist hoffnungslos verliebte Frauen bereiten. Ich bin mir sicher, dass sein Liebesleben ungleich aufregender ist als das vieler Menschen in meinem Alter, dabei ist er längst nicht mehr der Attraktivste mit seiner mageren Statur, der Glatze, den schlechten Zähnen und seinem Zigarettenatem. «Ich muss dir etwas verraten», sagte mein Vater zum Beispiel letzten Herbst im Restaurant Walhalla. Er war gerade aus Frankfurt (Oder) gekommen, wo eine neue Bekanntschaft von ihm wohnte, und wollte bei mir übernachten, bevor er am nächsten Tag zurück nach München fuhr. Er beugte sich zu mir herüber und flüsterte laut und an meinem rechten Ohr vorbei in Richtung der Frau, die genau hinter mir am Nebentisch saß: «Die Simone, die ist schon eine wahnsinnige Frau: Ich war die ganze Nacht steif! Kannst du dir das vorstellen?»

Ich nehme die ungelesene Zeitung vom Stuhl und bezahle an der Theke.

Zu Hause angekommen, sehe ich den Anrufbeantworter blinken: Vier Leute wollten mich sprechen, und ich freue mich, denn vielleicht bin ich irgendwo eingeladen heute Abend. Ich stelle vorsichtig die zwei vollen Einkaufstüten ab und drücke auf die Abspieltaste: Die erste Nachricht ist von Renate, die zweite von Martha, beim dritten Mal hat niemand draufgesprochen, ich höre nur, wie der Hörer aufgelegt wird, und die vierte Anruferin ist Heidrun. Wütend schalte ich den Anrufbeantworter wieder an.

Immer noch ärgerlich räume ich meine Notizen aus der Agentur in die Schreibtischschublade, ziehe das Bett ab, gehe in die Küche und packe die Lebensmittel in den Kühlschrank, schalte die Waschmaschine ein und putze das Bad. Als ich eine Dreiviertelstunde später mit dem Staubsauger in mein Zimmer zurückkomme, sehe ich die Anzeige des Anrufbeantworters erneut blinken.

Weder einer meiner Freunde noch eine Freundin meines Vaters hat eine Nachricht hinterlassen, sondern ein Herr Wachtmeister Berthold Schmidt, der mich in der Angelegenheit Antoine Hasidim um meinen Rückruf bittet. Sofort wähle ich die Nummer, die Herr Schmidt genannt hat. Er ist dran, und ich sage aufgeregt: «Sie wollten mich sprechen wegen meines Vaters, Antoine Hasidim, hier ist Yael Fischer.»

«Einen Moment bitte, Frau Fischer. Ich muss nachschauen, worum geht es bitte, sagten Sie?», fragt Herr Schmidt. «Um meinen Vater, Herrn Hasidim, ich hatte eine Vermisstenanzeige seinetwegen aufgegeben.» «Warten Sie einen Augenblick», sagt Herr Schmidt. «Haben Sie ihn gefunden?», frage ich. «Hier habe ich die Unterlagen, nein, es gibt leider keine Neuigkeiten. Wir würden Sie aber trotzdem gerne in dieser Angelegenheit sprechen.» «Warum?» «Wir hätten gerne gewusst, wie Sie zu dem Vermissten stehen, denn wir dürfen den Aufenthalt von erwachsenen Personen nicht so ohne weiteres an Dritte weitergeben.»

Mir zittern die Hände und die Stimme auch: «Bei Antoine Hasidim handelt es sich um meinen Vater, so wie ich es Ihren Kollegen auf dem Revier gesagt habe. Nur dem Namen nach bin ich nicht seine Tochter, denn meine Mutter hat geheiratet, und ihr Mann hat mich adoptiert.» «Entschuldigen Sie bitte, wir müssen das fragen, es geht nicht anders», sagt Herr Schmidt. «Ich habe übrigens eine Geburtsurkunde, auf welcher der Name meines Vaters eingetragen ist.»

«Schön. Dann erzähle ich Ihnen kurz, was in dem Zwischenbericht steht, den ich hier vorliegen habe. Meine Kollegen haben die Personalien Ihres Vaters an sämtliche Krankenhäuser und», vor dem nächsten Wort zögert er ein wenig, «Leichenhallen in Deutschland durchgegeben, und es liegt kein Hinweis vor, dass Ihr Vater in den letzten fünf Wochen in eines der öffentlichen Krankenhäuser eingeliefert worden ist. Ihre Anzeige wird in unserem System automatisch mit jeder Unfallanzeige verglichen. Auch da haben sich keine Übereinstimmungen ergeben.» Er bricht ab und wartet auf einen Kommentar meinerseits. «Das kann ein gutes Zeichen sein oder ein schlechtes», fährt er fort, weil ich schweige. «Mehr kann ich Ihnen nicht sagen, so leid es mir tut.»

Ich bedanke mich. «Wenn Ihnen noch etwas einfällt, was uns bei unserer Suche behilflich sein könnte, können Sie sich bei jeder Polizeidienststelle melden, rund um die

Uhr.» «Ja, vielen Dank», wiederhole ich. «Ach, Frau Fischer, die Geburtsurkunde, von der Sie eben gesprochen haben, könnten Sie uns die in den nächsten Tagen zuschicken?»

Ich lege auf, gehe zu meinem Schreibtisch und ziehe die unterste Schublade auf, in der ich sämtliche wichtigen Dokumente aufbewahre. In der Mappe mit der Aufschrift «Zeugnisse, Horoskope und Geburt» liegen meine beiden Geburtsurkunden: Auf der einen bin ich das Kind meines Vaters, auf der anderen das meines Stiefvaters. Mein Vater war nur wenige Wochen nach meiner Geburt verschwunden. So hatte es auf dem Standesamt nicht einmal seiner Zustimmung bedurft, um fünf Jahre später Burkhardt Fischer die Vaterschaft zu übertragen. Von der Urkunde mit dem Namen meines Vaters habe ich immer einige Kopien vorrätig, denn sie machen mir die Einreise nach Israel leichter. Ich nehme eine Kopie heraus, hole einen Briefumschlag und denke über das soeben geführte Telefongespräch nach: Meinem Vater ist höchstwahrscheinlich nichts passiert, er ist weder verletzt noch tot aufgefunden worden. Man hat mich aber gebeten, in die Suche nach ihm noch eine Briefmarke und einen Gang zum Briefkasten zu investieren. Wo ist mein Vater? Und warum ruft er mich nicht an? Bedeute ich ihm nicht mehr als Martha, Renate oder Heidrun? Und auch nicht mehr als meine Mutter, die vor achtunddreißig Jahren nach einem gewöhnlichen und schon längst vergessenen Streit mit ihrem Geliebten Antoine plötzlich allein dasaß mit einem drei Wochen alten Baby, ohne Job und ohne Geld?

Als ich so am Schreibtisch sitze und die Adresse auf den Umschlag schreibe, denke ich an meine Mutter und daran, wie sie mit neunzehn – neunzehn Jahre jünger, als ich es heute bin – abgehauen ist mit Antoine, der ihr Marseille zeigen wollte. Er kannte dort niemanden, aber das machte doch nichts, es gibt so viele Menschen auf dieser Welt, schöne, liebenswürdige und interessante Menschen, wo war das Problem. Ohne Geld sind sie angekommen und gleich zum Hafen gegangen. Die Lichter der Stadt und die beleuchteten Schiffe spiegeln sich im Wasser, meine Mutter ist verzaubert. Anschließend gehen sie die La Canebière hinauf zur Notre-Dame de la Garde, von dort hat man den schönsten Blick auf die Stadt. Oben angekommen küssen sie sich, denn sie sind verliebt. Zurück im Hafen serviert man ihnen in einem arabischen Restaurant frischen Fisch für wenig Geld. Mein Vater hat dem Wirt auf Arabisch erklärt, dass er meine unmündige Mutter aus Bremen entführt hat und sie nun mittellose Flüchtlinge sind.

Weil das Paar so glücklich ist, stellt der Wirt noch eine Flasche Wein auf den Tisch, als Geschenk des Hauses. Sie lernen an diesem Abend Leute kennen, essen und trinken gemeinsam, ein Franzose lädt sie ein, die Nacht auf seinem kleinen Schiff im Hafen zu verbringen. Und dann liegen sie die ganze Nacht wach in einer romantischen Kajüte und sehen am Morgen über der Stadt am Meer die Sonne aufgehen.

Die Geschichte selbst kenne ich gar nicht, ich kenne nur ihren negativen Abdruck, denn meine Mutter hat voller Sehnsucht mich, den neuen Ehemann und das neue Kind nach Marseille gezwungen und mit Gewalt jenes Lebensgefühl gesucht, das sie einmal mit achtzehn Jahren verspürt hat und das ihr gleich wieder genommen wurde. Mit verkniffenem Gesicht lief sie durch die Straßen. Nichts ergab sich, schon allein dadurch, dass weder sie noch der Ehemann Französisch sprachen. Das Kleinkind kackte das Hotelbett voll, die frische Bettwäsche kostete extra, und niemand schien uns zu beachten, wenn wir durch die Straßen gingen. Abends konnten sie nicht weg wegen uns Kindern, einmal haben sie es versucht und mich, die Fünfjährige, mit meiner Schwester allein gelassen. Gesagt, ich solle mich unten am Empfang melden, wenn etwas sei. Ich habe jedoch in der ersten Nacht das Hotel zusammengeschrien, weil ich vor lauter Angst gar nicht in der Lage war, die lange, dunkle Treppe zum Empfang hinunterzugehen, und so saßen sie jeden Abend im Hotelzimmer und spielten Karten.

Ich klebe den Briefumschlag zu und gehe aus dem Haus. Es ist fast dreiundzwanzig Uhr, der Briefkasten ist nicht weit. Kaum habe ich den Umschlag eingeworfen, bin ich davon überzeugt, er enthalte etwas sehr Intimes und es sei absolut unpassend, seinen Inhalt Herrn Schmidt zukommen zu lassen. Martha hat recht: Außenstehende darf man nicht in die eigenen Angelegenheiten einweihen. Wie konnte ich nur auf die Idee kommen, zur Polizei zu gehen? Jetzt muss ich mich vor fremden Menschen rechtfertigen.

Fremde Menschen haben meinen Vater sowieso nie verstanden: Warum wird Antoine nicht sesshaft und macht etwas Vernünftiges, fragt auch seine Familie in Israel. Keines seiner Geschwister hat sich mehr als zweihundert Kilometer von der Wohnung meiner Großeltern entfernt, alle, außer Shmuel, haben eine Familie gegründet und sind regelmäßig arbeiten gegangen.

Was gäbe ich darum, wenn ich von meinem Vater geerbt hätte, ohne Angst allein zu reisen. Ich bin noch nie allein verreist, nicht einmal für zwei Tage nach Prag, obwohl ich das wirklich mal machen könnte, aber ich weiß schon vorher, dass ich unglücklich wäre. Unglücklich darüber, dass ich nicht glücklich sein kann, und ich wüsste auch nicht, warum ich alleine in dieser fremden Stadt umherlaufen sollte, denn nichts macht mir Spaß und schon gar nicht, durch irgendwelche Straßen zu gehen und darüber nachzudenken, wie ich den Rest meines Aufenthaltes gestalten soll.

Deswegen sah ich meinen Vater anders als die, die ihn immer kritisierten. Was ihm so viel Freude zu machen scheint, kostet mich größte Überwindung. Es war entsetzlich, als ich einmal mit meiner Freundin Kerstin nach New York reiste und sie gleich nach der Ankunft in einer Bar einen Mann kennenlernte und mit ihm eine Affäre anfing, sodass ich sie die zwei Wochen bis zu unserem Abflug kaum zu Gesicht bekam. Ich saß morgens im Hotel und überredete mich, auf die Straße zu gehen. Dann fuhr ich unter größter Kraftanstrengung zu irgendeiner Sehenswürdigkeit, die ich vorher aus dem Reiseführer herausgesucht hatte. Mit eiserner Disziplin zwang ich mich, meinen Ausflug zu genießen, aber spätestens nach zwei Stunden war das nicht mehr aufrechtzuerhalten, und ich fuhr mit der Bahn ins Hotel zurück. Stolz, drei endlos lange Stunden herumgebracht zu haben, trat ich an den Schalter, verlangte meinen Schlüssel. Im zwölften Stock wurde mir dann regelmäßig bewusst, dass drei Stunden gar nichts waren, dabei hatten mich diese drei Stunden schon alles gekostet. Und es lagen noch zwölf oder vierzehn Stunden vor mir, bis Kerstin wiederkam, die mit ihrem Liebhaber nicht nur die Nacht, sondern auch den Tag verbrachte. Und ich wartete auf sie und wusste, dass sie wusste, dass sie mich garantiert bei ihrer Ankunft in unserem Hotelzimmer vorfinden würde. Und wie eine Verzweifelte dachte ich darüber nach, wie ich es anstellen könnte, nicht da zu sein, wenn sie ins Hotel zurückkam.

Welche Kunstfertigkeit es doch erfordert, abwesend zu sein! Nichts beschäftigt mich mehr als die Frage, an welchem wunderbaren Ort mein Vater sich aufhielt, wenn wir ihn alle vermissten. Wie schafft er es, am Vormittag aus dem Haus zu gehen und erst am Abend des übernächsten Tages wiederzukommen? Was fasziniert ihn über sechsunddreißig Stunden derart, dass er sich nicht losreißen kann? Dass er den wichtigen Einkauf oder den Gang zur Post einfach vergisst? Was macht er, wenn ich nicht dabei bin? Wie gerne würde ich ihm unsichtbar folgen – vor einen Plattenladen zum Beispiel – und spüren, was er spürt: Da muss ich rein, das reizt mich so sehr, dass es mir egal ist, ob man mich anderswo braucht. Ich will er sein, wenn er sich im Café an einen Tisch setzt und der Dinge harrt, die dort auf ihn zukommen: ein Zeitungsartikel, der seine Meinung vollkommen verändert, eine Begegnung, ein wertvoller Gedanke, der ihm niemals im Supermarkt gekommen wäre. Er kriegt eine Tasse Kaffee, ein erster Schluck, und er weiß sofort, das war die richtige Entscheidung. Dann zündet er sich eine Zigarette an, schaut sich um. Eine Frau, die ihn interessiert, muss es dieses Mal gar nicht sein, nein, er genießt nur das unbestimmte Gefühl der Erwartung: Das kann mein Vater wie kein Zweiter.

Nach jedem Wochenende wird in der Agentur mit dem eigenen Leid geprahlt: Wer hat wie lange Freitagnacht, am Samstag und Sonntag hier arbeiten müssen, wer hat seinen Freund oder die Freundin das wievielte Wochenende nicht gesehen? Wie wundervoll und kostbar erscheinen die mannigfaltigen Freizeitaktivitäten, wenn man sie *nicht* unternimmt: Das *nicht* geführte Gespräch mit einem Freund lässt die Freundschaft umso inniger erscheinen, der versäumte Ausflug mit der Freundin ist voller Harmonie und Leichtigkeit, die Zeitung, die man *nicht* und schon gar nicht im Lieblingscafé gelesen hat, und die Sauna, die man *nicht* besucht hat, hätten einen so wunderbar entspannt. Und wie gerne hätte man für Freunde und Familie gekocht, und was für ein schöner Abend wäre das doch geworden, bei interessanten Gesprächen und einem guten Glas Wein.

Nach der Montagsbesprechung stehen wieder sämtliche Kollegen vor der Kaffeemaschine, und mir wird berichtet, dass sich unser Kreativdirector am Wochenende für drei Ansätze entschieden hat und welchen Ansatz davon unsere Gruppe weiterverfolgen soll.

«Die Gruppe um Jörg macht das mit dem Tod, Jens und Martin machen das mit der Dankbarkeit, und wir haben das Thema Alleingelassensein, wie das schon mal angeklungen ist in unseren ersten Vorschlägen. Wenn du deinen Tee fertig hast, zeige ich dir, wie weit wir gestern gekommen sind.»

Am Rechner schauen Silke, Oliver und ich uns gemeinsam die Bilder an, die Silke am Wochenende aus dem Internet zusammengesucht hat: lächelnde schwarze Kinder vor einfachen Hütten inmitten einer Landschaft aus gelbem Staub, hinter ihnen ein weißer Mann, der seine Hand auf einen der Kinderköpfe gelegt hat, abgemagerte Kinder mit übergroßen Köpfen, die verzweifelt und traurig in die Kamera blicken, eine völlig ausgezehrte Frau, an ihrer kaum vorhandenen Brust ein Baby, das ebenfalls nur aus Haut und Knochen besteht. «Das da vorne mit dem hockenden Kind ist schon ganz gut», sagt Oliver. «Wir nehmen das und das mit der Frau, auf keinen Fall Gruppenfotos: Der einzelne Mensch soll in dieser Kampagne ein Gesicht bekommen. Und es muss herausgearbeitet werden, dass diese Menschen ohne unsere Hilfe verloren sind. Also los, an die

Arbeit, um vierzehn Uhr ist die nächste Besprechung. Bis dahin brauchen wir ein paar ordentliche Vorschläge.»

Jeder geht an seinen Computer, checkt seine E-Mails oder telefoniert und nähert sich eine Stunde vor der Mittagspause allmählich der eigentlichen Aufgabe an. Die Leistungen der Freelancer, die für konkrete Projekte gebucht werden, werden genauer überprüft als die der fest Angestellten, daher bin ich gewillt, in dieser Stunde möglichst viel zu Papier zu bringen.

Ich lasse mich von den Bildern, die mir Silke auf meinen Rechner gespielt hat, inspirieren: «Wenn Sie so weiterleben wie bisher, lassen Sie ihn allein. Ab wann ist ein Kind alt genug, dass man es einen Abend oder den Rest seines Lebens allein lassen kann?»

Mein Mobiltelefon klingelt: «Yael, bist du es, ich bin Jeanette Kain, ich rufe aus Südafrika an.» Weder habe ich den Namen dieser Frau je gehört, noch kenne ich irgendjemanden in Südafrika. «Wer sind Sie, was wollen Sie?», frage ich. «Entschuldige, du kennst mich nicht, ich bin die Tochter von Gizella, Gizella Székely.» Sie erklärt mir, woher sie meine Nummer hat, und fragt mich dann, ob ich eine Idee habe, wo ihre Mutter sein könnte. Verwirrt versuche ich die Frage einzuordnen, Jeanette Kain scheint mein Schweigen anders zu deuten, denn sie beginnt zu stottern: «Ich wusste nicht, ob du weißt, dass meine Mutter und dein Vater ein Verhältnis haben.» «Doch, ja, ich weiß.»

Jeanette erklärt mir, dass sie regelmäßig mit ihrer Mutter telefoniere, mindestens zweimal die Woche, sie aber seit über einem Monat nicht mehr gesprochen habe. «Wie? Wo kann sie denn sein?», frage ich, und mir fällt plötzlich ein, dass von all den Frauen, die mich nach meinem Vater gefragt haben, Gizella fehlte. Jeanette fängt an zu weinen: Ihre

Mutter ist nach Ungarn in ihr Haus am Plattensee gefahren, dort gibt es kein Telefon, und auch mit dem Mobiltelefon hat man oft keinen Empfang, sagt sie. Mittlerweile müsse ihre Mutter längst zurück sein, aber bis jetzt ist sie nicht in ihrer Münchner Stadtwohnung aufgetaucht. Vorgestern hat Jeanette Kain sogar die Nachbarn ihrer Mutter in Ungarn angerufen, aber die wissen auch nichts.

Ich brauche diese Frau nicht zu fragen, ob das bei ihrer Mutter schon öfter vorgekommen ist. Jeanette vermutet als letzte Erklärung, dass Gizella und mein Vater zusammen weggefahren sind und in der Hektik des Aufbruchs vergessen haben, ihr Bescheid zu sagen. Von mir will sie jetzt wissen, ob ich etwas von solchen Reiseplänen gehört habe. Renate versucht seit fünf Jahren meinen Vater dazu zu bewegen, ein Wochenende mit ihr in den Bergen zu verbringen, es ist ihr nicht gelungen. Warum sollte mein Vater plötzlich mit Gizella auf Wochen verreist sein? «Ich habe meinen Vater seit fünf Wochen nicht gesprochen», sage ich, «ich kann ihn auch nicht erreichen.» «Um Gottes willen!», schreit Jeanette auf. «Es ist ihnen etwas passiert! Wir müssen sofort zur Polizei gehen!» «Ja, natürlich», sage ich. «Da war ich schon, ich habe letzte Woche eine Vermisstenanzeige aufgegeben.» Jeanette will sofort auflegen und die ungarische Polizei verständigen. Sie bittet mich, erwähnen zu dürfen, dass ihre Mutter und mein Vater miteinander liiert sind. Sie fragt nach Martha und was meiner Meinung nach geschehen würde, wenn sie von dem Verhältnis erführe. «Darauf nimm keine Rücksicht, deine Mutter ist jetzt wichtiger», sage ich. Beinahe hätte ich gesagt, deine Mutter ist meinem Vater wichtiger, denn ich habe das unbestimmte Bedürfnis, sie zu trösten. Zum Glück konnte ich mich zurückhalten. Nicht dass die beiden sich wieder anfinden und mein Vater sich dann herauswinden muss aus den Ansprüchen einer von mir mit neuen Hoffnungen ausgestatteten Geliebten.

Ich packe das Mobiltelefon in meine Tasche zurück. Silke hat, während ich telefonierte, einige Ausdrucke auf meinen Schreibtisch gelegt. Ich frage mich, was diese Neuigkeit bedeutet. Wahrscheinlich ist es reiner Zufall. Mein Vater hatte längst genug von Gizella. Wenn sie ihn angerufen hat, hat er jedes Mal das Mobiltelefon ausgeschaltet. Oft hat sie stundenlang in der Türkenstraße gewartet, um ihn abzufangen, und einen Vormittag, als ich zu Besuch in München war, war ich nichtsahnend aus dem Haus getreten, um ins Café Atzinger zu gehen, und war von ihr für mehrere Stunden in Beschlag genommen worden. Weinend saß sie neben mir auf einer Bank im nahegelegenen Park, da habe ich gewusst, mein Vater will sie nicht mehr. Einmal, als sie sich bis vor den Antiquitätenladen gewagt hatte – sogar auf die Gefahr hin, dass Martha sie sehen könnte –, sagte mein Vater, als er sie bemerkte: «Diese Frau kann man nicht einmal mit Füßen aus seinem Leben treten.»

Wo er auch ist, bei Gizella ist er nicht.

Silke kommt in die Küche, ich richte mich auf und sage schuldbewusst: «Ich komme gleich.» Sie winkt ab, geht zum Kaffeeautomaten, macht sich Milch und Kaffee warm und setzt sich mit ihrer Tasse zu mir auf die Fensterbank. Schweigt. Dann nach einer Pause: «Ich habe auch keine Lust mehr.» Ich nicke. Für Silke ist es ewig das Gleiche, jeden Tag und fast jedes Wochenende. Und keine Gehaltserhöhung und keine Beförderung. Wenn sie hierbleibt, wird sie bis an ihr Lebensende Artdirectorin bleiben, sie wird die Arbeit machen, und die Kreativdirectoren räumen die Preise ab. «Nächste Woche werde ich nachts in der Agentur sitzen und alles druckfertig machen.» «Du hättest Texterin werden sollen», antworte ich. Sie zuckt mit den Schultern. Plötzlich sagt sie: «Ich mache das schon sechs Jahre, und jedes Jahr werde ich ein Jahr älter, und seit fünf Jahren habe ich keinen Freund.» Das kommt etwas unerwartet, und mir fällt nichts ein, was ich erwidern könnte. Jens, unser Seniorberater, geht an der Küche vorbei, beigefarbener Anzug, vierzig Jahre alt, nett, solo. Silke nickt geringschätzig in seine Richtung. Ich weiß, was sie meint. Nein, hier möchte man sich keinen aussuchen, auch wenn es so naheläge – man weiß doch schon, wie es sich mit ihnen lebt: Man sieht sie morgens ihren Kaffee trinken, man weiß, wann sie zu Mittag essen, mit wem sie telefonieren, wie viele Zigarettenpausen sie machen, wie oft sie aufs Klo gehen. Silke weiß, wo Jens und die anderen die nächste Woche sein werden, die übernächste, in zwei Monaten, das nächste Jahr. Sie weiß, in welchen Clubs Jens am Wochenende abhängt und wie er seinen Urlaub verbracht hat.

Silke unterbricht meine Gedanken: «Da sitzen wir hier und beklagen uns, und woanders haben die Menschen wirkliche Probleme. Manche Frauen müssen zusehen, wie ihre Kinder verhungern, wir können froh sein, dass wir in Deutschland leben.» «Ja, du hast recht», sage ich. «Lass uns mal weitermachen.» Jetzt bin ich vollends deprimiert.

Wortlos eilen wir im Gang aneinander vorbei in Richtung Küche oder Drucker. Heute Morgen bei der Besprechung haben wir uns geschworen, mit unserer Kampagne für die Kinderwelthilfe neue Maßstäbe in der Publikumswerbung zu setzen. Es ist Montag, dreiundzwanzig Uhr dreißig, die letzte Besprechung war vor zehn Minuten, nun geht es an den Feinschliff der zwei Entwürfe, für die Hajo, unser Kreativdirector, sich nun endgültig entschieden hat. Das bedeutet für die Praktikanten, passende Bilder aus dem Internet oder den Fotobüchern zu suchen, und für die Texter, die bestehenden Überschriften zu überarbeiten. Die Graphiker werden die neuen Überschriften einsetzen, und wenn dann Texter, Praktikanten, Marketingleute und Kreativdirectoren am frühen Morgen nach Hause gehen, werden sie die fertigen Kampagnen ausdrucken und auf Präsentationspappen aufziehen.

Oliver, Silke und ich sitzen im Großraumbüro in unserer Ecke über den vier Motiven, die uns zugeteilt wurden. Mein Tiefpunkt von vorhin ist überwunden. Vor zweieinhalb Stunden hatte ich noch gedacht, dass ich nicht durchhalte, der Kampf gegen meine Müdigkeit teilte die Zeit in endlose, qualvolle Fünfminutenabstände. Jetzt erzeugt die Mischung aus Übermüdung und Überschwang eine vollkommene Konzentration. Wie im Rausch lächeln wir einander zu, wenn wir auf Wattebeinen in die Küche gehen, um uns Wasser für Tee oder Tütensuppen warm zu machen. Die essenziellen Zutaten, die einen in dieser Ausnahmesituation leistungsfähig erhalten. Jeder hat sein Geheimrezept, um wachen Sinnes zu bleiben – die richtige Mischung aus Wasser und Kaffee, Zigaretten und Knäckebrot. Die unterschiedlichen Angewohnheiten werden wie Überlebenstaktiken ausgetauscht: «Also, ich esse nach zweiundzwanzig Uhr nur sehr wenig und dann nur zuckerhaltige Sachen, dafür trinke ich einen Liter Wasser pro Stunde.» «Wenn mir schon der Kopf auf den Tisch fällt, dann hilft mir eine Mischung aus Mineralwasser und einem Schuss Cola und dazu eine Vitamin-C-Tablette: Dieses Gebräu ist unschlagbar, zwei Minuten später bin ich wieder frisch.»

Übermüdung glättet auch die am Tag gehegten Aggressionen. Kurz vor Mitternacht ist mir Oliver ganz sympathisch, sein autoritäres Gehabe halte ich jetzt für väterliche Fürsorge, schließlich ist er verantwortlich für unsere kleine Truppe: Ergebnisse müssen her, und weil er weder Zeit noch Kraft übrighat, bei jeder neuen Textfassung, die ich ihm vorlege, den Kopf zu schütteln, darf ich ihn nun alle zehn Minuten stören, wenn ich einen Einfall habe. Er steht sogar auf, um sich die neuen Überschriften auf meinem Bildschirm anzusehen: «Ja, das ist schon ganz gut, das geht in die Richtung, die Hajo und ich uns für diese Kampagne wünschen, aber das muss sprachlich noch genauer rüberkommen. Das kannst du auch, deswegen haben wir dich gebucht.» Ich schreibe, ohne nachzudenken, tippe irgendwelche Sätze in den Rechner, kombiniere «Alleinsein», «Hunger», «das Recht auf Leben» und «Chance statt Hilfe». Silke baut meine Texte in das Layout ein. Mit meiner achten Tasse Kaffee stelle ich mich hinter sie, und Silke fragt mich nach meiner Meinung zu ihrem Entwurf. Eine schwarze, magere Frau mit einem Turban und ein paar Holzscheiten im Arm schaut dem Betrachter entgegen. Im Hintergrund sieht man eine Hütte, davor eine Feuerstelle und einen großen Topf aus Blech. Hinter der Frau auf dem Boden liegt ein in schmutzige Decken gewickeltes Baby. «Was hältst du davon, wenn der Text unter dem Kinn der Frau sitzt?», fragt Silke. Ich antworte, das Motiv hätte mehr Kraft, wenn der Satz über dem Baby stünde, in einer so kleinen Schriftgröße, dass man genau hinsehen muss, um ihn lesen zu können. So würde die Botschaft der Kampagne verstärkt, dass diese Menschen so leicht vergessen werden. Silke ist begeistert von meinem Vorschlag. «Eine gute Idee», sagt sie. «Das hat man auch noch nicht so oft gesehen.»

Oliver kommt zu uns und wirft einen Blick auf Silkes

Bildschirm, vertraulich legt er die Hand auf meine Schulter und fragt, wie weit wir sind: «Das sieht doch schon ganz gut aus, und der Text gefällt mir jetzt auch besser.» Silke strahlt und erklärt, sie habe versuchsweise meinen Text gekürzt, damit er ins Layout passt. Mir war das gar nicht aufgefallen, ich lese den gekürzten Satz, und er ist wirklich besser. Ich scherze: «Na, dann kann ich ja nach Hause gehen» und ärgere mich, dass ich nicht selbst darauf gekommen bin.

Mitternacht: Die anderen Unit-Chefs kommen vorbei und lassen sich von Silke zeigen, was wir inzwischen gemacht haben. Gregor, der Reinzeichner, betrachtet Silkes letzten Entwurf und sagt: «Das ist gut, das ist wirklich gut.»

Unruhe entsteht in der Mitte des Büros, das Essen wird geliefert: Denn wer bis nach zwanzig Uhr in der Agentur bleibt, darf sich auf Agenturkosten ein Essen bestellen, und wer bis nach Mitternacht bleibt, der bekommt auch das Taxi nach Hause bezahlt.

Einige gehen mit den Styroporbehältern gleich an ihre Schreibtische zurück, doch die meisten setzen sich an die vier Tische, die zu einer großen Arbeitsfläche zusammengestellt worden sind: Die wohlverdiente Pause, auf die man sich die ganze Zeit gefreut hat. Man isst Sushi oder Huhn in scharfem Curry, trinkt dazu Wasser und Kaffee. Lieber hätte man natürlich vier Stunden früher zu Hause gegessen, so wie es mit dem Freund oder der Freundin verabredet gewesen war, doch trotzdem kommt fast heimelige Stimmung auf. Die Praktikantinnen neben mir reden wenig. Die Marketingassistentin hat eine Kerze angezündet, und wir sitzen zusammen bis eins.

Nach der Pause, dachte ich, würde ich gestärkt zur Arbeit zurückkehren, Hajo und Oliver haben uns beim Essen versichert: «Leute, nun haben wir es bald geschafft, wir liegen gut in der Zeit.» Ich soll die Sätze umschreiben, die mir Oliver rübermailt. Für jede Minute, die ich mich auf diese Aufgabe konzentriere, brauche ich fünf oder zehn, um mich zu überwinden – so kommt es mir vor. Ich schaue auf die Uhr im Rechner: ein Uhr zweiundzwanzig. Nach einer Viertelstunde schaue ich wieder: ein Uhr vierundzwanzig. Es kommen keine Sätze mehr. Silke ist ganz stumm, sie starrt auf ihren Bildschirm und retuschiert Fotos. Ich spüre, es wäre keine gute Idee, sie zu fragen, ob ich ihr von meinen vielen Gängen in die Küche ein Glas Wasser mitbringen soll.

Irgendwann muss das Zeichen von Oliver kommen, dass es nun genug ist für mich. Natürlich sind meine Texte nicht ganz das, was er sich vorgestellt hat, aber es hilft nichts, er muss nehmen, was da ist, und wenn dann die Texter gehen dürfen, wissen die Graphiker, dass auch sie es in zwei, drei Stunden geschafft haben.

Gegen ein Uhr vierzig wache ich auf, ich war eingeschlafen. Ohne zu wissen, wo ich bin, geht mein Blick automatisch in die rechte obere Ecke des Rechners. Auf dem Flur herrscht Aufregung. Silke sitzt nicht mehr an ihrem Platz. Die Marketingassistentin läuft an mir vorbei, auf mein «Was ist los?» antwortet sie nicht. Langsam stehe ich auf und gehe in die Richtung des Unruheherds. Leute stehen im Gang, sie haben offensichtlich ihre Arbeit unterbrochen. «Habt ihr schon gehört?», sagt einer aus der Beratung, den ich nicht kenne. «Alles ist abgeblasen worden.»

Nur der dienstälteste Artdirector diskutiert weiter mit zwei Graphikerinnen den Sitz des Logos. Auch die Praktikantinnen am Schneidetisch schauen kaum auf und schneiden wie in Trance die Ausdrucke zurecht, die unablässig aus dem zentralen Drucker kommen.

Die Marketingassistentin schüttelt eine von ihnen am

Arm und sagt: «Du kannst aufhören, die Kampagnen sind gestorben.» Die Praktikantin hält inne, doch kaum hat die Marketingassistentin ihren Arm losgelassen, geht sie zum Drucker und holt den nächsten Ausdruck. «Hajo hat sich umentschieden», brüllt Oliver durch das Büro. «Meeting für alle Unit-Leiter ist um zwei Uhr im großen Konferenzraum. Ihr könnt euch schon mal Gedanken über neue Ansätze machen.»

Ich gehe in die Küche, nehme mir Kaffee, schlafe ein, wache auf, weil ich mir den Kaffee über die Hose gekippt habe. Gerade als ich dabei bin, den Fleck rauszureiben, kommt Silke in die Küche. Sie holt sich ein Glas Wasser, ohne mich zu beachten, ich folge ihr an unseren Platz.

Kaum sitze ich vor meinem Rechner, fällt mir ein, dass ich nun noch einmal von vorn werde anfangen müssen. Diese Vorstellung löst in mir Verzweiflung aus.

«Hajo will dich sprechen», sagt Oliver, der nach dem Meeting mit einer Nudelsuppe in der Hand zurückkommt, zu mir und wendet sich sogleich schlürfend und kauend seinem Rechner zu. Warum werde ich um diese Zeit zu Hajo bestellt? Ich hätte texten sollen, irgendetwas, und nicht in der Küche sitzen. Jemand muss ihm zugetragen haben, dass ich mir in der letzten Stunde keine neuen Ansätze für die Kampagne überlegt und meine Kollegen im Stich gelassen habe.

Ich gehe zu dem vom Großraumbüro abgeteilten Raum, klopfe an die Glastür und trete ein. Drinnen liegt Hajo auf seinem Sessel, Kopf auf Höhe der Tischkante, und schaut im Fernseher einen Videoclip an. Hinter ihm steht die hochschwangere Marketingchefin unserer Abteilung. Sie wendet sich mir zu, als ich eintrete, Hajo nicht, aber er nimmt meine Anwesenheit mit einem Winken zur Kenntnis, schaut den Clip zu Ende, zappt noch einmal durch sämtliche Programme. Dann schwenkt er seinen Sessel zu mir herum und fragt: «Na, wie läuft's?» Hajos Lächeln und der Klaps, mit dem er mich auf den Stuhl bittet, den er ganz nah zu sich herangezogen hat, verrät mir, dass mich keine Kritik erwartet. Die Marketingchefin wird rausgewunken. «Was hältst du denn von der Kampagne?», fragt mich Hajo und hält dabei den Stuhl fest, auf den ich mich gesetzt habe. «Sie hat eine klare Linie, man sieht sofort, worum es geht und für wen man spenden soll ...», fange ich an. «Also ein Spendenaufruf, der übliche Spendenaufruf?», fragt Hajo nach. Schweiß bricht mir aus, ich habe Angst, dass Hajo das riecht, denn dichter als wir kann man nicht zusammensitzen. Mein einziger Trost: Hajo riecht auch nicht mehr gut. «Worauf willst du hinaus, Hajo?», frage ich zurück, bemüht, alle Präsenz zu zeigen, die noch in mir vorhanden ist. Hajo soll sehen, ich bin frisch, auch wenn ich schon seit über achtzehn Stunden in seiner Agentur bin. «Aber herausragend ist die Kampagne nicht, oder?», bohrt er weiter. «Eine solche Kampagne lässt einem nicht gerade viel Raum für Experimente», wende ich ein. «So leicht gibst du dich zufrieden, das enttäuscht mich aber», sagt Hajo, aber er lacht dabei. «Hör zu, Yael, das hier», und er zeigt mit einer verächtlichen Geste auf die Probeausdrucke, die ihm die Unit-Chefs im Laufe der Nacht auf den Schreibtisch gelegt haben, «das habe ich schon Hunderte Male gesehen, dafür brauche ich keinen Trupp von gutbezahlten Leuten. So etwas mache ich selbst an einem Nachmittag.» Bevor ich etwas erwidern kann, fährt Hajo fort: «Am liebsten würde ich morgen alle entlassen und mit wirklich fähigen Leuten etwas Neues anfangen. Ich plane, an ein paar Wettbewerben teilzunehmen, und ich würde das gerne mit einem richtig guten Texter machen. Wird Zeit, dass unsere Agentur wieder Goldmedaillen gewinnt. Ich habe da an dich gedacht. Wann hast du Zeit?» Jetzt darf ich keinen Fehler machen, darf vor allen Dingen nicht begeistert zustimmen. Für diesen Monat habe ich keinen einzigen Auftrag in Aussicht, nur zwei Artikel für ein Berliner Stadtmagazin muss ich schreiben, das ist gerade die Strom- und die Telefonrechnung. «Ich schaue dann mal auf meinen Kalender, aber übernächste Woche habe ich bestimmt ein paar Tage Zeit, wenn ich zwischendurch die Korrekturen meiner laufenden Aufträge machen kann.» Hajo winkt ab, kein Problem. «Ich überlege, mit wem ich dich zusammensetze, Stefan ist frei nächste Woche.» «Ja, gut», sage ich, «Stefan ist ein guter Texter.» «Ach», sagt Hajo, «zu langsam, kein Biss. So ein Niveau will ich hier eigentlich nicht mehr sehen.» Hajo hat sich mit seinem Sessel in Richtung Fernseher gedreht.

Plötzlich steht die Marketingchefin wieder im Raum, ich will gehen, aber sich auch mit ihr gut zu stellen kann nicht schaden. Daher erkundige ich mich, wie es ihr geht. «Frag nicht», seufzt sie. «Die ganze Woche habe ich bis zehn gearbeitet.» Sie bekommt das Mitgefühl, das sie braucht, und dann entspinnt sich ein Gespräch zwischen ihr, Hajo und mir über Menschenwürde, Freiheit, Kindererziehung und was wirklich wichtig ist im Leben. Hajo fängt an zu philosophieren und erklärt, wie sehr er sich nach einem einfachen Leben sehnt und wie ihm diese oberflächliche Jagd nach Geld und den Preisen in Cannes auf die Nerven geht: Lesen möchte er, eine Sprache lernen, schreiben und einen Garten anlegen. Solche Sehnsüchte habe ich ihm gar nicht zugetraut, und mitgerissen von dieser vertraulichen Stimmung, lasse ich mich zu ein oder zwei intimen Geständnissen ähnlicher Art hinreißen. Die Marketingchefin stimmt ein, ja, sie möchte ihren Kindern ganz andere Werte vermitteln, streichelt dabei unablässig ihren Bauch. Ich höre nicht mehr zu, frage mich, ob ich mir die neue Wohnung, die ich letzte Woche besichtigt habe, doch leisten kann – wenn ich jetzt öfter von Hajo gebucht werde.

Jedem, der hereinkommt, um Hajo etwas zu fragen oder um einen neuen Ausdruck zu zeigen, wird zu verstehen gegeben, dass er uns bei diesem Gespräch stört. Mittlerweile ist es halb fünf, fast anderthalb Stunden bin ich bei Hajo im Zimmer, und ich könnte noch länger bleiben, aber der Höhepunkt ist eindeutig überschritten, und ich will gehen, bevor sich bei den beiden der Wunsch einstellt, die hergestellte Nähe wieder rückgängig zu machen. «Also, ich gehe dann mal, hab noch was zu tun», sage ich und wende mich in Richtung Glastür. Hajo sagt: «Ja, klar, muss hier auch schauen, wie weit die neue Kampagne ist.» Die Praktikanten an den Schneidetischen blicken nicht auf, sie schneiden die Präsentationspappen zurecht, nur die fest Angestellten sehen mir nach und wüssten gern, was für ein Gespräch da stattgefunden hat, an meiner Haltung lesen sie meinen aktuellen Status ab.

Um Viertel vor fünf hat Hektik von Silke und Oliver Besitz ergriffen. Mich beachten sie gar nicht. Oliver rennt zwischen Silkes Rechner und dem Drucker hin und her, Silke flucht, irgendetwas stimmt nicht mit den Druckvorgaben. Weil ich in dieser entscheidenden Phase in Hajos Büro gewesen bin, weiß ich nun nicht, welche Kampagne genommen worden ist und ob dafür neue Texte und Überschriften gebraucht werden. Wer hat die neue Idee entwickelt, und warum fragt mich keiner um Rat, obwohl ich laut Hajo die fähigste Texterin in der Agentur bin.

«Silke, welche Motive nehmen wir denn jetzt, kann ich

mal schauen?», versuche ich es vorsichtig. «Nicht jetzt», antwortet Silke gereizt. Ich warte, schiele auf die Ausdrucke, die Oliver auf seinen Schreibtisch legt, nehme Zettel und Stift, damit es so aussieht, als würde ich arbeiten, dabei male ich den Grundriss der neuen Wohnung auf einen Zettel, dann gehe ich ins Internet auf die Ikea-Seite, brauche schließlich Möbel und eine rosa Deckenlampe, dafür war die alte Wohnung zu klein, schlafe ein, wache auf. Habe einen entsetzlichen Durst, mein Mund ist trocken. Gehe ins Bad, betrachte mein Gesicht. Mir ist egal, wie spät es ist, draußen wird es hell.

Nun werde ich endlich wie selbstverständlich beim Empfang nach Hajo fragen können, so selbstverständlich, dass die Empfangsdame glaubt, dass sie Schwierigkeiten bekommt, wenn sie mich nicht durchstellt. Dann sage ich im vertraulichen Plauderton, anknüpfend an das nächtliche Gespräch: «Habt ihr was für mich, kann ich was für euch tun?» Die rosa Deckenlampe, endlich ein Urlaub mit meiner Freundin Franchesca. Das unangenehme Gefühl geht nicht weg, ich spüle meinen Mund aus und wasche mir das Gesicht mit kaltem Wasser.

Wo sitzt eigentlich Stefan – ich muss ihn fragen, ob er meine Hilfe braucht.

Mir wird schlecht, im Gang vor dem Klo ist ein Fenster, ich versuche, es zu öffnen. Es klemmt. Mit dem Rücken lehne ich mich an das kühle Glas. Plötzlich kommt ein Praktikant durch die Tür, die zur Treppe zum oberen Stockwerk führt, mit großen Präsentationspappen unter dem Arm. Fast rennt er mich um, bleibt erschrocken stehen und sagt wie entschuldigend: «Die müssen ins Erdgeschoss.» Er geht weiter mit seiner großen Last an den Schreibtischen vorbei, an denen hektisch gearbeitet wird: unsichtbar.

Die Tür zum Treppenhaus ist noch offen, ich steige ins obere Stockwerk hinauf, tatsächlich, dort stehen noch ein Dutzend der schwarzen Pappen. Ich nehme zwei Stück, die riesigen Pappen reißen mir die Arme unangenehm weit auseinander, egal, ist ja nur ein kurzes Stück. Mit den Pappen vor dem Gesicht gehe ich an Oliver und Silke vorbei, am Artdirector und den Graphikerinnen, dem Berater und der Marketingassistentin, an Jens, der im Flur telefoniert, den Praktikantinnen am Schneidetisch. Im Treppenhaus neben dem Fahrstuhl, dem einzigen Weg nach draußen, wenn man keinen Agenturschlüssel hat, stelle ich die Pappen ab. Fahre mit dem Fahrstuhl hinunter und schleiche am Empfang vorbei, ohne mich von jemandem zu verabschieden außer von der Marketingassistentin, die an diesem Morgen kurz nach sieben in der Küche im Erdgeschoss die Spülmaschine einräumt.

1964 war mein Vater dreiundzwanzig Jahre alt, charmant und anziehend, und ganz sicher hat er seine Nächte anders herumgebracht als ich. Sich von gesellschaftlichen und sexuellen Konventionen zu befreien, das war damals das große Thema, nur ein Idiot verschwendete seine Jugend mit Lohnarbeit. Mein Vater hat dieses Lebensgefühl voll auskosten können, wie ein großes gemachtes Bett hatte Deutschland auf ihn gewartet. Dabei hatte er davon zunächst gar keine Ahnung. Erst von den Studentinnen, die mit ihm in der Überzeugung, so Wiedergutmachung zu leisten, ein Verhältnis anfingen, erfuhr er, was in Deutschland geschehen war. Staunend stellte er fest, wie begeistert er in bestimmten intellektuellen Kreisen aufgenommen wurde. In keinem anderen Land, in dem er sich zuvor aufgehalten hatte, war er so willkommen gewesen.

In München wurden meinem Vater von allen Seiten Jobs angeboten, im Chez Margot oder im Stop In als Kellner, im Shalom Club hinter der Bar. Nahezu alle Besitzer von Nachtclubs waren Juden, Überlebende, mein Vater war ihnen eine angenehme Gesellschaft – er hatte weder auf der Seite der Täter noch der Opfer gestanden. Nur im Café Mignon war der Besitzer ein deutscher Kommunist, sein Herz schlug für den Befreiungskampf der Palästinenser, dennoch wollte er von seinem Kellner Antoine alles über das Leben in einem Kibbuz erfahren.

Weil es für einen Mann wie ihn so einfach ist, sein Geld zu verdienen, kommt und geht er zur Arbeit, wann er will. Einen Nachmittag für Marek mit der Nummer 74558 auf dem Oberarm im Kleinlaster in Schwabing Spirituosen ausfahren, und schon hat mein Vater wieder genug Geld, um die nächsten Tage im Café zu verbringen.

Vier Jahre lebte er so, lernte viele Frauen kennen, bis er eines Tages mit einem Freund nach Bremen fuhr und dort meine Mutter traf. Er nahm sie mit nach München. Amerikanische Jazz-Clubs, wie das Domizil oder das Picknick, das Flair der Leopoldstraße und die Playboys am Starnberger See – das war es, was meine achtzehnjährige Mutter damals begeisterte. Nie hat sie später von dieser Zeit gesprochen. Mir und meiner Schwester hat sie ihren Lebenslauf stets so dargestellt, als sei sie nie in München gewesen. Mein Vater dagegen erzählte mir schon gleich bei unserer ersten Begegnung: «Mich und die Helga – uns kannte man, wir waren überall eingeladen.» Im Café Mignon zum Beispiel haben sie viele Abende verbracht, denn Gregor Gelinsky hat Helga so verehrt, dass Antoine nie für den vielen Wein und den Kaffee hat zahlen müssen. Und Peter, ein Fotograf, der damals für die Süddeutsche Zeitung gearbeitet hat, wusste immer, wo in dieser Stadt was los war. Oft soll er Helga gefragt haben, ob sie ihm Modell stehen wolle, doch Helga hat jedes Mal abgelehnt.

Irgendwann nahm mein Vater sie mit in das Restaurant Cohens, dessen Besitzer, er und seine Frau hatten Auschwitz überlebt, ständig davon sprach, auszuwandern, und Deutschland doch nicht verlassen konnte. Stattdessen hatte er in der Türkenstraße das erste koschere Restaurant Münchens eröffnet. Antoine wollte seine Helga dem Emil Cohen vorstellen, ein Zeichen, dass er es ernst mit ihr meinte. Die ganze Sache ist gründlich schiefgegangen, denn meine Mutter hat zu diesem Anlass ein Kleid getragen, das hinten bis zum Po ausgeschnitten war. Der gewagte Ausschnitt war der Auslöser für einen leidenschaftlichen Streit zwischen den beiden, einer von vielen. Fotos aus dieser Zeit gab es zu Hause keine. Ich kenne nur die Bilder aus unserem Sozialkundebuch. Unter der Überschrift «Die Achtundsechziger, die Protestgeneration» zeigt eines ein nacktes Paar im Englischen Garten, die anderen eine Demonstration und eine Party. Die Menschen auf den Fotos sind alle jung, gutaussehend, froh, lebendig und schlank.

Im Halbschlaf spüre ich, wie kalt es im Zimmer ist. Ich will nicht aufstehen, aber ich sollte, denn es ist schon drei, draußen dämmert es, in zwei Stunden wird es wieder dunkel.

Mein Bademantel ist in der Wäsche, frische Strümpfe sind auch keine mehr im Schrank, ich ziehe mir meinen Wintermantel über den Schlafanzug, setze mich an den Küchentisch und rechne aus, wie viele Stunden ich für Hajo gearbeitet habe. Der Kühlschrank ist leer, nicht einmal mehr Kaffee ist da. Ich gehe runter zum Bäcker, um etwas für ein Frühstück einzukaufen.

Noch bevor der Kaffee fertig ist, schreibe ich die Rechnung an die Agentur. Dabei stelle ich fest, dass ich in den letzten Wochen viel weniger verdient habe, als ich geglaubt habe: In unserem Vorgespräch hatte mich Hajo um zwanzig Prozent runtergehandelt, ich bin erstaunt, dass das so viel ausmacht. Dreimal tippe ich die Summe in den Taschenrechner, immer das gleiche Ergebnis. Zu wenig Geld, um zu warten, bis mir ein neuer Job angeboten wird. Bei for best industries hatte der Kreativdirector Daniel gesagt, er würde sich melden, wenn sie freie Texter brauchen. Manchmal sei es mit der Arbeit ganz schön eng. Tatsächlich gelingt es mir, ihn zu erreichen und mich für den morgigen Tag mit ihm zum Mittagessen zu verabreden.

Ich schiebe meinen Stuhl vor die Heizung und frühstücke. Das Telefon klingelt, am anderen Ende allerdings keine Agentur, sondern Martha.

«Yael», sagt sie und kommt gleich zur Sache. «Ich brauche tausend Euro. Kannst du mir das Geld leihen?» «Tausend Euro, wozu das denn?», frage ich erstaunt zurück. «Ich bin in Schwierigkeiten. Dein Vater. Ich erkläre es dir später. Glaub mir, wenn es nicht dringend wäre, würde ich dich nicht fragen.» «Ich habe keine tausend Euro», sage ich. Martha lässt nicht locker: «Du hast doch in letzter Zeit so viel gearbeitet, ich gebe es dir auf jeden Fall zurück.» Ich erkläre ihr, dass ich noch nicht einmal die Rechnung für den letzten Auftrag geschrieben habe und dass es manchmal Wochen, sogar Monate dauern kann, bis eine Agentur das Geld überweist. «Je größer und bekannter die Agentur, desto länger dauert die Überweisung», füge ich hinzu, für den Fall, dass Martha das Gegenteil angenommen hat. «Ja, ich verstehe, da kann man nichts machen», sagt sie und klingt plötzlich unendlich müde, also verspreche ich ihr, zur Bank zu fahren und zu schauen, wie viel ich noch auf meinem Konto habe.

Zwei Stunden später schickt mir meine Freundin Franchesca eine SMS. Sie ist Immobilienmaklerin und den ganzen Tag unterwegs, heute will sie nach der Arbeit vorbeikommen. Schnell räume ich auf, gehe noch einmal einkaufen – eingelegte Meeresfrüchte, Fisch, Putenbrust, Salate in Schälchen und Baguette zum Aufbacken. Auf dem Rückweg werfe ich die Rechnung ein. Ich habe viel zu viel Geld ausgegeben, für Martha wird nur wenig übrig bleiben, da brauche ich gar nicht erst einen Kontoauszug zu holen.

Über Martha hat meine Mutter in meiner Kindheit nur einen einzigen Satz verloren: Dann hat er eine alte Frau kennengelernt, und die hatte mehr Geld. Martha ist siebzehn Jahre älter als meine Mutter. Mein Vater ist sieben Jahre jünger als Martha, und Martha hatte damals wirklich mehr Geld als meine neunzehnjährige Mutter. Ob es meiner Mutter gefallen würde zu hören, dass Martha vor drei Stunden angerufen und mich um tausend Euro gebeten hat? Aber meine Mutter weiß ja nicht, dass ich zu meinem Vater und seiner Frau Kontakt habe, ich habe es ihr nie erzählt. Zurück in meiner Wohnung, packe ich die Lebensmittel aus und stelle alles vor mir auf den Tisch. Vermutlich habe ich Martha mein Leben zu verdanken. Mein Vater und meine Mutter hatten nämlich große Schwierigkeiten miteinander, schon bevor meine Mutter schwanger war. Ich glaube, sie wollten sich trennen. Zu diesem Zeitpunkt lernten sie Martha und ihren damaligen Mann kennen, die den stets Mittellosen ein günstiges Zimmer in ihrem Haus anboten. Mein Vater entfernte sich von meiner Mutter, in welche

Richtung, war klar, meine Mutter erkannte die Gefahr und traf eine Gegenmaßnahme, sie wurde schwanger. Ich bin also eine doofe Idee, denke ich und fülle mir Kartoffelsalat und Hering auf einen Teller. Aber mein Vater hat sich davon wohl nicht beeindrucken lassen, im Sommer nach meiner Geburt war er schon mit Martha in Neapel – auf einer eindeutigen Reise.

Nachdem ich Hering und Salat gegessen habe, wasche ich meinen Teller ab und stelle ihn wieder auf den Tisch. Die erste Gier ist weg. Franchesca muss nicht sehen, wie viel ich esse. Ich räume die Tüten und die Einwickelpapiere weg und decke den Tisch sehr sorgfältig. Sie spielt immer die Genießerin und macht gerne Bemerkungen über meine Art zu essen, über mein hastiges Kauen und Schlucken. Ihre These ist: Sie ist ein wenig zu rundlich, da sie eine sehr sinnliche Frau ist, die das Essen genießt, ich bin dick, weil ich aus Frust esse.

Ich bleibe in der Küche sitzen und warte.

«Wow!», sagt Franchesca, als sie den gedeckten Tisch sieht. «Das wäre doch nicht nötig gewesen.» Das sagt sie jedes Mal, aber sie weiß, dass sie bei mir immer gut zu essen bekommt. Sie selbst hat in ihrem Kühlschrank meist nur fettarmen Joghurt und Knäckebrot. Sie sitzt vor mir in ihrem schicken Burberry-Anzug. Sie vermittelt Lofts und Luxuswohnungen an Reiche und Promis, da muss sie gut angezogen sein. Heute hat sie mit einem SPD-Politiker Dachgeschosswohnungen in Berlin-Mitte angeschaut, SPD-Politiker mögen es eher mondän, behauptet sie, bei einem Mitglied der CDU kleidet sie sich ordentlich oder höchstens elegant. Wir unterhalten uns über das Geldverdienen und über das Nett-sein-Müssen, dazu hat sie viel zu sagen, damit kennt sie sich aus. Ich erzähle ihr von Daniel, Franchesca weiß sofort, was diese

Verabredung für mich bedeutet: «In manchen Monaten gehst du Dutzende Male Kaffee trinken und mittagessen, plauderst endlos über Dinge, die dich nicht interessieren, und nichts kommt dabei heraus. Dann wieder kannst du mit einem Gespräch an einem Vormittag viertausend Euro verdienen.» Heute ist so ein Tag, an dem Franchesca nicht weiß, ob sich ihr Einsatz gelohnt hat.

Während ich die Suppe auf dem Herd umrühre, nimmt sie eine Wurstscheibe vom Teller, rollt sie zusammen und steckt sie sich in den Mund. Das Telefon klingelt, ich will es klingeln lassen, doch Franchesca gibt mir zu verstehen, dass sie sich um die Suppe kümmern wird, während ich telefoniere. Es ist die Polizei. «Kommissar Berger. Können wir kurz bei Ihnen vorbeikommen?» «Worum geht es?», frage ich zurück. «Das würden wir gerne mit Ihnen persönlich besprechen», sagt Herr Berger. «Es handelt sich allerdings nicht um Ihren Vater, sondern um Gizella Székely.» «Um Gizella?», ich bin irritiert.

Ich halte den Hörer zu und frage Franchesca, ob es sie stört, wenn die Polizei vorbeikommt. Sie ist erstaunt, fragt: «Warum?», schüttelt dann aber den Kopf. «In einer halben Stunde sind wir bei Ihnen», sagt der Anrufer.

«Die Polizei? Was will die Polizei von dir?», fragt Franchesca. Ich erkläre ihr, dass mein Vater verschwunden ist. «Warum hast du mir nichts davon erzählt?», wundert sie sich. «Keine Ahnung. Ich dachte, das ist nichts, was man erzählen muss. Es gibt nicht wirklich etwas zu erzählen.»

Jetzt, wo offizieller Besuch kommt, will ich mich duschen und umziehen. Franchesca folgt mir mit ihrem Suppenteller in mein Zimmer. Ich ziehe die warme Skihose aus, die ich seit heute Nachmittag trage, und nehme frische Unterwäsche aus dem Schrank und eine Jeans vom Garderobenständer.

Dabei achte ich darauf, stets mit dem Hintern zur Wand zu stehen. Franchesca probiert von ihrer Suppe und wendet sich dann interessiert meinem Garderobenständer zu. Mit dem rechten Handrücken fährt sie über sämtliche Kleider. «Wir müssen mal zusammen einkaufen gehen, deine Ausstattung ist miserabel.» «Ach lass», wehre ich ab, «für so was habe ich kein Geld.» Ich nehme die frischen Sachen und verziehe mich ins Bad. Während ich unter der Dusche stehe, geht die Tür auf: «Hier, das würde dir besser stehen.» Franchesca legt mir eine bestickte Trachtenbluse hin, die mir mein Vater letztes Jahr geschenkt hat, und meinen braunen Ledergürtel. «Warum soll ich mich für die Polizei so aufstylen?», frage ich. «Sind auch Männer», antwortet Franchesca.

Als es an der Tür klingelt, bin ich noch im Bad. Franchesca macht auf. Während ich meine Bluse zuknöpfe, höre ich Schritte im Flur. Eine Männerstimme fragt: «Sind Sie Frau Fischer?» «Nein, sie kommt gleich», antwortet Franchesca. Als sie das sagt, stehe ich schon im Zimmer und bin überrascht: Ich hatte zwei Beamte in Uniformen erwartet, aber vor mir stehen ein junger und ein sehr viel älterer Mann in Hemd und Jeans. Sie sind gerade dabei, sich auf mein Sofa zu setzen, und richten sich bei meinem Anblick wieder auf. Mit durchgedrücktem Rücken setze ich mich auf den Stuhl gegenüber, die Bluse ist zu eng, der Gürtel schnürt mir den Bauch ein.

«Wir würden uns gerne mit Ihnen über eine Freundin Ihres Vaters unterhalten, Frau Gizella Székely», beginnt der ältere Kommissar. «Warum?», frage ich wie vorhin am Telefon. Der jüngere, der sich als Herr Wendt vorgestellt hatte, macht eine Handbewegung in die Richtung seines Kollegen. «Vielleicht können Sie uns ein paar Fragen beantworten», sagt er. «Nach Antoine Hasidim wird seit gestern im Zusammenhang mit einem Verbrechen gefahndet, das bedeutet, dass wir uns in Zukunft mit der Suche nach Ihrem Vater befassen. Was wissen Sie von der Beziehung Ihres Vaters zu Gizella Székely?» Er schaut mich und dann Franchesca an, die wiederum fragend zu mir schaut: «Als Verwandte müssen Sie aber nichts sagen, was Ihren Vater belasten könnte. Mit anderen Worten, Sie sind nicht verpflichtet, sich mit uns zu unterhalten.» «Ich verstehe nicht», sage ich. «Gizella Székely wurde in ihrem Haus am Plattensee tot aufgefunden», erklärt Herr Wendt.

Franchesca schreit auf, das kommt mir ziemlich gekünstelt vor, plötzlich übermannt mich die Vorstellung, die Polizei und sie hätten sich abgesprochen und spielten mir gerade etwas vor. Ich kann nur noch nicht den Zweck dieser Aufführung erkennen.

«Was?», frage ich und denke gleichzeitig, dass ich mich vermutlich blöd anhöre. Der Ältere, Herr Berger, übernimmt: «Wie gesagt, Sie können das Gespräch jederzeit abbrechen, Frau Fischer.» «Möchte jemand Tee?», Franchesca springt auf. «Wissen Sie, in welcher Beziehung Ihr Vater zu Gizella Székely gestanden hat?», fragt Herr Berger. «Sie kennen Gizella Székely?» Ich nicke, Franchesca ruft aus der Küche: «Yael, wo stehen deine Tassen?» «Wollte Ihr Vater Frau Székely heiraten?», fragt Berger weiter. Franchesca hat die Tassen auch ohne meine Hilfe gefunden und schenkt nun den Tee ein, den ich vorhin für uns gekocht hatte. Mein Mund ist trocken, ich nehme die volle Tasse, und dann trinke ich doch nicht. «Nein, das wollte er nicht», sage ich. «Woher wissen Sie das so genau?» «Wollte vielleicht Frau

Székely Ihren Vater heiraten?» Diese Frage kommt jetzt wieder von Herrn Wendt. Ich zucke mit den Schultern. «Hat Ihr Vater vielleicht versprochen, sie zu heiraten, hat er Ihnen gegenüber etwas in dieser Richtung erwähnt?», hakt er nach. Ich begreife endlich: Das hier ist nicht einfach eine Unterhaltung über meinen Vater, das ist ein Verhör.

«Ihre Tochter hat in Kapstadt am fünfundzwanzigsten Februar eine Vermisstenanzeige aufgegeben, die sowohl an die ungarische als auch an die deutsche Polizei weitergeleitet wurde», erklärt Herr Wendt. «In ihrem Münchner Apartment haben wir sie nicht angetroffen, die ungarische Polizei hat ihre Stadtwohnung in Budapest und auch ihr Grundstück am Plattensee aufgesucht. Und da hat man sie dann gefunden. Im Hausflur, erschlagen. Sie war schon seit mindestens sechs Wochen tot.»

Ein scheußliches Bild entsteht vor meinen Augen, von der toten Gizella mit lackierten Fingernägeln an einer verwesenden Hand, ein rosafarbenes Negligé um einen in Auflösung begriffenen Körper. Wie schrecklich für sie, so gefunden zu werden, für Gizella, die stets so viel Wert auf eine gepflegte Erscheinung legte. Ich bin schockiert. Franchesca hört auf zu kauen und legt das angebissene Brötchen auf ihren Teller zurück. «Das ist ja furchtbar», murmelt sie.

Herr Berger holt zwei Fotos aus seiner schwarzen Aktentasche und reicht sie uns. «Ist das die Frau, die Sie unter dem Namen Gizella Székely kennen?» Ich nehme die Fotos nicht, ich habe Angst vor dem, was darauf zu sehen ist. Aber es sind keine Bilder von der Toten. Die Aufnahmen zeigen vielmehr die lebendige Gizella in einem Garten und Gizella Arm in Arm mit ihren Töchtern. Franchesca nimmt sie Herrn Berger aus der Hand und betrachtet sie genau, obwohl sie Gizella nie zuvor gesehen hat.

«Warum glauben Sie, dass mein Vater etwas damit zu tun hat?», frage ich. «Ganz einfach, er ist zur besagten Zeit dort gewesen», erwidert Herr Berger, während er die Fotos wieder in seine Tasche steckt. «Wann haben Sie Ihren Vater zum letzten Mal gesehen?» «In Israel. Am einundzwanzigsten Dezember hat er mich am Flughafen in Tel Aviv abgeholt. Nach der Reise habe ich noch einmal mit ihm telefoniert, aber seit dem sechzehnten Februar ist er, wie ich es in der Vermisstenanzeige angegeben habe, nicht mehr zu Hause aufgetaucht.» Herr Wendt notiert tatsächlich alles, was ich sage, in einem Notizbuch. «Wann und wo genau haben Sie mit Ihrem Vater telefoniert?» Ich wiederhole sämtliche Daten, ich kann sie auswendig. «Wie lange war Ihr Vater in Israel?», fragt Herr Berger weiter. «Etwas länger als zwei Wochen, wie ich auch», sage ich, und dann fällt es mir wieder ein: «Das heißt, mein Vater wollte siebzehn Tage bleiben, aber der Freund in dem Reisebüro, der uns die Flugtickets besorgt hat, hat einen Fehler gemacht. Er hat für meinen Vater irrtümlich einen Rückflug für den vierten Januar reserviert. Mein Vater hat das erst einen Tag vor dem Hinflug bemerkt und versucht, den Flug von Israel aus zu ändern. Aber das war dann nicht mehr möglich.» Herr Wendt schreibt auch das in sein Notizbuch. «Das ist also die Version, die Ihnen Ihr Vater erzählt hat?», vergewissert sich Herr Berger. «Was soll das heißen?», fahre ich ihn an. «Das ist keine Version, ich war doch dabei.» «Das soll heißen, dass der Freund Ihres Vaters vom Reisebüro Holy Travels sich durchaus nicht geirrt hat, was das Datum des Rückflugs angeht. Wir haben ihn nämlich bereits befragt: Ihr Vater hatte ihn schon im November ausdrücklich darum gebeten, den Rückflug nach München so zu arrangieren, dass er über Budapest fliegt und dort vier Tage Aufenthalt hat.»

«Das ist nicht möglich», sage ich und sehe zu Herrn Wendt hinüber, der bestätigend nickt, aber dann wird mir schnell bewusst: Es ist durchaus möglich. «War Ihr Vater irgendwie anders als sonst, als Sie am zwölften Januar mit ihm gesprochen haben?», fragt Herr Wendt. Ich bin nach dem kurzen Schockmoment vollkommen davon überzeugt, dass mein Vater in Budapest war, aber das muss ja nicht bedeuten, dass er etwas zu verbergen hatte: Wahrscheinlich wollte er sich einfach ersparen, mir erklären zu müssen, warum er Gizella besuchen fuhr, wo er doch eine Woche vor unserer Abreise beteuert hatte, wie froh er sei, sie endlich los zu sein.

«Auch wenn mein Vater ohne mein Wissen nach Budapest geflogen ist, bin ich ganz sicher, er hätte mir davon erzählt, wenn während seines Aufenthaltes etwas Schlimmes passiert wäre!», beteuere ich.

«Das glauben wir Ihnen, dass Sie davon überzeugt sind. Aber vielleicht gibt es Situationen, wo sich Ihr Vater nicht im Griff hat und Dinge tut, die er anschließend bereut? Wir haben hier zum Beispiel einen Vorfall, der fünf Jahre zurückliegt, da hat Ihr Vater den damals siebenundsechzigjährigen Herrn Hofer zusammengeschlagen.» Franchesca und ich schrecken auf, Franchesca, weil sie diese Geschichte nicht kennt, ich, weil die Angelegenheit, so offiziell formuliert, doch bedrohlich wirkt. Ich sage: «Das ist nicht so, wie Sie glauben.» «Was meinen Sie damit?», fragt Herr Berger. Franchesca schaut zu mir herüber, als hätte sie einen ganz neuen, ihr völlig unbekannten Menschen vor sich sitzen. Die erwähnte Geschichte in dieser Runde zu erzählen kommt mir sinnlos vor. Sinnlos zu erklären, dass mein Vater dem Vermieter seiner damaligen Freundin Franka einen Denkzettel verpassen musste. Monatelang hatte der widerwärtige und geldgierige Herr Hofer Franka gequält, weil er die Wohnung, in der sie seit vierzehn Jahren wohnte, verkaufen wollte. Franka hatte eingewilligt auszuziehen und wartete auf eine andere Wohnung, die ihr von einer Wohnungsgesellschaft versprochen worden war. Aber dies ging Herrn Hofer nicht schnell genug. Deswegen belästigte er Franka mitten in der Nacht mit Telefonanrufen, beschimpfte sie auf der Straße, kam angemeldet oder unangemeldet mit angeblichen Käufern in die Wohnung, riss Türen und Schränke auf, machte anzügliche Bemerkungen. Franka konnte monatelang nicht schlafen, und eines Morgens hatte sie einen Nervenzusammenbruch. Mein Vater wusste, was zu tun war. Als Herr Hofer wieder einen seiner Besuche angekündigt hatte, bat mein Vater um die Wohnungsschlüssel. Herr Hofer schloss also an dem bewussten Tag, den Herr Berger eben genannt hatte, die Tür auf, aber nicht die verängstigte Franka wartete auf ihn, sondern mein Vater. «Was machen Sie hier?», fragte Herr Hofer. «Und was machen Sie hier?», fragte mein Vater zurück. «Das ist meine Wohnung», hat der Siebenundsechzigjährige geschrien, «und Sie haben hier nichts zu suchen!» Mein Vater, der mir später in allen Details die Geschichte erzählte, hat keine Sekunde die Kontrolle verloren, sehr ruhig hat er zu Herrn Hofer gesagt: «Solange Frau Franka Katalani für diese Wohnung noch einen Mietvertrag hat, möchte ich Sie hier nicht mehr sehen. Und jetzt werde ich Sie die Treppe hinunterbegleiten.» Herr Hofer hat wohl nicht begriffen, dass man mit diesem Mann mit der Zigarette nicht diskutieren sollte, und geantwortet: «Ich gehe, wann es mir passt.» Mein Vater hat also den alten Mann zum Treppenhaus geschoben. Der erste Tritt in den Hintern beförderte den keifenden Herrn Hofer bis ganz an das andere Ende des Treppenabsatzes. Absatz für Absatz trat mein Vater den Vermieter die Treppe hinunter, geschrien hat der, bis er unten war, aber keiner der Nachbarn hinter den Türen hat ihm geholfen. Dafür haben sie die Polizei gerufen, auf die mein Vater dann rauchend auf der Treppe vor der Haustür neben dem blutenden Herrn Hofer gewartet hat.

«Das lässt sich nicht so einfach erklären, es war sozusagen Notwehr», ist alles, was mir einfällt. Nichts, was ich sagen könnte, würde meinen Vater in den Augen dieser Leute besser dastehen lassen. Die Geschichte mit Gizella ist schrecklich. Ich sehe auf die Leckereien, die ich vor ein paar Stunden gekauft habe, und ich kann leider die Tränen nicht zurückhalten. Ich muss weinen, über den gedeckten Tisch und dass ich nicht mehr essen mag, obwohl ich mich so darauf gefreut habe.

Mein Vater wird bald auftauchen und alles erklären. Seine Zeit kommt noch, hatte er mir gesagt, das letzte Mal, als er hier war und wir im Walhalla saßen. Ein neues Leben wollte er anfangen – mit einer ganz anderen Frau, nicht mit Gizella oder Martha. Er hatte sich eine Zigarette angesteckt und dann mit dem Zeigefinger einen seiner Backenzähne befühlt. «Scheußlich, warum hat mir der Zahnarzt diesen Zahn nicht auch gleich gezogen, bin ich froh, wenn ich erst ein Vollgebiss habe.»

«Wenn Sie ihn finden, wird sich alles aufklären», ich schluchze und bekomme sofort Atemnot. Der Gürtel presst sich in meinen Bauch. Franchesca legt ihren Arm um mich. Ich habe nicht damit gerechnet und zucke zusammen. Langsam zieht sie ihren Arm wieder zurück.

«Wir verstehen, dass Sie sich Sorgen um Ihren Vater machen. Wir wünschen Ihnen, dass wir ihn bald finden, und ihm wünschen wir, dass Sie recht haben.» Herr Wendt reicht mir eine Serviette, mit der ich mir die Augen abtupfe.

«Es ist für uns nicht angenehm, Sie all das fragen zu müssen, wir wollen Sie jetzt auch nicht weiter stören», sagt Herr Berger im Aufstehen und reicht mir eine Visitenkarte. «Sie können uns unter dieser Nummer erreichen.» «Warten Sie», bitte ich ihn und gehe zu meinem Schreibtisch und nehme aus meiner Tasche das DIN-A2-Blatt heraus, auf dem ich vor einer Woche die Übersicht über Frauen, Freunde und Familie meines Vaters gezeichnet hatte. «Vielleicht können Sie das gebrauchen», ich falte es auseinander und halte es den beiden Beamten hin. Herr Berger, Herr Wendt und Franchesca schauen auf das bunte Plakat, keiner sagt etwas.

Gleich am nächsten Morgen um neun versuche ich, Martha zu erreichen. Sie steht nie vor elf Uhr auf, ich bin also nicht überrascht, dass niemand rangeht. Einen Anrufbeantworter haben sie und mein Vater nicht. Im Café Mafalda nehme ich mir zwei Zeitungen vom Zeitungsständer, aber ich kann mich nicht konzentrieren. Immer wieder rufe ich bei Martha an, es ist mir noch nie so dringend gewesen, ihre Stimme zu hören. Schließlich gibt es außer ihr keinen Menschen, mit dem ich über Gizella und den gestrigen Besuch der Polizei sprechen könnte.

Um zwölf Uhr dreißig ist es Zeit loszufahren, damit ich rechtzeitig zu dem verabredeten Mittagessen komme. Letztes Mal wurde ich nach einem solchen Treffen von Daniel für drei Tage gebucht. Am Hackeschen Markt stelle ich mich ins Foyer der Agentur, ich habe mich mit der Zeit verschätzt und bin zu früh. Um Viertel nach eins rufe ich Daniel auf seinem Mobiltelefon an, er geht nicht ran. Ich schiebe das Fahrrad nach Hause.

Zu Hause erreiche ich Martha: «Ich bin gerade heimgekommen. Hast du das Geld?» Das ist nicht das Thema, über das ich mit ihr reden möchte, ärgerlich erkläre ich ihr: «Ich habe selber nichts, ich kann dir höchstens hundert Euro geben.» «Mit hundert Euro ist mir nicht geholfen», antwortet sie. Das ärgert mich noch mehr, denn allein um die hundert Euro tut es mir leid. «Weißt du schon», sage ich, «Gizella ist tot.» «Ich habe es gestern erfahren, und ich muss dir gestehen, es interessiert mich nicht besonders», antwortet Martha.

Stattdessen erklärt sie mir, worin ihr Problem besteht: «Dein Vater und ich haben Möbel und Bilder in Kommission verkauft. Wenn Antoine irgendwas hinter meinem Rücken verkauft hat, bekam er die gesamte Kaufsumme in die Hand, meistens hat er das Geld ausgegeben oder andere Schulden damit bezahlt. Er wusste ja, dass immer wieder Geld reinkommt, mit dem er die ausstehenden Beträge dann begleichen kann.» «Und jetzt, wo es den Laden nicht mehr gibt, funktioniert das nicht mehr», sage ich. «Genau», bestätigt sie, «vor zwei Tagen ist ein Syrer bei mir aufgetaucht, dem Antoine angeblich viertausend Euro schuldet. Er bedroht mich. Ich will ihm tausend Euro Anzahlung geben, um Zeit zu gewinnen. Bitte hilf mir. Wenn dein Vater wieder da ist, gibt er dir das Geld zurück.»

Ich winde mich vor schlechtem Gewissen, denn ich weiß, wenn ich Martha das Geld gebe, ist es weg. Ganz gleich, ob mein Vater wieder auftaucht oder nicht.

Das nicht zustande gekommene Mittagessen gibt den Ausschlag, wer weiß, wann ich den nächsten Auftrag bekomme: «Tut mir leid, Martha, ich habe das Geld nicht. Ich kann dir nicht helfen.»

Heute ist es noch kälter als gestern. Trotzdem fahre ich mit dem Fahrrad zum Alexanderplatz. Ich soll die Krankenkassenflyer lektorieren. Es dauert nicht lange, hat mich der Agenturchef Schöler getröstet. Ich aber bin empört: Für eine Stunde Arbeit, das heißt für dreißig Euro fahre ich im Regen durch die Stadt. Was wollen die Leute alle von mir? Was denkt sich Martha, wo ich so viel Geld auftreiben soll?

Endlich bin ich da, schließe das Rad hinter dem Haus an. Wie ich es hasse, dieses Hinhocken und das Schloss durch den Fahrradständer zerren, aber das Rad muss an einen festen Gegenstand angeschlossen werden, sonst ist es nicht versichert.

Ich betrete das Foyer des Hochhauses und drücke auf den Knopf für den Fahrstuhl. Irgendwann werde ich Martha einmal sagen, wie unsensibel es von ihr ist, mich um Geld zu bitten. Fast immer, wenn mein Vater in Berlin war, habe ich ihm Geld gegeben, letztes Mal sogar zweihundert Euro, denn er hatte nach seinem Besuch bei Heidrun keinen Cent mehr in der Tasche und brauchte Geld für Essen und das Benzin zurück nach München. Es kann doch nicht sein, dass ich wie selbstverständlich die Vergnügungen und die Schulden meines Vaters bezahle.

«Gut, dass du kommst, die Druckerei wartet», begrüßt mich Herr Schöler. «Kann ich kurz telefonieren?», frage ich. Er zieht ein Gesicht, zeigt aber in das Zimmer der Beraterin, die heute nicht arbeitet. Martha ist nicht da. Weil mir nichts Besseres einfällt, wähle ich ihre Nummer ein zweites Mal, zu meiner Überraschung geht sie jetzt ran. «Ich war im Bad», sagt sie.

«Ich rufe noch einmal an wegen des Geldes», beginne ich.

«Yael, ich werde bedroht, ohne meinen Sohn Erick gehe ich gar nicht mehr vor die Tür.» «Was meinst du mit *be-*

droht?» «Ich kriege seltsame Anrufe, die meisten nicht auf Deutsch, und gestern wurde ein Zettel unter der Tür durchgeschoben, Antoine soll etwas zurückgeben oder zurückzahlen, ich weiß es nicht.» «Um Gottes willen, Martha, du musst sofort zur Polizei gehen!» Martha lacht. «Meine liebe Yael, die Polizei kommt hier regelmäßig vorbei. Die Polizei kann mir nicht helfen.»

Herr Schöler klopft an und sagt durch die Tür: «Yael, du musst jetzt lektorieren oder gar nicht. Die Druckerei wartet!»

«Was bedeutet das alles? Meinst du, dass meinem Vater was passiert ist? Ich habe es doch von Anfang an gesagt, und du hast mir nicht glauben wollen. Vielleicht hat er Schulden bei den falschen Leuten gemacht, und weil er nicht zahlen konnte, haben sie ihm was angetan!» «Beruhige dich, Yael. Wenn sie Antoine etwas antun, kann er auch nicht mehr zahlen. Ich habe trotzdem Raoul gebeten, sich mal unter seinen Leuten umzuhören.» Ich bin entsetzt, ich muss aufschluchzen und habe Atemnot. «Yael, wir wissen doch noch gar nicht, was los ist. Weine nicht, bleib ganz ruhig.»

Es klopft wieder an der Tür. «Ich muss auflegen, Martha.»

Als ich nach Hause komme, sehe ich Zigarettenasche auf dem Treppenabsatz zum Dachboden. Mein Vater ist hier! Endlich, das wurde aber auch Zeit! Und wie typisch für ihn, einfach vorbeizukommen und vor meiner Tür zu warten, anstatt anzurufen. Sicher ist er einen Kaffee trinken gegangen in der Nähe. Aufgeregt will ich meine Tür aufschließen, dann entdecke ich, dass eine Zigarette im Türrahmen ausgedrückt wurde. Der schwarze Fleck ist eindeutig ein Brandloch, und am Boden liegt ein Zigarettenstummel. Das irritiert mich. Warum hat mein Vater das gemacht? Sofort ist mir unheimlich, ich starre auf die Tür, und plötzlich bilde ich mir ein, dass der Türbeschlag verkratzt ist. Ich schaue ihn mir genau an, aber vielleicht sind mir die beiden Kratzer bisher nur nicht aufgefallen. Dann lausche ich nach verdächtigen Geräuschen. Jemand ist hier gewesen. Mein Vater ist verschwunden, seine Frau lässt ihn im Kriminellenmilieu suchen, das macht mir große Angst. Doch ich darf nicht hysterisch werden, Martha hat recht.

Weder von den Drohungen gegen Martha noch von meinem Verdacht mit der Wohnungstür erzähle ich eine Stunde später Herrn Wendt und Herrn Berger.

Kurz nach ihrem ersten Besuch war mir etwas Wichtiges eingefallen, nämlich, warum es vollkommen unerheblich ist, dass mich mein Vater über die Modalitäten seiner Rückreise belogen hat: Es handelte sich bei dem, was immer sich auch in dem Haus am Plattensee abgespielt hat, nicht um ein geplantes Verbrechen, deshalb war es doch gleichgültig, ob er mir von seinen Reiseplänen erzählt hat oder nicht.

«Aber er hat Ihnen, als er wieder in München war, nicht erzählt, dass er in Ungarn gewesen ist», sagt Herr Wendt.

Eigentlich sind Herr Berger und Herr Wendt nur vorbeigekommen, um eventuell vorhandene Unterlagen, die mit unserer Reise nach Israel in Verbindung stehen, wie Flugtickets, Quittungen für Leihwagen oder Restaurantbesuche, abzuholen.

Zwischendurch ruft Franchesca an und lädt mich ein, das Wochenende bei ihr zu bleiben, ich lehne ab, also besteht sie darauf, dass ich wenigstens nächste Woche zum Essen komme. Um sie loszuwerden, sage ich zu.

Viel ist es nicht, was ich den beiden Kriminalbeamten geben kann. Interessiert schaut sich Herr Berger mein Regal mit den Kassetten und Videobändern an. «Haben Sie Filmaufnahmen während der Reise gemacht?», fragt er, ob aus Interesse oder weil er glaubt, es könnte für die Untersuchung wichtig sein, kann ich nicht heraushören.

Ich überlege kurz, ob ich den beiden die Videos von Alons Reise nach Marokko überlassen soll, einfach damit sie sehen können, was für ein Mensch mein Vater ist, dass er anders ist, als sie sich wahrscheinlich einen Marokkaner vorstellen. Aber das würde auch nichts nützen, Herr Berger und Herr Wendt können mir nicht helfen. Ich spüre, dass ich und mein Vater den Kriminalbeamten im Grunde gleichgültig sind.

Kurz nachdem die beiden gegangen sind, meldet sich die Graphikerin aus der Agentur: Sie habe einen Fehler entdeckt, berichtet sie mir, direkt auf der Rückseite des Umschlags. Wenn die Broschüre so in den Druck gegangen wäre, hätte ich bis zu vierzig Prozent der Druckkosten zahlen müssen, und der Druck ist teuer. «Du hast Glück, dass ich das gesehen habe, wollte ich dir nur sagen, fürs nächste Mal.» «Danke, sehr nett.»

Ich muss aufräumen und einkaufen, auf dem Speicher die Wäsche abhängen und einen Brief ans Finanzamt schreiben, aber ich kann nicht. Ich überlege, wen ich anrufen könnte, um über meine Sorge um meinen Vater zu sprechen, mir fällt niemand ein. Vielleicht sollte ich ins Kino gehen, mich ablenken. Ob ich der Polizei doch die Videos von Alon zur Verfügung stellen soll, so albern ist die Idee nicht, ich gehe zum Regal und lese die einzelnen Aufschriften, nehme dann die Kassette mit der Nummer sieben heraus und lege sie in den Videorecorder ein.

Ein wunderbarer Frühlingstag, eine Kamerafahrt durch einen schattigen Garten. Mein Vater sitzt in einer Koranschule inmitten von singenden arabischen Schulkindern auf dem Boden. Auch er hält ein Schulbuch in der Hand und sagt die arabischen Schriftzeichen auf, die Schrift seiner Muttersprache, die er bis heute nicht lesen kann. Und weil er ein Gast ist, kümmert sich die Lehrerin ganz besonders um ihn, sehr zum Vergnügen seiner jungen Mitschüler. Die zum Abschied winkenden Kinder werden abgelöst von meinem Vater, wie er versucht, vor dem grünen VW-Bus, den Alon und seine Kommilitonen für diese Reise gekauft haben, den Campingkocher in Gang zu setzen. Der Bus steht versteckt in einem kleinen Wäldchen, weil gerade Ramadan war und man niemanden durch Kochen und Essen in der Öffentlichkeit provozieren wollte, wie eine Stimme aus dem Off erläutert. Ein kleiner Schwenk nach rechts, und plötzlich sieht man hinter einem Busch eine Gruppe von Kindern mit einem Esel stehen. Die Jungen haben die Nichtgläubigen bemerkt und brennen darauf, mit ihnen ins Gespräch zu kommen, das ist deutlich zu sehen. Jedes einzelne Gesicht wird von der Kamera eingefangen, schüchtern lachen die Kinder, dann hört man die Stimme meines Vaters.

Nach dieser Szene muss ich die Kassette wechseln, und am Anfang der nächsten sitzen schon alle fünf Kinder um meinen Vater herum. Sie zeigen auf einzelne Dinge: das Filmzubehör, die Taschen, und einer der Jungen berührt zutraulich den Lichtmesser um Alons Hals. Der Kameramann filmt minutenlang den Beleuchter, der sich mit dem ältesten Jungen über den Esel unterhält, der ungerührt die

Kartoffelschalen frisst, die ihm jemand vor die Hufe gelegt hat. Als ein anderer Junge von einem Kommilitonen Alons ein T-Shirt geschenkt bekommt, sieht man in Großaufnahme, wie verlegen er ist vor Freude. Mein Vater streicht ihm liebevoll über den Kopf. Der Rest von Kassette Nummer acht ist leer.

Was, wenn er nicht mehr zurückkommt. Ich versuche mir das vorzustellen, eigentlich wäre es für mich kein großer Unterschied. Wenn ich ihn von Zeit zu Zeit sehe, dann immer nur auf einen Kaffee, und am liebsten redet er von sich, darüber habe ich mich schon oft geärgert, und telefonisch meldet er sich eigentlich auch nur, wenn er etwas von mir will.

Aber dann wäre auch niemand da, der mich verstehen könnte, dem ich mich wirklich nahe fühlen könnte, wenn er sich nur ein bisschen mehr Mühe geben würde. Ich hätte das einfordern sollen, es könnte sein, dass es für uns keine zweite Chance gibt.

Ich sitze im Schnellimbiss nebenan und esse ein halbes Hähnchen mit einer doppelten Portion Pommes, als meine Mutter anruft. «Wo bist du?», fragt sie. «Mama, was gibt es?» «Liebe Yael, ich möchte, dass du zum sechzigsten Geburtstag deines Vaters kommst. Deswegen rufe ich an.»

«Was?» Ich bin verwirrt. «Dein Vater hat Geburtstag, das hast du doch hoffentlich nicht vergessen?» Jetzt begreife ich, dass sie von meinem Stiefvater spricht und nicht von Antoine. Burkhardt hat übermorgen Geburtstag, und meine Mutter wird eine große Party für ihn geben, schon vor Wochen hat sie mir davon erzählt. «Jeder wird etwas Besonderes zum Programm beitragen, Klara zum Beispiel hält eine Rede.» Ich habe ein schlechtes Gewissen, ich sollte meine kleine Schwester unterstützen, sie arbeitet und hat ein Kind, und trotzdem hilft sie bei den vielen Vorbereitungen. Aber im Moment kann ich mich nicht dazu durchringen, mit meiner Mutter zu sprechen, also sage ich kurz: «Ich kann jetzt nicht telefonieren.» «Wir haben so lange nicht gesprochen, da wirst du doch ein paar Minuten Zeit für mich haben», empört sie sich. «Bitte, es hat nichts mit dir zu tun, ich rufe dich nachher zurück.» «Ja, aber unbedingt», sagt sie.

Am frühen Abend spreche ich wieder mit Martha, sie ist die einzige Person, der ich mich anvertrauen mag: «Ich kann nicht arbeiten, ich mache mir solche Sorgen um ihn. Außerdem habe ich irgendwie auch Angst, das mit Gizella ist furchtbar.» «Heute Nachmittag habe ich Raoul getroffen», sagt Martha. «Er hat einen kleinen Job in Berlin zu erledigen und könnte dich heute Nacht auf dem Rückweg mitnehmen, wenn du willst.»

«Was für einen Job?», frage ich. «Er muss eine Nachricht überbringen.» «Will er denn nicht schlafen, bevor er zurückfährt, soll ich ihm ein günstiges Zimmer besorgen?» «Nein, er sagt, je schneller er Berlin wieder verlässt, umso besser», sagt Martha. Ich denke an die Kratzspuren an meiner Tür, von denen ich nicht sagen kann, ob sie schon immer da waren oder erst vor kurzem dorthin gekommen sind, und mir fällt auf, dass ich auf gar keinen Fall heute alleine in meiner Wohnung übernachten will.

«Dann sage ich ihm Bescheid. Er meldet sich gegen dreiundzwanzig Uhr bei dir.»

Ich packe den Rechner und ein paar Kleidungsstücke ein, stelle den Wecker auf zweiundzwanzig Uhr und lege mich schlafen.

Raoul sitzt am Steuer, reibt sich ab und zu die rechte Hand. Er ist Ende fünfzig, aber man sieht es ihm nicht an. Er hat einen breiten Rücken und die Muskeln eines Ringers. Ich habe ihm die Tür gezeigt. Er hat sich die Kratzer angeschaut, wissend genickt, aber nichts weiter dazu gesagt.

Raoul kennt meinen Vater, seit dieser nach München gekommen ist. Er ist Moslem, schwarz, eine Waise, aufgezogen von tunesischen Juden, die ihn zur Schule geschickt und ihm ihre französische Staatsbürgerschaft vererbt haben. Seitdem weiß er, welchen Vorteil es hat, sich mit Juden abzugeben. Sein Arabisch ist ordinär, sagt mein Vater, es sind einfache Leute, die ihn aufgenommen haben. Vorgestellt hat er seine Eltern noch niemandem, er besucht sie auch nicht mehr, aber er schickt regelmäßig Geld.

Um diese Zeit ist fast niemand unterwegs in Berlin. «Du kannst dich auf der Rückbank schlafen legen, meine Schöne», schlägt Raoul vor und schenkt mir einen tiefen Blick. Ich bin verlegen. Und außerdem misstrauisch, denn ich weiß, dass Raoul von Frauen lebt. Er hat stets zwei oder drei Beziehungen auf einmal, das hat mir mein Vater erzählt. «Es ist sehr schön, mit dir durch diese Nacht zu fahren, was für eine wunderbare Überraschung», sagt er mit zärtlicher, tiefer Stimme. Wir blicken beide auf die dunkle Straße, Raoul lächelt zu mir herüber. Stimmt, mein Vater hatte recht: ein echter Profi. Er legt mir die rechte Hand auf den Oberschenkel. «Ich sorge dafür, dass dir nichts geschieht, für Antoine tue ich das.» Raouls Hand ist groß, stark, und ich betrachte sie genau, irgendwie auch geschwollen. Langsam beruhige ich mich. Solange Raoul in meiner Nähe ist, wird niemand es wagen, mir etwas zu tun. Oder mich zu kritisieren oder eine unnötige Korrektur zu verlangen.

«Raoul», flüstere ich, «weißt du, wo mein Vater ist?»

Gleich darauf ist mir das peinlich. Warum flüstere ich, als wären wir ein Liebespaar? Raoul flüstert zurück: «Darling, ich weiß es nicht, bei einer Lady vielleicht?» «Seit sechs Wochen?», frage ich nun laut. «Ich weiß es doch auch nicht», brummt er, nimmt seine Hand weg und rückt seinen Sitz nach vorne. Er starrt jetzt angestrengt auf die Straße, Raoul ist müde, das ist deutlich zu sehen.

Ich lege mir meine Jacke unter den Kopf, lehne mich an die Tür und schließe die Augen. Raoul legt eine CD mit arabischen Liedern ein, singt leise mit. Ich döse ein. Irgendwann wache ich auf, weil der Wagen steht. Wir sind auf einem Parkplatz, und ich sehe Raoul ein paar Schritte weiter in der Wiese stehen und seine Hose zuknöpfen. Als er zurückkommt, lege ich mich schnell wieder hin und mache die Augen zu. Er steigt ein, und plötzlich streicht er mir vorsichtig über das Gesicht. Dann startet er den Wagen. Ob Raoul gesehen hat, dass ich nicht mehr schlafe, und das Spiel mitgespielt hat, weil seine Zärtlichkeit so nur noch glaubwürdiger wirkt? Über diesem Gedanken schlafe ich wieder ein.

Raoul weckt mich. Er hat Tee in einer Thermoskanne und dazu belegte Brötchen, beides bietet er mir an, ich schüttele den Kopf. Er lacht, wedelt mit einem Brötchen vor meinem Gesicht herum wie bei einem Kind, macht dabei: «Yam, yam.» Er sieht immer noch müde aus, ich habe ein schlechtes Gewissen, denn ich kann ihn nicht ablösen beim Fahren.

«Ich mag das», sagt er kauend und weist auf die parkenden Lastwagen. Ein Fahrer steigt gerade aus, in einigen der Fahrerkabinen brennt Licht, in manchen sitzen zwei beisammen und unterhalten sich. «Diese Atmosphäre: Alle Welt schläft, nur diese Kerle fahren durch die Nacht und bringen uns die Sachen, die wir brauchen. Sie durchqueren die Länder Europas, sie kennen Straßen und Plätze selbst von so kleinen Städten, dass noch nie ein Tourist da war. Manchmal wartet irgendwo eine Frau auf sie, aber sonst sind sie allein mit sich und ihren Gedanken.»

«Ich hätte Angst, nachts auf diesen Autobahnparkplätzen, mit einem Lastwagen voller Ware.» «Du bist ja auch eine Frau», antwortet Raoul. «Dabei wäre ich gern mal allein unterwegs, davon träume ich schon seit Jahren», sage ich. Raoul nickt, als würde er mich verstehen. «Es ist gut, von Zeit zu Zeit für sich zu sein. Manchmal stehe ich mitten in der Nacht auf und gehe spazieren. Um nachzudenken über das Leben.» «Über welches Leben?», rufe ich aus. «Ich habe das alles so satt, früher dachte ich, da kommt noch was, aber in Wahrheit bleibt es doch immer das Gleiche: aufstehen, arbeiten, Wäsche waschen, schlafen und wieder arbeiten.» «Meine schöne Yael, was du brauchst, ist ein Ziel. Etwas Großes, für das es sich lohnt zu leben», antwortet Raoul. «Und was, bitte, soll das sein?» Raoul lacht, jetzt muss ich auch lachen. «Wir hören Line Monty, ich finde, diese Lady passt gut zu unserer Stimmung.»

«Ihr Konzert in Paris, in den Sechzigern», erklärt er, als ein neuer Song anfängt. «Sag mal, warum ist so eine Traumfrau wie du noch nicht verheiratet? Wenn ich jünger wäre, dann würde ich dich entführen, mit dir wegfahren.» Vor uns steigt der Lastwagenfahrer in seinen Lkw und startet den Motor, ich nicke.

«Bist ein gutes Mädchen», sagt er, packt sein Brötchen ein und dreht den Zündschlüssel.

Martha steht im Mantel unten an der Haustür, es ist sechs Uhr. «Schaut, da wartet schon das nächste Problem.» Sie zeigt auf den Keller, dort unten brennt Licht. «Es ist Tabrik», sagt sie zu Raoul. «Er ist heute Nachmittag aufgetaucht, hat keinen Platz, wo er schlafen kann. Du kennst ihn sicher noch.» «Soll ich bei euch bleiben?», fragt Raoul. «Nein, nicht nötig», sagt Martha und legt den Arm um mich. «Komm, Yael.» Raoul begleitet uns in die Wohnung, stellt meine Taschen im Wohnzimmer ab und verabschiedet sich. «Wer ist dieser Tabrik?», frage ich, während Martha Wasser aufsetzt. «Ein Verbrecher, ein Bekannter von deinem Vater», antwortet sie. «Hätte Raoul dann nicht besser hierbleiben sollen?» «Mach dir keine Sorgen. Tabrik ist illegal hier. Er wird sich hüten, uns Ärger zu machen, dann kann er nämlich auf der Straße übernachten.»

Martha hat mir das Bett im Zimmer meines Vaters gemacht. Lieber hätte ich im Wohnzimmer geschlafen, aber der Raum ist einigermaßen sauber, Martha muss die halbe Nacht gearbeitet haben.

Gegen zwölf gehe ich in die Küche. Martha ist nicht da, auf dem Küchentisch liegt ein Zettel mit Raouls Mobiltelefonnummer. Ich frühstücke, dann verlasse ich die Wohnung. Ziellos laufe ich durch die Straßen, ohne meinen Vater erscheint mir Schwabing reizlos.

Ana hätte sich jetzt wahrscheinlich in ein Café gesetzt und gezeichnet oder eine Ausstellung besucht, sie hätte irgendetwas unternommen, was sie amüsiert.

In einer Universitätsbuchhandlung blättere ich die neuesten Sprachratgeber und Stilwörterbücher durch. Das Germanistikstudium, es hat mich so gelangweilt. Sprachanalyse, vergleichende Textbetrachtung und Mediävistik: Nichts davon hat mir wirklich Spaß gemacht. Aber man hat in den Park gehen können, Romane lesen und Kekse essen und dennoch das Gefühl gehabt, gearbeitet zu haben. Scheußlich wurde es erst wieder, wenn die Bücher im Seminar von den Kommilitonen auseinandergenommen und interpretiert wurden. Dann durch einen Zufall einer der ersten Romane, die unter dem Einfluss der Erkenntnisse der Psychoanalyse geschrieben wurden: Zeno Cosini. Meine beste Freundin Ana ist in diesem Herbst in Griechenland gewesen, sie hatte ein dreimonatiges Stipendium an der Athener Kunstuniversität erhalten, ich habe darauf gewartet, dass sie zurückkäme, und mich gelangweilt. Wegen Ana und Italo Svevo fing ich an, Vorlesungen zur Allgemeinpsychologie zu besuchen, und war von der ersten Stunde an begeistert.

Eine Psychologiestudentin sprach mich an und fragte mich, ob ich in ein Seminar über Familientherapie kommen wolle. Der Dozent Boris Goldoni – was für ein Zufall – war aus Italien und nicht viel älter als ich. Die Interviews mit Schizophreniekranken, die er verteilte, waren aufregender als die Literatur des achtzehnten Jahrhunderts: Ein zweiundzwanzigjähriger Mann namens Marco erzählte, wie er nach und nach die Gewissheit erlangt hatte, dass die unbelebten Gegenstände auf ihn reagierten. Acht Jahre war er alt gewesen, als im Flur seines Elternhauses in Florenz die Glühbirne platzte, just in dem Moment, in dem er darunter stand. Er wusste sofort, er war auserwählt, das aufglühende Licht hatte es ihm mitgeteilt. Neben Marcos Erfahrungsbericht hatte Boris die Aussagen der anderen Familienmitglieder gestellt, da war Marcos Mutter, die erklärte, ihr jüngster Sohn sei schon als Säugling merkwürdig gewesen, sie treffe keine Schuld. Der Vater behauptete, sein Sohn mache das ganze Theater nur, um sich vor der Arbeit zu drücken. Der nächste Fall: ein vierzehnjähriges Mädchen aus einer sehr armen Familie aus der Nähe von Neapel. Sie konnte nicht interviewt werden, denn sie saß den ganzen Tag in ihrem Zimmer, sagte kein Wort und starrte an die Wand. Die Großmutter musste jedes Nahrungsmittel mit Gewalt in sie hineinstopfen und bezeichnete ihre Enkelin als Strafe Gottes. Faszinierende Geschichten, aber noch faszinierender war der Kontrast, den die Berichte der Betroffenen zu denen der Angehörigen bildeten. Boris, unser Dozent, verriet uns, warum er das Material gesammelt hatte: Seine revolutionäre These war: Wenn es gelänge, die Aussagen sämtlicher Beteiligten zu analysieren und die komplexen Beziehungen zwischen ihnen zu verstehen, dann käme man hinter das Geheimnis der betroffenen Familie. Fasse man dann dieses Geheimnis in einem einzigen Satz zusammen und decke es in Anwesenheit aller Familienmitglieder auf, könne man den Verrückten innerhalb einer Sekunde heilen. Begeistert gingen wir an die Arbeit, diskutierten heftig jeden einzelnen Fall und formulierten lange an den alles erklärenden Sätzen. Boris ließ keine Unbestimmtheit durchgehen: Waren wir sicher, die richtige Dynamik erkannt zu haben, hatten wir nichts übersehen oder falsch interpretiert? Die Sätze, die das Geheimnis zusammenfassten, mussten klar und leicht verständlich sein, ihre Botschaft deutlich, der Ausdruck mutig und direkt. Sprache, die heilt, habe ich gedacht. Endlich konnte ich das, was ich in fünf Semestern Germanistik gelernt hatte, in den Dienst einer höheren Sache stellen. Oft saßen ich und vier oder fünf andere Kommilitoninnen mit Boris im Café, wo er uns erklärte, er träume von einem Italien ohne Psychiatrie und von einer Gesellschaft, in der es keine Ausgrenzung mehr gibt. Und von einer Befreiung des Menschen von der Schuld, die besonders im Katholizismus gezielt gegen jeden eingesetzt wird, der nicht der Norm entspricht.

Ich war Teil dieser Bewegung. Endlich brannte auch ich einmal für eine Sache. Wie viel Interessantes würde ich Ana, neben der ich mir so oft blass und langweilig vorgekommen war, nun zu erzählen haben.

Obendrein hatte ich mich in Boris verliebt, ich war bestimmt nicht die Einzige aus dem Kurs, in unserem Studiengang herrschte Männermangel. Dennoch sah es nach ein paar Wochen so aus, als würde mich Boris mögen. Eines Tages nach Seminarschluss fragte er mich, ob ich mit ihm einen Spaziergang machen wolle, und wir gingen die Spree entlang in die Innenstadt. Leider konnte ich den Spaziergang nicht richtig genießen, weil ich vor lauter Aufregung vergessen hatte, in der Universität aufs Klo zu gehen, und nun Höllenqualen litt. Es wurde dann aber doch ein wunderbarer Abend, denn irgendwann traute ich mich, ihm zu gestehen, dass ich auf die Toilette müsste, und aus diesem Grund betraten wir ein griechisches Restaurant, und Boris sagte: «Wo wir schon mal hier sind, können wir auch was essen.» Beim Essen sagte er mir, dass er den Eindruck habe, das Thema seines Seminars interessiere mich mehr als andere, und er wollte die Gründe dafür wissen. Außerdem sagte er, ich sei begabt. Ich war berauscht. Doch alle Versuche, mich ein weiteres Mal mit Boris zu treffen, scheiterten. Ich hatte ihm ein paar Tage später ein Treffen in einer Bar vorgeschlagen, so wie mein Vater es mir geraten hatte. Er hatte die Einladung angenommen, kurz davor aber wieder abgesagt. Nachdem ich es noch einmal direkt versucht hatte, erklärte ich ihm wie beiläufig, ich würde mich Freitagabend mit Freundinnen in einem Café an der Spree treffen, und er könne gerne dazukommen. Dort habe ich dann mutterseelenallein auf ihn gewartet, umsonst. Mein Vater sagte auf meine Frage, wie er in einer solchen Situation vorgehen würde: «Du lädst ihn nicht mehr ein, du sagst einfach: Am Freitag um zwanzig Uhr in der Bar, ich erwarte dich. Dann drehst du dich um und gehst, ohne die Antwort abzuwarten.» «Hast du das mal ausprobiert?», fragte ich ihn. «Hat es funktioniert?» «Funktioniert immer», sagte er. Ich habe mich dann aber nicht getraut, ich wusste, es hat keinen Zweck. Langsam ließ auch meine Begeisterung für die Familiendramen nach. Vielleicht war Boris' These gar nicht revolutionär, sondern nur kindisch und unausgegoren. Boris war immer noch genauso freundlich zu mir wie vorher, es hatte sich scheinbar nichts zwischen uns geändert. Mit großer Anstrengung zwang ich mich, weiterhin das Gefühl zu empfinden, von dem ich Ana berichten wollte, es zu retten, bevor es kleiner und kleiner wurde, um schließlich zu einem Nichts zu zerschmelzen. Ich versuchte, mir eine Zukunft als Psychologin auszumalen, in der ich über meine ungewöhnlichen Forschungsreisen Bücher schreiben würde, die in der Fachwelt mit Hochachtung aufgenommen werden würden, und es würde heißen: Der fesselnde Stil macht die Arbeiten von Yael Fischer auch für Laien zu einer spannenden Lektüre.

Im Winter kam Ana zurück, braungebrannt und mit einer riesigen Mappe voller Zeichnungen: Porträts, Straßenszenen und wilde Landschaften. Wir verbrachten einen ganzen Abend damit, den ersten Abend nach ihrer Ankunft, den sie für mich reserviert hatte. Ich war beeindruckt, gleichzeitig war ich neidisch und konnte ihr meine Bewunderung nicht so richtig zeigen.

«Und was hast du gemacht?», fragte Ana. «Nicht viel»,

sagte ich. Ich war wütend und traurig, dass alles so anders war, als ich es mir vorgestellt hatte. Anstatt vor Begeisterung zu sprühen, wie noch vor ein paar Wochen, musste ich mir jetzt den Bericht über die Familientherapie abringen. Ich schwärmte von den neuen Behandlungsmethoden, die jahrelange Therapien ersparen und die Menschen von ihren Zwängen und Schicksalen befreien würden, und hoffte, dass sie nicht spürte, wie gleichgültig mir das im Grunde genommen schon geworden war. Als ich fertig war, sagte Ana: «Ich finde das langweilig. Warum gibst du dich mit den Problemen anderer Leute ab, was hat das mit dir zu tun?»

Ich erklärte, dass es keine Kleinigkeit sei, einem anderen Menschen seine Freiheit und sein Glück zurückzuschenken. Jetzt, wo ich einmal davon angefangen hatte, musste ich mich auch verteidigen.

«Warum schreibst du nicht an deiner marokkanischen Geschichte weiter, das wolltest du doch machen?» Wie sollte ich Ana erklären, dass es mir plötzlich unwichtig vorgekommen war, mich wochenlang mit einem albernen Märchen zu beschäftigen.

«Schade», sagte Ana, «ich dachte, wenn ich wiederkomme, würdest du mir etwas vorlesen.»

Mein Mobiltelefon klingelt: «Wo bist du?», fragt meine Mutter. «Ich habe schon mehrmals bei dir angerufen, morgen ist doch Papas Geburtstag. Wann kommst du?» Der Geburtstag: Ich habe ihn vergessen! Ich fange sofort an zu weinen: «Mama, ich kann nicht kommen.» «Du wirst dich doch noch in einen Zug setzen und nach Hamburg fahren können.» Es hat keinen Zweck zu lügen, ich muss es ihr sagen: «Ich bin nicht in Berlin.» «Wo bist du, was ist los, Yael?» Jetzt ist meine Mutter wirklich besorgt. «In

München.» Mir ist es peinlich und unangenehm, dass ich sie zwinge, alle Fakten einzeln aus mir herauszuholen. Jetzt fragt sie natürlich: «Was machst du dort?» Und kurz spiele ich mit dem Gedanken, sie anzulügen, ihr zu erzählen, dass ich in München einen dringenden Auftrag habe, den ich nicht ablehnen konnte. Aber das würde alles noch komplizierter machen. «Ich bin bei Martha, du kennst sie von früher, die Frau von Antoine.» Weiter komme ich nicht, es klickt, meine Mutter hat aufgelegt.

«Ein Spaziergang wird dir guttun.» Wir sitzen im Wohnzimmer, und Martha versucht, mich aufzuheitern. «Wir könnten zum Olympiapark fahren.» Ich habe keine Energie. «Ich brauche ein Geschenk für meinen Stiefvater», sage ich ihr. «Vorher kann ich nirgendwo hingehen.» «Woran hast du denn gedacht?», fragt sie. «An nichts», antworte ich. «Ich sehe schon. Los, wir fahren in die Stadt, vielleicht fällt dir unterwegs ein, was du deinem Stiefvater schenken könntest.» Martha holt ihre Tasche, ich lasse mir widerstandslos meinen Mantel bringen. Im Flur wartet sie, bis ich Schuhe, Mütze und Mantel angezogen habe. Bevor sie die Tür öffnet, kontrolliert sie meine Erscheinung. «Sieht gut aus, gehen wir», sagt sie.

Auf der Türmatte trete ich in einen großen Scheißhaufen. Angewidert ziehe ich meine Schuhe aus und gehe auf Strümpfen zurück in die Wohnung, die Schuhe halte ich weit von mir. Erst im Bad, als ich meinen rechten Schuh in der Dusche abspüle, kommt mir das Ganze seltsam vor: Warum liegt Scheiße vor unserer Haustür? Martha steht in der Tür und schaut mir entsetzt zu. «Das gibt es doch nicht, warum hat einer seinen Hund im Hausflur scheißen lassen?», sage ich. «Wer sagt, dass es ein Hund gewesen ist?», fragt Martha. Plötzlich kapiere ich: Nein, das ist nicht möglich! Martha legt ihre Tasche und ihre Handschuhe beiseite: «Wir müssen das wegmachen, es riecht entsetzlich.»

Sie holt den Wischeimer und den Schrubber und stellt beides ins Bad. «Lass heißes Wasser einlaufen», befiehlt sie mir. Dann schneide und klebe ich aus drei Plastiktüten einen großen Beutel zusammen, gemeinsam heben wir die stinkende Fußmatte hinein, und ich bringe sie raus in den Müll. Als ich zurück bin, hat Martha schon den Hausflur gewischt und beseitigt nun die restlichen Spuren in der Wohnung. Ich stehe hinter ihr und schaue zu, plötzlich fängt sie an zu weinen. Sie sitzt am Boden und schluchzt, und ich bin hilflos, umarmen kann ich sie jetzt nicht. Ich habe das Gefühl, an meinen Händen klebt Scheiße, Martha selbst hat Gummihandschuhe an und kniet vor dem Wischlappen mit den braunen Flecken. «Martha, lass uns das fertig machen und einen Schnaps trinken», versuche ich.

Kurz darauf sitzen wir wieder im Wohnzimmer und trinken Aprikosenschnaps. «Was wollen die von dir», frage ich. «Das musst du Antoine fragen. Es gibt Leute, die behaupten, er schulde ihnen eine Menge Geld. Und sie sagen, dass Antoine ihnen vor kurzem versprochen habe, alles zurückzuzahlen. Einige habe ich mit einem Möbel- oder Schmuckstück zufriedenstellen können, aber letzte Woche waren zwei Männer hier, die wollten Bargeld. Viel Geld», fügt sie hinzu. «Aber wofür haben sie Antoine Geld gegeben?», frage ich. «Das haben sie nicht gesagt, und ich habe sie auch nicht danach gefragt.»

Martha legt sich aufs Sofa, sie will sich ausruhen.

Mit einer neuen Rosshaarfußmatte unter dem Arm laufe ich über den Königsplatz, es ist schon dunkel, viele Leute sind alleine – allein oder in Gruppen, gut sehen sie aus, so zurechtgemacht für den Freitagabend. In Marthas Hof geht die automatische Beleuchtung an, und ich schrecke zusammen, beruhige mich aber gleich wieder, denn in dem hellen Licht kann ich erkennen, dass sich kein Mensch in dem Hof aufhält. Tabrik ist immer noch da, im Kellerfenster brennt Licht. Da unten muss es kalt sein, und ich frage mich, wo er aufs Klo geht und sich wäscht: Es gibt keinen Wasseranschluss im Keller, und bei uns oben in der Wohnung ist er bis jetzt nicht gewesen. Wir sollten ihn fragen, ob er heute Nachmittag etwas Verdächtiges gesehen hat, er kann sich wenigstens nützlich machen, wenn er schon da unten in Marthas Keller hockt.

Am Vormittag wache ich auf, schlafe wieder ein, träume, dass ich einen Geburtstagsbrief an meinen Stiefvater schreibe. Meine guten Wünsche gehen langsam in Entschuldigungen über, die immer ausführlicher und komplexer werden, ich schreibe und schreibe, Seite um Seite fülle ich, das Papier geht mir aus. Ich wache auf, ohne Lust auf diesen Tag. Da mein Geschenk meinen Stiefvater sowieso nicht mehr rechtzeitig erreichen wird, kann ich auch etwas besorgen, wenn ich wieder in Berlin bin. Es klingelt, dann höre ich Martha sprechen. Ich gehe unter die Dusche und dann in ihrem Bademantel in die Küche. In der Küche steht die Polizei.

Sie haben gestern alles durchsucht: Die Vierzimmerwohnung voller unverkäuflicher Antiquitäten, die handbemalten Bauernspinde, den riesigen Schrank in Antoines Zimmer.

Sie waren um zehn gekommen, viel zu früh für uns, die wir noch gar nicht gefrühstückt hatten. Ein junger Beamter hat uns sogleich empfohlen, uns umzuziehen und jemanden zu bitten, uns für den Rest des Tages aufzunehmen.

Dann hat einer seiner Kollegen Martha gefragt, ob es in der Wohnung noch andere Zimmer gibt, und sie gebeten, ihn in die Räume des ehemaligen Antiquitätenladens zu führen. Aber Martha hat von der Aufregung wieder ihre entsetzlichen Rückenschmerzen bekommen, und der Hausmeister wurde gerufen, der mit zweien der insgesamt fünf Polizisten in den Hof hinunterging und ihnen die ehemaligen Laden- und Kellerräume aufschloss. Der Keller von Prössl-Hasidim war derartig vollgestopft, dass der Hausmeister und die Beamten ihn nicht betreten konnten: Bis auf den Gang stapelten sich die Nachtschränke, Biedermeiertische, Art-déco-Lampen, zerbrochenen Stühle und anderes, meist wertloses Zeug. Wie Tabrik es geschafft hat, rechtzeitig aus seinem Versteck zu verschwinden, wussten wir nicht. Er ist glücklicherweise nicht mehr im Keller gewesen, und die Beamten kamen wieder hoch zu Martha ins Wohnzimmer, die sich inzwischen umgezogen und eine Tasche gepackt hatte, fragten, was sie und ihr Mann mit den Sachen im Keller vorhaben. Martha erklärte müde und lustlos, denn sie hat gewusst, wie unglaubwürdig das alles klingen musste, mein Vater repariere die Möbel für gemeinsame Freunde. Doch der Beamte, der ihr die Frage gestellt hatte, unterbrach sie und herrschte sie an, sie solle ihm keinen Unsinn erzählen, es sei ja wohl klar, dass sie die Sachen restaurierten und verkauften, obwohl sie keinen Gewerbeschein mehr hätten. Und wenn sie wüsste, wo ihr Mann sei, dann solle sie das sagen, denn hier ginge es um etwas ganz anderes als schwarz verkaufte Möbel. Ich habe die ganze Zeit über in der Küche gesessen und hilflos zugesehen, wie ein großer Mann mit Halbglatze Marthas Küchenschrank ausräumte. Nur wenig später ist sie zusammengebrochen. Man hat sie gebeten, die Kontoauszüge ihres Mannes herauszugeben. «Dazu haben sie kein Recht», hat sie geantwortet, denn schließlich hatte sie Jura studiert damals, als sie mit ihrem ersten Mann zusammenlebte, dem Oberregierungsrat Herbert Prössl, der jetzt mit seiner zweiten Frau Alexandra in einer kleinen Villa wohnt. Erst als man ihr ein zweites Mal den Hausdurchsuchungsbefehl vor die Nase hielt, erklärte sie, dass mein Vater kein eigenes Konto besitzt und auch zu ihrem und dem ehemaligen Geschäftskonto keinen Zugang hat. Die peinliche Befragung endete damit, dass man ihre Bankkarte verlangt hat. Martha murmelte, jetzt sei sowieso alles egal, und dann fing sie an zu schreien, sie müsse doch die Schulden für die in Kommission verkauften Möbel begleichen, das Geld zurückzahlen, das mein Vater einfach so ausgegeben hat. Also, im Großen und Ganzen kann sie keinen guten Eindruck auf die Beamten gemacht haben, irgendwann riefen sie einen Krankenwagen und benachrichtigten ihren Sohn Erick, der kurz darauf zu ihr in die Klinik fuhr. Mich ignorierten sie aus unerfindlichen Gründen, es war, als wenn ich gar nicht anwesend wäre, und so konnte ich nichts für Martha tun.

Weil die arme Martha selten herzlich gegenüber Fremden auftritt, sind die Beamten mit dieser feinsinnigen und empfindlichen Frau viel zu rau umgegangen: Brutal hat der Einsatzleiter sie gefragt, ob sie Gizella kenne und ob sie wisse, dass Gizella die Geliebte ihres Mannes gewesen sei. «Was weiß ich, das interessiert mich nicht» und «Die schreckliche Frau ist nicht die einzige, mit der mein Mann sich trifft», hat sie ihm geantwortet, und als er sie darauf hinwies, dass

Gizella immerhin tot sei, hat sie nur gesagt: «Also, traurig bin ich nicht.»

Sie glaubt natürlich genauso wenig wie ich, dass mein Vater sich eines solchen Verbrechens schuldig gemacht hat, aber sie ahnt, wie diese Unordnung der Verhältnisse, der vollgeräumte Keller und die gesperrten Konten von Fremden zwangsläufig ausgelegt werden. Es war ja nicht schwer zu verstehen, worauf die Fragen der Beamten abzielten: Wo hat mein Vater Gizella Székely kennengelernt, welche Geschäfte hat mein Vater in ihrem Antiquitätenladen abgewickelt, und gibt es Quittungen für die scheußlichen Bilder und Ikonen, die er im Namen von Gizella Székely verkauft hat? Kennt Martha einige der Frauen, deren Nummern im Mobiltelefon meines Vaters gespeichert sind, kannte Gizella diese Frauen, hatte es Streit gegeben zwischen ihr und Heidrun, Renate oder Uta?

Mitten in der Nacht brachte Erick Martha wieder zurück. Wir saßen zu dritt im Wohnzimmer und tranken Wein, obwohl Martha wegen der Beruhigungsmittel nicht durfte. Erick ging an den Schrank, nahm eine Platte von Axel Zwingenberger heraus und legte sie auf den Plattenteller, aus den Lautsprechern hörten wir aber die näselnde Stimme von Karl Valentin. Erick riss erschrocken die Nadel von der Platte, ich musste lachen, und Martha erzählte spöttisch, dass die Polizei auf der Suche nach Geld oder weiteren Papieren sogar die Schallplatten aus ihren Hüllen genommen hatte.

«Wie hältst du das eigentlich aus?», fragte ich Martha. «Ich meine, das Leben mit meinem Vater.» Erick hockte währenddessen mit seinem Glas Wein auf dem Teppich und sortierte die Platten. «Warum hast du ihn nie rausgeworfen?» Martha überlegte und antwortete dann mit schwerer

Zunge: «Was wäre denn an meinem Leben besser, wenn ich ihn rausgeworfen hätte? Nichts.»

Während ich die Gläser abräumte, starrte Martha vor sich auf den Tisch. «Ist das alles lästig», sagte sie noch, bevor sie aufstand und ins Bett ging.

Im Shalom-Club war ich oft mit deinem Vater», sagt Raoul. Die Türsteher vor der eisenbeschlagenen Holztür haben ihn begrüßt und uns reingelassen, ohne dass wir uns in der langen Schlange anstellen mussten. Jetzt dirigiert mich Raoul in den hinteren Teil des Clubs, seine Hand auf meinem Rücken.

In der Nacht nach der Hausdurchsuchung – Martha hatte ihm am Telefon alles erzählt – hat Raoul mir versprochen, heute mit mir auszugehen. Ich habe mich gefreut, in seiner Gegenwart fühle ich mich ruhig und sicher, und vielleicht lässt sich heute Abend unser Gespräch von der nächtlichen Autofahrt fortsetzen.

Der DJ spielt James Brown, auf der Tanzfläche drängen sich schon die Leute. Ein Mann, vielleicht Mitte dreißig, dunkles Haar, schaut zu mir herüber. Der Gin Tonic, den Raoul mir gebracht hat, ist stark, ich sauge an meinem Strohhalm und schaue mich um. Raoul steht schon wieder am Tresen und redet mit drei anderen Männern, einem Schwarzen und zwei Arabern, keiner von ihnen größer als ein Meter sechzig.

Und während ich noch versuche, den Blick des Mannes zu erwischen, der sich vorhin nach mir umgedreht hat, setzt sich plötzlich ein anderer Mann zu mir, dichte, schwarze Haare, markantes Gesicht, gekleidet in einen blauen Nadelstreifenanzug. «Hallo, ich bin Bussaib», stellt er sich vor.

Mein Drink ist leer getrunken, ich fische die Eiswürfel aus dem Glas. «Was macht eine Frau wie du hier?», fragt Bussaib. «Was für eine Frage», sage ich leicht genervt. «Du bist zum ersten Mal im Shalom?», er nickt mit dem Kopf Richtung Tanzfläche. Ich schaue auf das Holzpodest, auf dem die Leute tanzen, auf die Discokugel, an der so viele Spiegelsteine fehlen, auf die elektrisch wippende Riesen-Coladose am Tresen. Ein schäbiges Ambiente. Bussaib beobachtet mich, während ich mich umschaue. Er trinkt den letzten Schluck aus seinem Whiskyglas und steht auf: «Ich hole mir einen Drink, soll ich dir was mitbringen?» Zehn Minuten später ist er wieder da mit einem Whisky für sich und einem Gin Tonic für mich. Der zweite Gin Tonic ist nicht so stark wie der erste, außerdem habe ich Durst, also trinke ich das Glas mit dem ersten Schluck zur Hälfte aus. «Was ist das für ein Laden, was für Leute kommen hierher?», frage ich Bussaib. «Der Club gehört Mottke Dagan», erklärt mir Bussaib. «Früher sind hier viele Südamerikaner aufgetreten, heiße Musik haben die gespielt, und natürlich französische Sänger, einmal sogar Nizza Thati. Schon damals kamen nur Ausländer her.» Ich nicke, trinke den Gin Tonic aus. «Und Frauen, die gerne Ausländer mögen», fügt er noch hinzu. «Ach», ich richte mich auf, diese Information lässt mich meine Umgebung mit neuen Augen sehen. Am Tisch hinter mir sitzen vier ältere Frauen, ein arabisch aussehender Mann steht an ihrem Tisch und erzählt, die Frauen lachen. Auf der Tanzfläche viele Schwarze. «Und den da kenne ich auch», er zeigt in Richtung Tresen auf Raoul. «Er hat sechs oder sieben Kinder, das weiß hier jeder. Er aber erzählt den Frauen, er sei Mitte dreißig und solo. Bist du sein Mädchen?» Ich schüttele heftig den Kopf. «Wenn du Raoul kennst, kennst du dann auch meinen Vater?», frage ich ihn. «Wer ist dein Vater?» «Antoine Hasidim.» Er überlegt: «Kommt er vielleicht unter anderem Namen hierher?» Ich bin verwirrt, warum sollte er. «Nur so.» Bussaib wird von einem Kellner angesprochen. «Entschuldige mich einen Moment, ich komme gleich zurück.» Ich halte mein leeres Glas fest, eine kräftige Frau in weißen Cowboystiefeln tanzt genau vor meinem Tisch, schüttelt ihren nackten Bauch einem glatzköpfigen, untersetzten Dicken ins Gesicht, der ungeschickt sein Gewicht vom rechten Bein auf das linke verlagert und zurück und dazu lautlos und gegen den Takt mit den kurzen Fingern schnipst. Ich drehe mich um. Der Mann, der mir am Anfang zugelächelt hat, ist nicht mehr da. Bussaib kommt zurück, stellt mir einen neuen Gin Tonic auf den Tisch. «Danke», sage ich, nehme den ersten Schluck. Typisch, je später der Abend, desto schwächer machen sie die Drinks. Bussaib legt mir eine Hand auf den Arm. «Aber du bist kein gewöhnliches Mädchen, das auf solche Lügen hereinfällt. Das habe ich gleich gesehen.»

Mit einem Mal steht Raoul neben dem Tisch. «Mach, dass du wegkommst.» Bussaib grinst: «Bleib ruhig, es ist gar nichts passiert.» Raoul befiehlt ihm: «Steh auf!» Noch wehrt Bussaib sich: «Sie geht doch gar nicht mit dir, warum lässt du sie mir nicht?» Da packt Raoul Bussaib schon am Arm, seine Hand drückt zu, Bussaib schreit auf. «Verschwinde, du schmieriger Araber», sagt Raoul, «lass die Finger von ihr.» Begeistert schaue ich zu, wie Bussaib versucht, so schnell wie möglich von unserem Tisch wegzukommen, aber gleichzeitig Haltung zu bewahren. Er geht, ohne sich noch einmal nach mir umzudrehen. «Hat er dich belästigt?», ich verneine. «Ich habe dich vernachlässigt, meine Süße, verzeih mir. Komm, wir tanzen.» Ich will nicht tanzen, auf gar keinen Fall, sage nein, doch Raoul zerrt mich aus meiner Ecke heraus. Als ich aufstehe, stelle ich fest, dass ich betrunken bin. Raoul legt den Arm um mich und geleitet mich in die Mitte der Tanzfläche. Dann nimmt er meine Hände und zieht mich an sich. Das ist sehr praktisch, so muss ich nicht viel machen, denn zwischen seinen Armen habe ich kaum Bewegungsspielraum. Eine dicke Frau im Minirock mit blondgefärbtem Haar tanzt wie wild. Ich entspanne mich, sie ist dicker als ich. Niemanden scheint das zu stören, drei schwarze Männer in ihrer Nähe klopfen mit dem Fuß den Takt und schauen ihr begeistert zu. Ein Kellner kommt und räumt Bierflaschen weg, ruft: «Arina, zeig mal, was du kannst!» Man macht ihr Platz, Raoul küsst mich, vorsichtig, seine Lippen sind sehr weich. Sein Gesicht so dicht vor mir sieht komisch aus, ich muss lachen. Ich versuche, es zu unterdrücken, es gelingt mir nicht. Raoul schaut irritiert, lacht dann ebenfalls, lässt mich los und stellt sich zu anderen Gästen an den Rand der Tanzfläche. Die Männer klatschen in die Hände, auch ich schaue Arina zu, wie sie Hüften und Busen zur Musik schüttelt. Dann kommt ein afrikanischer Titel, der Mann neben mir fordert mich auf Englisch auf: «Hey, Süße, wie heißt du?» «Yael», nuschle ich, ich kann kaum die Zunge bewegen. Er bietet mir seine Bierflasche an, ich trinke einen großen Schluck, das Bier ist lauwarm, dann zeigt er mir ein paar Tanzschritte. Nie, so kommt es mir vor, war ein Tanzstil so einfach zu erlernen wie dieser.

Irgendwann kommt Raoul zu mir und sagt: «Lass uns gehen. Es ist fast vier, du musst nach Hause.» «Was, schon?», frage ich. Ich will nicht gehen, aber Raoul zieht mich am Arm von der Tanzfläche. Ich winke meinem Tanzpartner zu, während Raoul mich in Richtung Ausgang schiebt.

Draußen auf dem Parkplatz gibt Raoul einer schwarzen älteren Frau einen Schlüsselbund.

«Fahr schon mal vor», sagt er auf Französisch zu ihr und

geht zu seinem Auto. «Mir ist schlecht, ich will zu Fuß gehen», sage ich, denn auf einmal ist mir entsetzlich übel, und ich habe Angst, dass ich mich in Raouls Auto übergeben muss. «Nein, ich bringe dich», bestimmt Raoul. Ich steige ein und lehne mich zurück. Als Raoul losfährt, kurbele ich das Fenster runter, langsam wird mir besser. «Bussaib hat gesagt, früher sind im Shalom mal Esther und Abi Ofarim aufgetreten. Warst du damals auch hier?» «Fast jedes Wochenende, dein Vater und ich, wir haben hier viele Leute kennengelernt. Wer etwas auf sich gehalten hat, ist ins Shalom gegangen, aber nie vor Mitternacht. Einmal, 1972, hatte Abi Ofarim in München ein Konzert gegeben, und nach dem Konzert kam er hierher. Und dann hat er für uns noch einmal gespielt. Umsonst.» «Und Martha», frage ich, «war Martha auch im Shalom? War sie nicht schon mit meinem Vater verheiratet?» «Nein, Martha ist nie mitgekommen», sagt er. Den Rest der kurzen Fahrt schweigt er. Als ich aus dem Auto aussteige, küsst er mir die Hand: «Richte Martha aus, wenn sie etwas braucht, soll sie mich anrufen.»

Am Vormittag darauf sitze ich auf dem Sofa im Wohnzimmer, wo ich heute Nacht geschlafen habe, und gehe die Anrufliste meines Mobiltelefons durch. Martha muss schon früh weggegangen sein, ich habe es gar nicht mitgekriegt. Mehrere Nachrichten wurden auf meiner Mailbox hinterlassen, eine von Franchesca. Ich rufe sie zurück. «Yael, was machst du in München?» «Ich bin bei der Frau meines Vaters», erkläre ich ihr. «Ist dein Vater wieder aufgetaucht?» «Nein, bis jetzt noch nicht», sage ich und will gerade von der Hausdurchsuchung erzählen, da unterbricht sie mich: «Ich frage nur, ich hatte dich heute Abend eigentlich zum Essen erwartet.» Ihre Einladung hatte ich vollkommen vergessen, und Franchesca interpretiert meine Sprachlosigkeit richtig. «Schade, dass du nicht kommst», sagt sie schnippisch. «Du hättest wenigstens absagen können. Deinetwegen habe ich ein paar Freunde eingeladen.» Ich kann es kaum glauben: Franchesca hat Freunde für mich eingeladen, das hat sie noch nie gemacht. Ich überlege, wer das sein könnte, und mir wird bewusst, dass ich in unserer neunjährigen Freundschaft eigentlich kaum jemanden aus ihrem Bekanntenkreis kennengelernt habe. Und ausgerechnet heute will sie mir Menschen, die ihr wichtig sind, vorstellen, um mich abzulenken von meinem Kummer, und ausgerechnet an diesem Abend kann ich nicht und vergesse auch noch abzusagen. Weil mir das alles so peinlich ist, breche ich in Tränen aus: «Entschuldige, Franchesca, wie konnte mir das passieren. Ich werde bald zurück sein, dann werde ich unbedingt dich und deine Freunde zu mir nach Hause einladen.» Franchesca spricht jetzt mit kühler Stimme: «Lass gut sein, ist nicht so schlimm, wir sehen uns, wenn du wieder da bist.» «Ist das nicht merkwürdig – da beschwere ich mich immer über meinen Vater, und dann bin ich selbst so unzuverlässig», versuche ich es noch einmal, doch es ist völlig aussichtslos, ich kann die Stimmung nicht mehr herumreißen, das spüre ich deutlich. «Wir telefonieren», sagt Franchesca und legt auf. Ich presse mein Gesicht ins Sofakissen und kämpfe gegen den Drang, sie wieder anzurufen.

Martha hat einen Linseneintopf gekocht. Sie bittet mich, Tabrik etwas davon zu bringen. «Seit wann ist er wieder hier?», will ich wissen. «Seit gestern Nacht», sagt Martha und hält mir den vollen Teller und das in Papier gewickelte Besteck hin. «Wie lange wird er bleiben?» «Raoul besorgt ein Auto und fährt ihn an die Grenze.» Als ich in der Tür stehen bleibe, fügt sie hinzu: «Besser, wir bringen ihm das Essen, als dass er zu uns in die Wohnung kommt. Außerdem gibt er mir Geld dafür.»

Ich gehe mit dem Teller runter in den Hof. Mir wäre es lieber, ich könnte den Eintopf einfach auf der Kellertreppe abstellen. Aber Martha hat mir den Kellerschlüssel gegeben und mich angewiesen, weder zu klopfen noch nach Tabrik zu rufen. Ich schließe die Tür auf und gehe durch den dunklen Gang an den Verschlägen der anderen Mieter vorbei. Obwohl ich weiß, dass Tabrik hier unten ist, habe ich Angst zu erschrecken, wenn er plötzlich vor mir auftaucht. Rechts im Zwielicht, das durch die verdreckten Kellerfenster fällt, sehe ich das Gerümpel, durch das sich vorgestern die Polizei gearbeitet hat. Dahinter bewegt sich ein Schatten. «Ich bin's», rufe ich, «Yael.» Ein untersetzter, kräftiger Mann steigt über einen umgekippten Stuhl und kommt auf mich zu. Der Mann sagt kein Wort. Schnell stelle ich den Teller auf einem furnierten Art-déco-Tischchen ab und trete ein paar Schritte zurück. In sicherem Abstand bleibe ich stehen und vergewissere mich mit einem Seitenblick, dass die Kellertür noch offen steht.

Der Mann nimmt den Teller vom Tisch und beginnt, im Stehen zu essen, schmatzt und schlürft dabei. Ich drehe mich um, meine Aufgabe ist erledigt, doch er befiehlt: «Warte!» Tabrik stellt den Teller wieder ab und kommt näher. «Du bist die Yael?» Als er vor mir steht, tatscht er mir an die Brust. Ich schlage seine Hand weg, ein Reflex, er greift mein Handgelenk und lacht. Ich sage: «Ich schreie, das wirst du doch nicht wollen!» «Na, na, Yael», sagt Tabrik. «Sei nicht so, immerhin habe ich für deinen Vater im Gefängnis gesessen.» Ich entwinde mein Handgelenk aus seinem halbherzigen Griff. «Frag ihn bei Gelegenheit. Ich war sein Teilhaber im La Boheme. Lange her, sie waren alle da, die ganze Szene, alle haben da ihre Geschäfte gemacht.» Tabrik steht immer noch viel zu dicht vor mir, ein weicher, fetter Körper, fettiges Haar, unsympathisches Gesicht. «Ist mir egal», sage ich. «Wenn du mich noch einmal anfasst, rufe ich die Polizei.»

Tabrik ärgert sich, für Martha ist die Situation schon kompliziert genug, ich sollte ihn nicht noch mehr reizen. Rasch hebe ich das benutzte Geschirr auf, das neben dem Gerümpel auf dem Boden steht, und laufe die Treppe hoch. «Hast wohl keinen Freund, was?», ruft er mir nach.

Oben auf dem Treppenabsatz passt mich die Hauswartsfrau ab. «Was ist eigentlich los in dem Keller? Warum rennen da Tag und Nacht die Leute rein?» Ich frage mich, ob das strafbar ist, was Martha und ich da machen. Die Hauswartsfrau fragt weiter: «Was wollte die Polizei von Ihnen?» Ich lasse sie stehen.

Ich schließe die Tür auf und will Martha von meiner Begegnung mit der Hauswartsfrau erzählen, da höre ich sie sprechen. «Und was, glauben Sie, habe ich damit zu tun?», sagt sie gerade. «Sie sollten sich besser überlegen, wem Sie Geld leihen.» Martha kommt in die Küche, sie ist ärgerlich. Ich stelle das Geschirr ins Abwaschbecken. Sie geht an den Herd und füllt Linseneintopf in zwei Teller, das Telefon klingelt. Martha sagt: «Jetzt essen wir, ich gehe nicht mehr ran.»

Ich sitze in einem Auto auf dem Weg nach Berlin, ein Immobilienmakler möchte seine Website von mir getextet haben. Ich sehe aus dem Autofenster und bin froh, unterwegs zu sein, nichts tun und mit niemandem reden zu müssen. Der Fahrer der Mitfahrgelegenheit hat mehrere Versuche gestartet, mit mir ins Gespräch zu kommen, ich habe sie unfreundlich abgewürgt. Am Freitag habe ich für Martha bei einem türkischen Trödelhändler einen Anrufbeantworter besorgt. Immer wenn sie an diesem Wochenende telefoniert hat, hat sie ihn angeschaltet und das Gespräch aufgenommen, auf diese Weise hat sich für uns das Bild von den Freundschaften und Schulden meines Vaters vervollständigt. Gestern nach dem Mittagessen habe ich dann Martha vorgeschlagen, die Polizei in die Belästigungen der Schuldeneintreiber einzuweihen. Martha hat eingewilligt. Völlig umsonst, denn die Polizei war ganz und gar nicht begeistert von unserem Vorschlag, die von Martha dokumentierten Telefongespräche anzuhören. Vielmehr wurden wir darauf hingewiesen, dass uns eine solche Aufzeichnung nicht erlaubt sei. Schließlich habe ich gefragt, ob die Polizei sich weigern würde, ein Schriftstück anzunehmen, auf welches wir sämtliche Daten der Gläubiger notiert hätten. Die Antwort des Beamten, der auf unsere Bitte zu uns gekommen ist, war ausweichend. Steif hat er in Marthas Wohnzimmer gesessen, die Blätter in der Hand. Dann sah ich, wie er Martha mitleidig betrachtete. Unmögliche Verhältnisse, sagte sein Blick. Martha hat seinen Blick auch bemerkt, stolz hat sie ihn ignoriert: Von solchen Leuten lässt sie sich und ihre Ehe nicht beurteilen.

Raoul hat mir zum Abschied einen afrikanischen Talisman geschenkt. Er hat mich umarmt und gesagt: «Dein Vater kommt wieder, du wirst sehen, er ist ein guter Mann.»

Daniel, der Kreativdirector, hat sich entschuldigt, weil er mich letzte Woche versetzt hat, und mich für ein spätes Frühstück in die Bar 107 eingeladen.

Als ich komme, sitzt er schon an einem der Tische, vor sich einen Kaffee. Der Moment der Begrüßung ist etwas, das ich hasse: Gebe ich meinen Gelegenheitschefs die Hand, wirkt es zu steif, eine Umarmung kommt mir unangebracht vor, die Küsschen rechts und links auch, vielleicht will Daniel nicht so von mir begrüßt werden, aber ich halte ihm trotzdem mein Gesicht entgegen. «Arbeitest du heute nicht?», frage ich ihn. «Doch», er zeigt auf sein Mobiltelefon, was wohl bedeutet, dass er auch hier für die Agentur erreichbar ist. Ich bestelle Panini mit Salat und Kaffee. Dann fragt er, was ich in München gemacht habe. Beruflich? Ja. Als Texterin? Eher nicht. «Worum geht's?», frage ich schließlich, als ich finde, dass wir genug geplaudert haben. «Man muss doch in Kontakt bleiben», sagt Daniel. «Netzwerkpflege heißt das.» Er grinst mich an, ich muss meine Wut unterdrücken: Deswegen hat er mich herbestellt? Außerdem habe er gedacht, fügt er hinzu, ich habe ihm etwas zu erzählen, schließlich bin ich es gewesen, die ihn letzte Woche angerufen hat. Da offensichtlich kein Job in Aussicht ist, lohnt sich die Anstrengung nicht: «Keine Ahnung, was ich von dir wollte, ich muss grad sehr viel arbeiten.» Daniel nickt, er wirkt nicht besonders enttäuscht. Er kenne das, versichert er mir, er selbst habe viele gute Ideen, ist aber in den Agenturbetrieb eingebunden. Er wisse, wie viel Zeit und Kraft die kreative Arbeit kostet, schließlich habe er mit seiner Karriere seine Ehe ruiniert. Ich nicke verständnisvoll, der Themenwechsel ist mir recht.

Plötzlich erzählt er: «Ich habe wieder eine Affäre mit einer Beraterin angefangen, blond, vierundzwanzig Jahre alt,

Bombenfigur, du weißt schon.» Ich fühle mich mit einem Schlag unwohl. «Ich habe sie auf einer Werberparty kennengelernt. Ich erzähle dir davon, weil mir in den letzten Tagen klargeworden ist, dass ich so etwas eigentlich nicht mehr will.» Ich halte mein Brötchen in der Hand und sage nichts. Daniel beugt sich vor und sagt mit verschwörerischer Miene: «Mir ist auch bewusst geworden, warum gutaussehende Frauen meistens oberflächlich sind: Sie müssen sich nicht anstrengen, die Männer in ihrer Umgebung zu erobern, schon in der Pubertät fällt ihnen alle Sympathie sozusagen in den Schoß. Früh begreifen sie, dass sie mit Männern machen können, was sie wollen, und haben deswegen nichts anderes im Kopf.» Triumphierend schaut er mich an. Ich sage: «Eine interessante These.» «Beruht alles auf Beobachtung», bestätigt er. «Du zum Beispiel bist ganz anders. Du machst dir deine eigenen Gedanken, du hast Interessen, mit dir kann man sich über andere Themen unterhalten als über Mode und Werbung.»

Ich bin verärgert über dieses zweifelhafte Kompliment und beleidigt und will das Frühstück so schnell wie möglich hinter mich bringen, aber plötzlich ist es wieder da, dieses Nichtwissen, wie man ein Brötchen zum Mund und eine Kaffeetasse an die Lippen führt – wie in meiner Pubertät. «Ich muss leider gehen», beende ich die unangenehme Situation, und da die Kellnerin gerade den Tisch neben unserem abräumt, bitte ich um die Rechnung. Gleich darauf ärgere ich mich, denn Daniel hatte mich ja einladen wollen, jetzt muss ich selbst zahlen. Gleichzeitig komme ich mir geizig vor, und auch das nehme ich Daniel übel. «Herrlich, so ein Treffen vor der Arbeit, das müssen wir öfters machen», sagt er zum Abschied.

Frustriert stehe ich auf der Straße. Letzte Woche habe

ich nicht gearbeitet, jetzt ist es schon eins, und noch immer weiß ich nicht, wie ich das Geld für den nächsten Monat verdienen soll.

Als ich am Nachmittag nach Hause komme, ziehe ich augenblicklich mein durchgeschwitztes Kostüm aus, bei Herrn Martens, dem Immobilienmakler, im Büro ist es stickig und heiß gewesen. In Unterwäsche setze ich mich an den Schreibtisch, gehe wieder meine Kundenliste durch: Bei den großen Agenturen brauche ich es im Moment nicht zu versuchen, durch eine Kollegin weiß ich, dass zurzeit Buchungsstopp für freie Mitarbeiter herrscht. Ich mache mir eine Liste mit allen Kunden, bei denen es sich doch noch lohnen könnte anzufragen. Bei Mc Marketing suchen sie einen festen Texter, erfahre ich am Telefon. Ich will zwar nicht fest arbeiten, aber weil weit und breit kein anderes Angebot in Aussicht ist, vereinbare ich für Donnerstagnachmittag ein Vorstellungsgespräch.

Sechs Stunden später bürste ich mir die Haare, sie fallen mir über die Schulter und glänzen. Ich bin zu einer Party eingeladen, nicht weit von hier, ein Bekannter meiner Freundin Dorothee hat eine Rundmail geschickt, ein Jurist, der Angst hat, dass zu seinem Fest zu wenig Leute kommen.

Seit ich mit Ana nicht mehr befreundet bin, bin ich auf Partys immer vor allem eins: «ohne Ana». Ich stehe mit einem Glas Wein in der Küchentür, noch hat es nicht wirklich angefangen, das Buffet ist nahezu unberührt, auf dem Küchentisch stehen viele ungeöffnete Weinflaschen. Wie fühlt es sich an, ohne Ana in einer fremden Umgebung zu sein? Genauso, wie ich es mir vorgestellt hatte, als mir klarwurde, dass Ana nicht mehr meine Freundin sein will. Mit Ana wäre auch diese Party erträglich, denn wir wussten immer, worüber wir reden sollten. Und ihre Bewunderung hat mich attraktiv gemacht: «Das ist Yael ... sie hat viel gelesen ... sie kann so gut erzählen ... sie ist intelligent.» Ich war für Ana die spröde Intellektuelle, die es den Menschen nicht leicht machte, mit ihr ins Gespräch zu kommen, so hat sie mich gesehen. Sie hat mich damals auch bestärkt, meine erste Reise nach München zu unternehmen, um meinen richtigen Vater kennenzulernen, obwohl ich weder Adresse noch Telefonnummer von ihm hatte. Sie hatte Freunde in München, die mich bei sich aufnahmen und meine Suche nach meinem Vater «spannend» fanden und «aufregend», neunzehn Jahre ist das jetzt her.

«Gib doch mal an, Yael», hat Ana immer gesagt, «mit deinem Talent und deiner Herkunft.» Da gab es nur ein Problem: Meine Herkunft, wie Ana es nannte, hatte nichts mit mir zu tun.

Dorothee kommt mit einem vollen Teller zu mir her: «Yael, du musst den Kartoffelsalat probieren, der ist lecker.» «Danke, ich habe schon gegessen», sage ich. Dorothee zeigt mit ihrer Gabel auf zwei Männer, die neben der Bücherwand stehen und sich unterhalten. «Wie findest du die Typen dort, süß, oder?» «Ich finde, die sehen langweilig aus», sage ich, «alle hier sehen langweilig aus, in diesem Raum ist niemand, mit dem man sich unterhalten möchte.» Dorothee schweigt, ich habe sie gekränkt.

Gegen zwei sitze ich mit einer Weinflasche vor dem Plattenspieler und lege Platten auf. Der Gastgeber hat eine Sammlung mit den bekanntesten Bands der sechziger und siebziger Jahre, The Doors, Jimi Hendrix, Deep Purple, The

Rolling Stones. Ein blonder großer Mann setzt sich zu mir: «Du kennst dich aus mit Musik?» «Nein.» Ich schüttele den Kopf. Das Gespräch versiegt. Ich wüsste sogar, was ich sagen könnte, zum Beispiel, dass ich mir wünsche, einmal die Stimmung einer Party in den Sechzigern mitzuerleben, und dass mich die Frisuren der Leute auf den Plattencovern begeistern, ihre Kleidung, ihre Coolness. Aber ich habe keine Lust. Langsam löst sich die Party auf, Dorothee hat sich schon lange verabschiedet, sie muss immer rechtzeitig zu Hause sein bei ihrem Freund und den drei Kindern.

Als ich im Flur meinen Mantel anziehe, steht der blonde Mann von vorhin neben mir: «Du gehst schon?» Ohne ihm zu antworten, suche ich meine Mütze und die Handschuhe zusammen, gleich darauf schäme ich mich, dass ich ihn so gemein behandele. Erst Dorothee, jetzt er. Der Gedanke an Ana ist schuld an meiner schlechten Laune. Weil ich es wiedergutmachen will, lächele ich dem Blonden zu, der Gastgeber bringt mich zur Tür: «Hey, Yael, war nett, dass du da warst.»

Der blonde Mann sagt: «Bitte warte, ich begleite dich.» Er schnappt sich seine Jacke und seinen Rucksack und folgt mir. Ich wohne nur ein paar Straßen weiter und will zu Fuß nach Hause gehen. Kein Mensch ist auf der Straße, in meiner kleinen, kalten Wohnung im Hinterhaus wartet niemand auf mich, zum ersten Mal beneide ich Dorothee, sie ist nie allein. «Wie heißt du nochmal?», frage ich meinen Begleiter. «Holger», antwortet er und fragt: «Wollen wir noch was trinken gehen?» Ich schaue ihn erstaunt an, es ist mitten in der Woche, drei Uhr früh, und in diesem Viertel gibt es keine Bar, die um diese Zeit noch aufhat. Holger bemerkt meinen Gesichtsausdruck und entschuldigt sich: «Ich komme aus Hannover, und der erste Zug zurück geht erst kurz nach sechs, bis dahin muss ich die Zeit totschlagen.» «Bist du nur für die Party nach Berlin gekommen?» «Nicht ganz, ich habe mich heute Nachmittag in einer Kanzlei vorgestellt.» «Um diese Zeit hat hier nichts mehr offen.» «Schade», sagt er. Wortlos gehen wir nebeneinanderher, ungefragt begleitet er mich nach Hause. Ich könnte netter sein, mein Vater hätte diesem Mann sofort ein Bett angeboten, ohne groß nachzudenken. Schließlich ist auch ihm in vielen fremden Städten von Unbekannten geholfen worden, meistens von Frauen.

«Du kannst bei mir übernachten», schlage ich ihm vor. Jetzt ist Holger erstaunt: «Nein, das ist wirklich nicht nötig, das war nicht meine Absicht.» «Ich habe allerdings nur ein Sofa und einen Schlafsack.» «Störe ich wirklich nicht?», fragt er. Dann erklärt er, wie aufregend er Berlin findet, wie viele interessante Menschen er hier kennengelernt hat, kein Vergleich zu Hannover.

Zu Hause in meinem großen Zimmer beziehe ich Holger das Sofa mit einem Laken, er sieht mir dabei zu, wirkt irgendwie enttäuscht. Dann verschwinde ich ins Bad, putze die Zähne und ziehe den weiten Bademantel über, da sieht man den Bauch nicht so: Das ist der Preis für die Gastfreundschaft, dass ich mich vor einem Fremden so zeigen muss.

Leider ist mein Schlafzimmer nicht wirklich getrennt vom Wohnzimmer, das Bett steht in einer kleinen, angrenzenden Kammer ohne Tür, ich mache die Deckenlampe aus, knipse für Holger die Bogenlampe neben dem Sofa an und lege mich hin. Holger kommt aus dem Bad und tritt an mein Bett, er trägt Boxershorts mit einem Muster aus verschiedenen Automodellen, ein blaues, ausgeleiertes T-Shirt, dazu weiße Tennissocken. Ich bin empört, lege mein Buch zur Seite. «Gute Nacht», murmelt er und bleibt stehen. «Ja, gute Nacht», sage ich, «brauchst du noch etwas?» «Nein.» Ich höre, wie er sich hinlegt, ich schaue nicht hin, dann knipse ich die Nachttischlampe aus und winde mich aus meinem Bademantel.

Holger steht wieder an meinem Bett, im Dunkeln, ich erschrecke furchtbar. Am nächsten Morgen weiß ich nicht, ob ich diese Szene geträumt habe oder ob sie wirklich stattgefunden hat. Rasiert und gekämmt setzt er sich an den Frühstückstisch und trinkt eine Tasse Kaffee. Ich habe ihm sämtliche Zugverbindungen für diesen Vormittag rausgesucht und ordentlich aufgeschrieben, der Zettel liegt neben seinem Teller. Er bedankt sich höflich. Ich bin schon im Mantel, fordere ihn auf, sich vom Frühstückstisch zu nehmen, was er möchte, und wenn er geht, einfach die Tür hinter sich zuzuziehen.

Als ich wiederkomme, ist Holger weg, sein Teller unberührt. Er hat mir einen Zettel hingelegt, auf dem steht, dass Jeanette aus Ungarn angerufen hat. Die Nummer ist auch notiert, eine Mobiltelefonnummer. Bestimmt hat Jeanette gedacht, Holger ist mein Freund.

Ein Mann geht ans Telefon, mein Englisch versteht er nicht, aber er ruft Miss Kain, kurz darauf meldet sich Jeanette. Jeanette klingt erschöpft und traurig, sie sagt: «Hallo, Yael.» Ich merke, ich hätte mich auf die Situation vorbereiten sollen, denn ich weiß nicht, was ich sagen soll. Jeanette sagt: «Yael, du musst uns sagen, wo dein Vater ist.» «Ich habe keine Ahnung, wirklich nicht, ich suche ihn doch selbst», antworte ich, dann fällt mir ein, dass ich Jeanette mein Beileid aussprechen muss. «Die Polizei durchsucht alles, Yael. Was sind das für Sachen, die hier in der Wohnung stehen, und was haben meine Mutter und dein Vater damit gemacht?» «Woher soll ich das wissen», rufe ich. Das war unpassend, Jeanette fängt an zu schreien: «Hier geht es nicht um dich, es geht um meine Mutter! Dein Vater hat ihr Unglück gebracht. Sie lebt nicht mehr, begreifst du das nicht!»

Ich werde nervös, außerdem weiß ich, wie viel mich der Anruf auf ein ausländisches Mobiltelefon kostet, und das hemmt mich zusätzlich: «Bitte, Jeanette, kannst du mich vom Festnetz aus bei mir zu Hause anrufen? Das ist billiger.» Dann schäme ich mich entsetzlich: Ihre Mutter ist gestorben, und ich finde das Telefonieren mit ihr zu teuer. Jeanette legt auf, das Telefon klingelt nicht mehr.

Am frühen Abend komme ich wieder nach Hause. Wie immer krame ich schon auf dem letzten Treppenabsatz den Schlüssel aus meiner Laptoptasche, und als ich den Kopf hebe, sehe ich: Meine Tür steht offen!

Der erste schreckliche Gedanke: Sie sind noch drin! Sie haben mich gehört, gleich werden sie rausstürmen und sich auf mich stürzen. Ich stehe ganz still und horche angespannt, mit einem Mal sind so viele Geräusche um mich herum, Schritte, entfernte Stimmen, ein Knarzen, genau hinter mir, genau in dem Moment, als ich vorsichtig die Hand vom Treppengeländer nehme, erschreckt drehe ich mich um, es knarzt wieder, meine Laptoptasche, die an meinem Mantel reibt. Nach einer Weile entscheide ich, dass die Geräusche, die ich höre, nicht aus meiner Wohnung kommen. Mit starkem Herzklopfen wage ich mich bis an meine Wohnungstür. Der Rahmen ist in Höhe des Schlosses zersplittert, das Schloss selbst zur Hälfte abgeschraubt und verbogen. Langsam trete ich in den Flur, innerlich darauf vorbereitet, jemandem zu begegnen. Von der Mitte des Flurs kann ich in mein Wohnzimmer sehen, der Anblick schockiert mich. Alle meine Sachen sind aus den Schränken gezerrt, die Bettwäsche und die Matratze aufgeschlitzt, in einer Zimmerecke ist sogar die Tapete heruntergerissen, und zwar an der Stelle, hinter der sich die alte Ofenluke befindet.

Solch eine Unordnung hatte ich trotz aller Befürchtungen nicht erwartet, mir wird schwindlig. Bei diesem Durcheinander kann ich auch nicht erkennen, was geklaut worden ist, nur gut, dass ich meinen Laptop dabeigehabt habe. Nur eins sehe ich sofort: Die Bogenlampe neben dem Sofa, die ich mir letzten Sommer auf dem Flohmarkt gekauft habe, liegt auf dem Boden, der Lampenschirm ist zerbrochen.

Es dauert lange, sehr lange, bis der Streifenwagen kommt, auf den ich vor dem Haus warte. Die beiden Beamten, eine Frau und ein Mann, lassen sich tatsächlich von mir meinen Personalausweis zeigen, bevor sie mit mir hinaufgehen. Sie sind freundlich, aber distanziert und teilen meine Aufregung nicht. Irgendwie macht mich das sehr wütend, ich wünschte, ich hätte jemanden bei mir.

Als wir gemeinsam meine Wohnung betreten, befällt mich trotz ihrer Anwesenheit beim erneuten Anblick der Zerstörung Panik.

«Wer macht denn so was?», sagt der Beamte, als er mein Wohnzimmer sieht.

«Können Sie schon sagen, was gestohlen wurde?», fragt die junge Beamtin mit dem Pferdeschwanz, nachdem sie sich eine geschlagene halbe Stunde Notizen gemacht hat.

«Wie soll ich das bei diesem Chaos wissen?»

«Hatten Sie keinen Fernseher?»
«Nein.»
«Und auch keine Musikanlage?»
«Auch nicht.» Wenn ich Musik hören will, schließe ich den CD-Player an meinen alten Verstärker an, und der ist noch da.

Als die beiden den Vorfall fertig dokumentiert haben, sagt der Mann zu mir: «Dies ist kein normaler Einbruch gewesen. Es sieht aus, als habe jemand etwas gesucht.»

«Was soll ich jetzt machen?», frage ich.

Es ist offensichtlich, dass ich in meiner Wohnung nicht bleiben kann. Die Tür wird sich ohne aufwendige Reparaturarbeiten nicht verschließen lassen, und die Vorstellung, dieses Chaos wieder aufräumen zu müssen, lässt mich schier verzweifeln. «Selbst wenn die Tür wieder zugeht, will ich nicht hierbleiben, auf gar keinen Fall», sage ich.

«Sie können ein paar Sachen packen und telefonieren, währenddessen bleibt ein Beamter vor Ihrer Haustür stehen, wenn Sie möchten. Haben Sie jemand, bei dem Sie unterkommen können?»

«Die Tür, was ist mit der Tür?»

«Die werden wir versiegeln, das ist das geringste Problem. Es kommen sowieso noch einmal Kollegen von der Spurensicherung vorbei und nehmen Fingerabdrücke.»

Mir wird schlecht, und ich setze mich auf meinen Schreibtischstuhl.

«Kommen Sie morgen zu uns ins Revier wegen der Unterlagen und der Fotos für Ihre Versicherung», sagt der Beamte und reicht mir eine Visitenkarte. «Ich kann hier nie wieder schlafen», sage ich, den Tränen nah. «Ich verstehe Sie gut, manche Menschen ziehen nach so einem Vorfall um», bestätigt der Beamte.

Das ist nicht mehr meine Wohnung, sämtliche Papiere liegen auf dem Boden verstreut, die Rechnungen, meine Steuerunterlagen, auch die Seminarblätter aus Studienzeiten und Ausdrucke von Textentwürfen für meine Kunden. Wie soll ich das alles wieder in Ordnung bringen, ich bin unendlich müde.

Unter dem Couchtisch eine Analyse von Dostojewskis «Schuld und Sühne», mein Gott, war das damals langweilig gewesen, dann das Anschreiben für den Kaffeeröster Darboven:

Liebe Kaffeefreunde,
ich schreibe Ihnen heute diese Zeilen, weil unsere allseits beliebte «Darbohne» zurückgekehrt ist. Dass wir sie nach vierzehn Jahren Pause haben wieder aufleben lassen, geschah aufgrund der vielen Zuschriften, die wir in unserem Hause erhalten haben, in denen immer wieder nach der «Darbohne» und ihren Abenteuern gefragt wurde.

Was für einen Unsinn man aufbewahrt! Ich fange an, die Zettel mit dem Fuß zusammenzuschieben, ich muss ein paar Sachen zusammenpacken, dabei weiß ich noch gar nicht, wo ich hinsoll. Dann unter einer Rechnung ein Brief von Ana, mit einer Zeichnung. Nur eine Ecke schaut heraus, aber ich erkenne ihren Zeichenstil und erinnere mich: Sie hat mir diesen Brief geschrieben, als wir gemeinsam in Portugal waren. Wir hatten uns gestritten, ich bin spazieren gegangen, und sie ist im Hotel geblieben. Erst als wir zurück in Berlin waren, hat sie ihn mir gegeben. Vorsichtig hebe ich ihn auf und lege ihn auf den Schreibtisch. Dann nehme ich meinen Rucksack, den ich normalerweise unter dem Bett aufbewahre und der jetzt unter dem Fenster liegt, und meine große Sporttasche und packe wahllos ein paar Sachen zusammen: Handtücher, Unterhosen, Strümpfe, die meisten Kleidungsstücke liegen im Zimmer herum. Doch plötzlich fällt mir das marokkanische Märchen ein. Wo ist es? Das Märchen vom Lastenträger, das ich Ana bei einem Spaziergang erzählt habe und das sie für mich in kurzen Stichworten notiert hat. Ich stelle die Tasche ab. Die Notizen müssen im Ordner mit der Aufschrift «Ideen» sein, er liegt vor dem Sofa, sieht aus, als wäre noch alles drin. Ich blättere ihn durch. Der Lastenträger, der von einem besseren Leben träumt, und dann geschieht tatsächlich ein Wunder, ihm widerfährt ein Glücksfall nach dem anderen. Doch das Schicksal meint es zu gut mit ihm, sein Glück wird ihm unerträglich, und bald will der Lastenträger sein altes Leben zurück. Doch was er auch tut, es wendet sich zum Guten.

Albern habe ich die Geschichte gefunden, kaum, dass ich sie erzählt hatte, doch Ana hat sie gefallen, sehr sogar. Vielleicht ist sie gar nicht so lächerlich, wie ich sie in Erinnerung habe, und es könnte sich lohnen, daran zu arbeiten. Seit Jahren schreibe ich für fremde Menschen belanglose Texte, und für das, was wirklich wichtig ist in meinem Leben, habe ich keine Zeit.

Ich räume eine Stelle auf dem Boden frei, hebe Papiere auf, stapele sie auf dem Schreibtisch. Im Ordner «Ideen» ist die Geschichte nicht, wo könnte sie sonst sein? Zu guter Letzt – ich fische gerade ein paar Blätter unter dem Sofa hervor – schneide ich mich an den Scherben meiner Stehlampe, und Blut tropft auf den Teppich.

Ich liege in Florians Bademantel auf dem Bett in Florians Schlafzimmer. Seit über einer Stunde liege ich schon so, mein Finger tut weh, schlafen will ich nicht, aber aufzustehen habe ich auch keine Lust. Ich wünschte, ich könnte Franchesca anrufen, doch nach unserem letzten Gespräch kann ich nicht plötzlich mit Gepäck und Zahnbürste vor ihrer Tür stehen. Dorothee hat drei Kinder, dort kann ich auf gar keinen Fall übernachten. Zum Glück habe ich Florian erreicht, der mir sofort angeboten hat, in seinem Luxusloft zu bleiben. Vorhin hat er sogar extra aus New York angerufen, um zu fragen, ob alles geklappt hat mit der Nachbarin und der Schlüsselübergabe, und um mir zu versichern, dass ich so lange bei ihm wohnen kann, bis er wieder zurück nach Berlin kommt. Die großen Räume, die offene Wohnküche sind ein ungewohnter Luxus, gleich nachdem ich mein Gepäck abgestellt hatte, habe ich mir ein Bad eingelassen, aber kaum saß ich in der Mitte des riesigen Badezimmers in der freistehenden Wanne, fürchtete ich mich. Dauernd musste ich mich umsehen, und ständig war mir, als hätte ich gerade ein Geräusch gehört. Schließlich habe ich es aufgegeben mit dem entspannenden Bad.

Das Mobiltelefon neben mir auf dem Kopfkissen klingelt, es ist meine Tante Miriam aus Israel. «Yael, ruf mich zu Hause an, ich zahle dir den Anruf auch», bittet sie mich auf Französisch. Ich gehe in die Wohnküche und setze mich mit dem tragbaren Telefon an den Tisch. Miriam meldet sich nach dem ersten Freizeichen: Die Polizei ist bei ihr und ihrem Mann gewesen und hat nach ihrem Bruder gefragt. Eine Routinebefragung, habe man ihr mitgeteilt, und sie habe erklärt, dass Antoine Hasidim bestimmt wieder auftauchen und sich dann bei der Polizei melden werde. Daraufhin habe ein Polizist gesagt, Antoine Hasidim werde in Deutschland wegen Mordes gesucht.

«Yael, das kann doch nicht sein», sagt meine Tante, besorgt, aber ruhig. «Das ist nicht möglich.» Gerne würde sie mit ihrem Bruder sprechen, ihm sagen, dass, was auch passiert sei, er zu ihr kommen könne. Und sie kenne ihn gut, ihren Bruder, und eher sei ihm etwas zugestoßen, als dass er einer Frau etwas zuleide getan habe. Dies müsse ich auch der deutschen Polizei erklären. «Ja, das mach ich, ich verspreche es, Miriam.» Ich weine, wische Tränen und Rotz mit dem Ärmel des Bademantels ab, denn ich habe kein Taschentuch.

«Außerdem wollte ich wissen, wie es dir geht, meine Liebe. Wir alle machen uns Sorgen um dich. Wenn du etwas brauchst, kannst du uns anrufen, wann immer du willst.» Dann fragt Miriam, ob ich die Telefonnummer von Gizellas Tochter habe. Es erstaunt mich, dass Miriam von Gizella weiß. Miriam möchte Jeanette ihr Beileid aussprechen. Ich bin erleichtert, nun kommt die Sache mit Jeanette wieder in Ordnung.

«Frau Fischer, wo sind Sie, und wo sind Ihre Entwürfe?» Es ist Herr Martens. «Wir hatten Sie letzte Woche gebucht, damit wir die Texte heute Vormittag besprechen können.» Das ist mir in meiner ganzen Laufbahn noch nicht passiert. «Entschuldigen Sie bitte vielmals.» Hatte Herr Martens gehofft zu hören, dass ich die Texte geschrieben, aber noch nicht geschickt habe, weiß er jetzt, dass ich den Auftrag schlicht und einfach vergessen habe. «Ich denke, damit ist unsere Geschäftsbeziehung beendet. Wissen Sie, in welche Schwierigkeiten Sie mich bringen?» «Es tut mir so wahnsinnig leid, wie kann ich das wiedergutmachen? Ich kann beim nächsten Projekt umsonst für Sie texten.» «Auch wenn Sie umsonst für uns arbeiten würden, müssten wir uns ja auf Sie verlassen können. Ich verstehe gar nicht, wie Sie als Selbständige überleben können mit Ihrer Einstellung.» Herrn Martens Kritik ist furchtbar für mich, denn auf meine Zuverlässigkeit bin ich sehr stolz. Sofort verlasse ich das Kaufhaus am Alexanderplatz, wo ich mir eigentlich für die nächsten Tage frische Wäsche hatte kaufen wollen. Ich muss sofort zurück in Florians Wohnung.

Bei Florian rufe ich meinen Anrufbeantworter per Fernabfrage ab, währenddessen mache ich mir eine Notiz auf einer meiner Visitenkarten: Den Vorstellungstermin morgen bei Mc Marketing darf ich auf keinen Fall versäumen. Bei den meisten Anrufen springt die Maschine sofort weiter: Die Anrufer haben keine Nachricht hinterlassen, dann eine Frauenstimme, eine Sonja Semper oder Kemper, tatsächlich mit einer Jobanfrage. Leider kann ich nicht verstehen, für welche Agentur, die Ansage ist so undeutlich. Ich muss auflegen und erneut anrufen. Mein Anrufbeantworter hat nur einen begrenzten Speicher, also lösche ich die ersten Nachrichten, und dabei passiert es: Der Anrufbeantworter springt zur nächsten Nachricht weiter, im gleichen Moment, in dem ich die Kombination zur Fernlöschung drücke. Die Nachricht von Sonja Semper, ich habe sie gelöscht! Panisch suche ich Notizheft, Stift und Adressbuch zusammen und setze mich erneut an den großen Küchentisch. Was bleibt mir anderes übrig, als sämtliche Agenturen durchzutelefonieren: «Haben Sie mich heute Vormittag angerufen, arbeitet bei Ihnen eine Sonja Semper?» Es kann Stunden dauern, bis ich sie auf diese Weise finde, insgesamt vier Seiten mit Adressen liegen auf meinem Schoß. Ich verlasse die Reihenfolge meiner Notizen und rufe Hajo an, schließlich wollte er mich bei seinem nächsten Projekt dabeihaben. Er meldet sich tatsächlich unter seiner Büronummer, aber kaum will ich etwas sagen, merke ich, dass ich meiner Stimme nicht mehr mächtig bin, ich stottere: «Ich wollte, du sagtest doch, bald könnte es losgehen, und da wollte ich …, ich dachte …, ich könnte mal fragen …» «Du, Yael, ich kann jetzt nicht», sagt Hajo, «ich bin in einer Besprechung.» Er klingt kühl und distanziert.

Mit einer Flasche Wein und einem belegten Baguette komme ich in die Wohnung zurück. Aber ich habe keinen Hunger und lasse das eingewickelte Baguette liegen. Stattdessen nehme ich eins von Florians Gläsern, wasche es sorgfältig aus und fülle es fast bis zum Rand mit Wein. Ich trinke es mit wenigen Schlucken aus. Beim zweiten Glas überfällt mich Brechreiz. Das verdammte Mobiltelefon klingelt, ich schalte es aus und feuere es auf die Couch und trinke das Glas aus. Angezogen lege ich mich auf das weiße Ledersofa.
 Als ich irgendwann am Nachmittag aufwache, ist mir übel und schwindlig, aber ich bin nüchtern. Im Zimmer ist es dämmrig. Ich gehe zur Spüle und trinke mehrere Gläser Wasser, dann wasche ich mit Seife mein weißes Hemd für das morgige Vorstellungsgespräch.

Ich sitze auf einem dunkelbraunen Ledersessel und schaue auf vier Bildschirme, auf denen jeweils ein anderes Programm läuft. Eine Etatdirectorin, elegant gekleidet, sehr schlank und mit einem nicht mehr jungen Gesicht, hat mich gebeten, in diesem Raum zu warten, das Vorstellungsgespräch würde der «Präsident» persönlich führen. Ich bin nervös, stehe auf, gehe auf und ab, habe plötzlich die Vorstellung, der Raum könnte mit Kameras ausgestattet sein, mit denen ich und meine Unruhe dokumentiert würden, das wäre vermutlich für meine Einstellung nicht förderlich. Anstatt im Raum herumzulaufen, könnte ich alle Visitenkarten, die sich in meinem Portemonnaie angesammelt haben, aussortieren und die Daten in mein Mobiltelefon eingeben. Die Etatdirectorin kommt zurück: «Bitte stehen Sie auf, der Präsident hat nicht viel Zeit.» Schnell springe ich auf, dabei fallen die Visitenkarten auf den Boden. Als ich sie aufhebe, fällt meine Tasche vom Stuhl. Hastig sammele ich Visitenkarten, Arbeitsproben und Taschentücher vom Teppich und stopfe alles in die Tasche zurück, die Etatdirectorin steht daneben und schaut mir zu. Als ich das vorletzte Stück aufhebe, dreht sie sich um und geht. Ich stolpere hinter ihr her. «Warten Sie hier», befiehlt sie mir, als wir vor einer großen Milchglastür stehen. Sie geht ohne mich hinein, kommt einen Moment später wieder heraus. «Der Präsident telefoniert gerade, bitte nehmen Sie noch einen Augenblick im Konferenzraum Platz.» Ich gehe zurück, diesmal ohne ihre Begleitung, kaum habe ich mich hingesetzt, ist sie schon wieder im Raum: «Schnell, er ist fertig.» Ich springe erneut auf, bremse mich dann aber: Es wäre würdelos, auf hohen Schuhen hinter ihr herzuhetzen, ein normales Schritttempo muss genügen. «Wo bleiben Sie denn», fragt die Etatdirectorin, gleich darauf gibt sie mir ein Handzeichen, dass ich vor der Milchglastür stehen bleiben soll. Sie schaut in den Raum und winkt mich nun hinein. In dem Moment, in dem ich das Büro betrete, klingelt mein Mobiltelefon. Ich war mir sicher, es ausgestellt zu haben, die Idee mit den Visitenkarten ist schuld, ich nehme das Telefon aus der Tasche und schalte es aus. Dann will ich den Präsidenten begrüßen, ihm die Hand geben, doch der bittet mich mit einem Kopfnicken, auf dem Sofa hinter mir Platz zu nehmen. Jetzt erst sehe ich, dass er eine Tüte mit Pommes frites in den Händen hält. Der Chef der Agentur isst, kaut und wiegt sich auf seinem Drehstuhl hin und her. Dabei mustert er mich prüfend, ich sehe sofort, ich gefalle ihm nicht. «Zeigen Sie doch mal, was Sie dabeihaben», sagt er und weist mit seiner Plastikgabel auf meine Tasche. Wenig engagiert hole ich die Imagebroschüren, Kataloge und Flyer heraus, lege sie auf seinem Schreibtisch aus. Mit fettigen Fingern hebt er mein einziges Exemplar von der Emily-von-Merseburg-Broschüre an, nur, um sie sofort wieder fallen zu lassen. «Das haben Sie doch nicht alleine getextet, warum zeigen Sie mir nicht etwas von Ihnen selbst.» Wütend nehme ich die Broschüre vom Tisch und stecke sie zurück in meine Tasche, dort, wo seine Finger das Titelblatt berührt haben, sind dunkle Flecken zu sehen. «Ich brauche Leute, die Kampagnen entwerfen, Preise gewonnen haben und überdurchschnittlichen Einsatz zeigen», sagt der Präsident. Die Etatdirectorin, die mit einem Kaffee und einem Glas Wasser hereinkommt – beides für ihn –, nickt eifrig. «Ich arbeite seit acht Jahren frei, ich mache keine großen Kampagnen mehr», sage ich. «Und warum wollen Sie jetzt wieder fest in einer Agentur arbeiten?», fragt mich der Präsident. Will ich gar nicht, ich habe nur nicht genug Aufträge.

Draußen auf dem Parkplatz vor der Agentur sehe ich, dass es Martha ist, die mich vorhin angerufen hat, und rufe zurück. Sie erklärt mir, dass sie ein Zimmer in ihrer Wohnung vermieten wolle. Antoine werde wohl nicht so bald wieder auftauchen, und sie könne sich die Wohnung in Schwabing ohne ihn nicht leisten. Erick habe ihr geholfen, einen Antrag bei seiner Wohnungsgenossenschaft auszufüllen. Vielleicht werde man ihr schon bald eine Ein- oder Zweizimmerwohnung in einem günstigeren Wohnviertel zuteilen, das wäre natürlich die sinnvollste Lösung.

Ohne Eile schiebe ich mein Fahrrad Richtung Florians Wohnung, meine Tasche mit den schweren Unterlagen schneidet mir in die Schulter, ich stelle sie auf den Gepäckträger. Martha zieht aus ihrer Wohnung aus – als wäre mein Vater bereits tot. Sie hat seine Abwesenheit von Anfang an hingenommen. Was soll ich nur machen, wenn man ihn einfach nicht mehr findet. Ich habe davon gehört, dass Angehörige ihre Verwandten noch nach Jahrzehnten suchen, nur um endlich Gewissheit zu erlangen, ob der Gesuchte wirklich tot ist oder noch lebt. Wir hatten doch gerade erst begonnen, uns wieder einander anzunähern. Ich war sehr zurückhaltend gewesen, das stimmt schon, aber ich hatte mir vorgenommen, meinem Vater irgendwann zu sagen, was ich mir wirklich von ihm wünsche und was ich über ihn denke. Was, wenn es nun dafür zu spät ist? Warum kann ich mit niemandem darüber sprechen, nicht einmal mit meiner Mutter? Ist es nicht typisch, dass ich ihr nie erzählt habe, dass ich mich mit meinem Vater treffe? Was ist so schlimm daran, dass eine Tochter sich mit ihrem Vater trifft, das kann doch nicht verboten sein!

Als sie rangeht, kann ich kein Wort sagen, sondern schluchze und winde mich in einem Weinkrampf. «Was ist los, Yael, ist dir etwas passiert?», fragt meine Mutter erschrocken. «Mama, der Papa, ich meine Antoine, ist verschwunden. Ich weiß nicht, was ich tun soll.» «Yael, das tut mir leid für dich, aber du wirst verstehen können, dass uns Antoine nicht besonders interessiert.» «Aber es ist ihm vielleicht etwas passiert, versteh doch. Niemand weiß, wo er ist!» «Ehrlich gesagt, ist das bei ihm nichts Neues, ich würde mir an deiner Stelle keine großen Sorgen machen. Ich möchte übrigens nicht mit dir reden, wir sind momentan sehr enttäuscht von dir. Du hast deinen Vater gekränkt, nicht einmal eine Karte hast du ihm geschickt. Dass du bei Antoine gewesen bist, habe ich ihm gar nicht erst erzählt. Das wollte ich ihm nicht auch noch antun.»

Ich lasse das Fahrrad stehen, gehe zu Fuß. Als ich die Treppen zu Florians Wohnung hochsteige, mustert mich die ältere Frau, die mir entgegenkommt, misstrauisch.

Ich wähle die lange Nummer, ich will in meine Wohnung zurück, ich will nach Hause. Am anderen Ende sagt eine männliche Stimme etwas, das ich nicht verstehe. «Miriam?», schluchze ich.

An diesem Strand begann mein Vater seine Karriere als Plauderer. Wie viele Jungen seines Alters streunte er hier tagelang herum, starrte Mädchen an, angelte, redete mit Bekannten und Fremden und vergeudete seine Zeit. Die Gedanken und Empfindungen, die ihn bewegt haben, waren ganz sicher die eines gewöhnlichen Fünfzehnjährigen, eines hat ihn aber doch von den Menschen um ihn herum unterschieden – das Gefühl: Dies ist nicht mein Land! Heimweh nach Marokko hatte er 1956 jedoch nicht, denn dort, das muss er irgendwann gewusst haben, war niemals seine Heimat gewesen, da gehörte er ebenfalls nicht hin. Eine ganz andere Heimat würde er sich suchen müssen, und er wusste auch schon, wo: in Europa.

Ich habe eine Kamera dabei. Hier hat die Geschichte

seines Verschwindens ihren Anfang genommen, zu dieser Überzeugung bin ich gestern auf dem vierstündigen Flug nach Tel Aviv gelangt, und diesen Anfang will ich erforschen. Die Sonne blendet, ich knipse dicke russische Frauen bei hemmungsloser Gymnastik, ein englisches Ehepaar – er rothaarig, sie blond – mit sieben rothaarigen Kindern. Eine orthodoxe Familie, alle in traditioneller Kleidung, die Jungen mit Pailles und Kippa, Schwimmengehen ist ihnen verboten, also spielen sie unter einem Sonnenschirm im Sand. Ein paar Jugendliche machen Tai-Chi, die zu fotografieren traue ich mich nicht. Eine Frau in knappen Shorts wirbelt schon seit einer halben Stunde bunte Bänder um sich herum und stört sich nicht an den Männern in ihrer Nähe, die gebannt auf ihre wippenden Brüste schauen. Mir läuft der Schweiß über Körper und Gesicht, ich bin zu warm angezogen.

Linker Hand liegt Yaffo mit seinen historischen Hafenanlagen. Hinter mir die Hotels mit Blick auf das Mittelmeer, die meisten davon verfallen. Das Havokook-Apartmenthaus ist eine einzige riesige Ruine, das dazugehörige Strandcafé mit seinen merkwürdigen, pilzartigen Betonschirmen wird vermutlich seit den sechziger Jahren nicht mehr genutzt, was davon übrig ist, hat man notdürftig mit Bretterzäunen und roten Plastikbändern abgesperrt. Nur das Sheraton ist bewohnt, das teure Hotel steht zwischen vielstöckigen Bürogebäuden und abrissreifen Wohnhäusern.

Alte, sehr behaarte Männer sitzen auf Plastikstühlen im seichten Wasser und spielen Backgammon. Ein Mann, Mitte zwanzig, steht unter einer der Duschen am Strand und seift sich ein wie verrückt, er ist voller Schaum, zwei leere Shampooflaschen stehen schon neben ihm auf dem Boden, die dritte hält er in der Hand, um ihn herum ein wabernder

Schaumberg. Jeden, der vorbeikommt, spricht er an, die Leute bleiben eine Weile stehen und antworten ihm, ruhig und gelassen. Zwei Männer lassen sich in eine Diskussion verwickeln, scheinen sich dabei sogar zu amüsieren. Diese Szene würde ich lieber filmen als fotografieren, denn genau wie die beiden Männer diskutierte auch mein Vater mit jedem, dem er unterwegs begegnete. Mich hat das immer gewundert, meistens hat man nicht einmal Lust, mit normalen Menschen zu sprechen, was für einen Sinn ergibt es, sich mit einer Person zu unterhalten, die nicht alle Tassen im Schrank hat. «Wie viele Verrückte in diesem Land leben! Schau dich um, Yael», hatte mein Vater gesagt, als wir das erste Mal gemeinsam nach Tel Aviv gereist waren, «das gibt es nur in Israel.»

Macht einen dieses Land verrückt, oder zieht es besonders unstabile Leute hierher? Er wisse es auch nicht, hat mein Vater geantwortet, und dann haben wir über Jesus Christus gesprochen – auch einer, der von vielen für einen Spinner gehalten wurde – und Vermutungen darüber angestellt, ob wir IHN erkannt hätten, seine Hellsichtigkeit und seine revolutionären Ideen von einem anderen Menschsein.

Wegen der vielen Aufnahmen von dem Mann in den Schaumbergen ist der Speicher der Digitalkamera voll. Ich muss zurückgehen zum Apartment meiner Tante Elisabeth, in dem ich die nächsten zwei Wochen wohnen werde. Ein Fußweg von zehn Minuten die Rehov Bograshov hinauf. Als ich die Treppen des Sheraton Hotels hinaufsteige, eine Abkürzung, fällt mir ein, dass ich hier auch ein Foto machen muss. An dieser Stelle hat sich etwas Bemerkenswertes ereignet, als mein Vater und ich hier vor zweieinhalb Jahren mit meiner nach Israel ausgewanderten Freundin Hannah und ihrem deutschen Mann verabredet waren. Mein Vater und ich haben uns an die Straße in den Schatten der siebenundvierzig Stockwerke des Fünf-Sterne-Hotels gestellt, weil Hannah und Mario mit dem Auto aus Rehovot kommen und uns vor dem Hotel abholen wollten. Sie waren wie immer zu spät. Zehn Minuten nach der vereinbarten Zeit hat mein Vater gesagt: «Lass uns im Foyer einen Kaffee trinken und drinnen auf die beiden warten.» Ich habe ihm geantwortet, sie könnten jeden Moment kommen, und wenn sie kämen, müssten wir sofort einsteigen, denn Parken war vor dem Hotel verboten. «Wir sehen sie vom Café aus, wenn sie kommen», hat mein Vater gesagt, und ich habe in aller Unschuld geantwortet: «Was für ein Unsinn, vom Café aus schaut man aufs Meer.» Darauf hat mein Vater mich angesehen mit diesem Blick, der seine Überzeugung ausdrückte, dass man mich wieder einmal nicht ernst nehmen könne. Ich habe das ignoriert, bis er vor sich hin gemurmelt hat, dass er wegen meiner Albernheit nun keinen Kaffee trinken könne. Ich habe ihn auf die Preise im Sheraton aufmerksam gemacht, vielleicht würde ihn das abschrecken. Eine Pause. Dann ist mein Vater Richtung Eingang gegangen, der Portier hat ihm beflissen die Tür geöffnet – unnötigerweise, denn er wollte sich lediglich neben den Eingang stellen, um sich in einer windgeschützten Ecke seine Zigarette anzuzünden. Beleidigt ist er dort stehen geblieben und hat geraucht, anschließend ist er wieder zu mir herübergekommen und hat in provozierendem Tonfall gefragt: «Aber am Empfang mal fragen, wann Hannah und ihr Mann herunterkommen, das können wir doch, das wird schon nichts kosten.»

Mein Vater hat kein Verhältnis zum Geld, er zog allen Ernstes in Erwägung, Hannah und Mario, die noch gestern nicht genug Geld für Einkauf oder Miete gehabt hatten, könnten an dem besagten Tag, begleitet von einem Hoteldiener, aus dem Fahrstuhl des Sheraton steigen. Mir ist damals deutlich geworden, dass seiner Überzeugung nach Reichtum ein Zufall ist, folgerichtig muss es also auch für ihn noch eine Chance geben.

Früh hatten sein Vater, seine Mutter, der Rabbiner, die Lehrer in den französischen Internaten und seine Geschwister gewusst, dass nichts würde aus ihm, dem begabten intelligenten Jungen. Auch er muss bald gespürt haben, dass es ihm nicht möglich sein würde, ein sogenanntes bürgerliches Leben zu führen. Ich denke, genau aus diesem Grund widmete er sich schon früh der Ausbildung aller Fertigkeiten, die es brauchen würde, um mit seiner speziellen Deformation zu leben.

Begeistert von meiner Erkenntnis gehe ich schneller, muss unbedingt auf mein Zimmer und meine Gedanken aufschreiben. Ein Gang an den Strand von Tel Aviv, und ich habe das Lebensgeheimnis meines Vaters gelöst! Unglaublich!

Im Haus meiner Tante Elisabeth werde ich in den nächsten zwei Wochen wohnen, denn sie ist die einzige Verwandte, die mitten in Tel Aviv lebt und nicht in einer dieser Hochhaussiedlungen am Stadtrand. Ich steige in den Fahrstuhl und trete meinem Spiegelbild gegenüber. Und wie immer erschrecke ich mich: Mein Gesicht glänzt vor Schweiß, die um die Hüfte gebundene Strickjacke macht mich nicht schlanker. Angekommen im vierten Stock, öffne ich die Tür zu der völlig abgedunkelten Wohnung. Elisabeths Katzen kommen mir entgegen, sie selbst ist nicht da. Ich trete die Katzen zur Seite, schlüpfe in mein Zimmer und schlage ihnen die Tür vor der Nase zu. Ich versuche, die Erinnerung an mein Spiegelbild zu verdrängen, und lade die Fotos auf den Rechner. Ich habe keine Lust mehr, meine Gedanken zu notieren, das kann ich auch später noch tun. Stattdessen wasche ich mir das Gesicht, ziehe mich um, dann trinke ich rasch ein Glas Wasser und verlasse das Haus, um zurück an den Strand zu gehen.

Fast glaube ich, dass die Szene von damals auf meinen Bildern auftauchen wird, als ich erneut vor dem Hotel stehe und den Eingang fotografiere, misstrauisch beäugt vom Portier. Natürlich, ich habe vergessen, dass ich in Israel bin: Ein Mann vom Sicherheitspersonal nähert sich und spricht mich an, vor Schreck lasse ich beinahe die Kamera fallen. «Wohnen Sie hier? Was tun Sie da?», fragt mich der Mann auf Englisch, ein Maschinengewehr über der Schulter. Meine Erklärung kommt ihm fadenscheinig vor, ich werde in das Hotel geführt, das ich vor drei Jahren mit meinem Vater nicht hatte betreten wollen, und werde vom Sicherheitschef und dem Hotelmanager in eine Art Verhör verwickelt, dem ich mich kaum entziehen kann, denn man hat mir gedroht, die Polizei zu holen, sollte ich nicht Rede und Antwort stehen.

In dem kleinen Büro hinter dem Empfang erzähle ich also, dass meine Tante in Deutschland unbedingt wissen wollte, wie das Sheraton in Tel Aviv aussähe, nachdem sie schon im Sheraton in London und Beirut gewohnt habe, und dass ich für sie ein Foto machen will.

Schließlich einigen wir uns darauf, dass ich die Bilder auf meiner Kamera in ihrer Anwesenheit lösche und am Empfang eine Postkarte erstehe, die das Hotel in den Siebzigern zeigt.

«Was hast du heute gemacht?», fragt mich meine Tante Miriam, als ich am Nachmittag auf ihrer riesigen Terrasse im achten Stock sitze. Unter der Markise kann man es aushalten, es ist schön hier oben, meine Tante hat sich hier letztes Jahr auf der Terrasse von einem Künstler bunte Mosaike legen lassen. Vielleicht sollte ich den Rest des Tages bei ihr verbringen. Sie serviert mir und meiner Cousine Ruti frischen Minztee. «Ich war am Strand.» «So ist es richtig, nach all der Aufregung solltest du erst einmal Ferien machen.»

«Warum wird Antoine in Deutschland gesucht? Erzähl doch mal», fordert mich Ruti auf, dann wendet sie sich an ihre Tante: «Miriam, hast du noch welche von diesen marokkanischen Keksen?» Miriam kommt mit einem Teller voller Gebäck wieder. «Lass doch die Yael, sie soll sich ausruhen.» Ruti nimmt einen Keks und fragt: «Stimmt es, dass die deutsche Polizei glaubt, er habe seine Freundin umgebracht?» «Ruti!» Miriam ist ärgerlich. «Was redest du da, natürlich hat Antoine der Gizella nichts getan.»

«Warum ist er dann verschwunden?» Ruti lässt sich so schnell nicht den Mund verbieten. Miriam überlegt, dann sagt sie: «Wir dürfen niemals jemanden verurteilen, bevor wir nicht wissen, was geschehen ist. Es könnte alles Zufall sein. Einmal in Casablanca wurde dein Vater verdächtigt, das Mofa eines Offiziers gestohlen zu haben. Ein Mann am Hafen war sicher, ihn erkannt zu haben, und als Antoine am Abend nicht nach Hause kam, waren sie überzeugt, den Schuldigen zu kennen. Zwei Tage später kam Antoine zurück und erzählte, er sei mit einem französischen Soldaten aufs Meer gefahren, um zu fischen. Er habe vorher nicht gefragt, weil dein Großvater es sowieso verboten hätte. Zu der Zeit, in der das Mofa gestohlen wurde, war er mit dem Franzosen zusammen, übrigens dem Verlobten deiner Tante Colette.»

«Es könnte doch sein, dass er sich mit seiner Freundin gestritten hat», sagt Ruti. «Sie hat ihn gereizt, und irgendwann hat er die Nerven verloren.» «Schlägst du deinen Mann tot, wenn du dich über ihn ärgerst? Das ist doch keine Erklärung!», fahre ich sie an. «Wer weiß», sagt Ruti und hebt ihre dicken, aufgeschwemmten Arme. Es scheint ihr gleichgültig zu sein, ob sie mich kränkt oder nicht. Ruti hat drei Kinder und ist schwanger mit dem vierten. Früher hat sie viel gelesen, jetzt kümmert sie sich nur noch um den Haushalt und die Familie.

«Viele behaupten, dass jeder Mensch fähig sei, einen anderen zu töten, aber das stimmt nicht. Martha und Antoine, sie haben sich oft gestritten, mein Bruder ist kein einfacher Mensch. Aber geschlagen hat er sie nie, das ist nicht seine Art.» Dann wechselt Miriam das Thema: «Erzähl uns lieber, was du in den nächsten Tagen vorhast.» «Ich habe mir überlegt, in der Zeit, in der ich hier bin, eine Geschichte aufzuschreiben, die ich schon lange mit mir herumtrage, ein Märchen.» «Das klingt aber interessant», sagt Miriam. Ich suche nach einer Vokabel, mit der ich das Wort Lastenträger umschreiben könnte. Miriam steht auf, um den Tisch abzuräumen, und Ruti hat längst das Interesse an dem, was ich sage, verloren und nimmt sich eine Illustrierte von einem Zeitungsstapel unter dem Tisch.

Was hatte ich erwartet? Dass die ganze Familie sich versammelt und meinen Vater suchen geht? Sie sitzen und plaudern mit mir über meine Pläne für die nächsten Tage. Dabei ist Antoine verschwunden! Wie sie wohl reagieren, wenn sich herausstellt, dass ihm etwas Schlimmes passiert ist ... ich will es nicht wissen ...

«Wir haben überall angerufen», hat Miriam auf der Autofahrt vom Flughafen in die Innenstadt gesagt, als sie und ihr Mann mich abgeholt haben. «Aber mach dir keine Sorgen, ich habe schon oft erlebt, dass mein Bruder nicht zu erreichen war, und stets ist er wieder aufgetaucht. Jetzt wirst du dich erst einmal bei uns ausruhen.»

Etwas später sitze ich im Wohnzimmer mit einem Kästchen Stecknadeln in der Hand und betrachte voller Abneigung Rutis schwabbeligen Körper. Miriam steckt ihr ein Sommerkleid ab, in das ihr dicker Bauch und der riesige Busen passen sollen. Ruti streicht sich über Brust und Schenkel, dreht und wendet sich und redet dazu mit ihrer Tante auf Hebräisch, ich scheine für sie nicht mehr zu existieren.

Es ist Mittwochvormittag, ich stehe mit einem Kopfhörer auf den Ohren und einem Stadtplan in der Hand in der Rehov Esther Ha'malka. Die Audioführung durch das Bauhausviertel Tel Avivs habe ich mir in einem Kulturzentrum abgeholt, meine Freundin Hannah, die schon lange hier wohnt, hat sie mir empfohlen.

Viele Architekten aus Deutschland haben an dieser Stadt mitgebaut. Jüdische Architekten wiederum waren in den Zwanzigern des letzten Jahrhunderts von Palästina begeistert nach Deutschland gereist, um in Dessau zu studieren. Dort entwickelte man zweckmäßiges und revolutionäres Design, einen Stil, passend zu einem modernen Leben: das Bauhaus. Hier in der Wüste, in diesem Nichts, war der Ort, an dem man die neue Wohnkultur in aller Reinheit hatte entstehen lassen können.

Ich setze mich auf eine Bank und lausche der Stimme, die mir die Geschichte des Hauses gegenüber erklärt. Ich erfahre, dass die Balkone, die früher stets zum Innenhof zeigten, zur Straße hin verlegt wurden: um Kontakt zu schaffen, zu den Nachbarn, zur Straße – zum Leben. Ein Leben, in dem Gerechtigkeit herrscht, weil es gute Wohnungen gibt für alle.

In der Mitte des Platzes, auf dem ich sitze, befindet sich ein kleiner Park mit einem Spielplatz. Rund um den Spielplatz riecht es nach Hundescheiße. Ich beobachte eine Frau, die ihre vorbildhafte Behausung verlässt, mit Sonnenbrille, Handtasche unterm Arm und Mobiltelefon am Ohr.

Der Eingang des Nachbargebäudes ist mit braunen Kacheln bedeckt. Die Einwanderer aus Osteuropa haben sie mitgebracht bei der ersten Alija, der ersten großen Einwanderungswelle, denn sie durften damals kein Geld mitnehmen ins sogenannte Gelobte Land und haben daher ihren ganzen Hausrat eingepackt. Und weil sie nie viel besessen haben, haben sie auch die Kacheln aus ihren Küchen und Badezimmern von den Wänden geschlagen. Angekommen in Tel Aviv, haben sie diese Häuser vorgefunden, in denen schon alles fertig gedacht und geplant war, und also haben sie die Kacheln kurzerhand an die Bauhausfassade geklebt, auf den langweiligen weißen Putz.

Die Form-follows-function-These wurde erbittert diskutiert zwischen Dessau und Tel Aviv, die Sunbreakers, die lamellenartigen Fenster, stellten in den Augen der meisten Architekten einen Stilbruch dar und zerstörten die schlichte Fassade. Doch ihre Gegner argumentierten, dass das Bauhauskonzept dem Klima angepasst werden müsse. Schließlich einigte man sich auf einen Kompromiss: Als Terrassentür waren die Lamellen erlaubt.

In der Rehov Tel Hal erfahre ich, dass inzwischen neue Materialien und Bauweisen immer waghalsigere Konstruktionen erlauben. Langgeschwungene runde Balkone, die sich über die ganze Fassade erstrecken, beispielsweise, und auch dagegen waren die Bauhaus-Architekten der ersten Stunde, dies sei nicht mehr die Form, die der Funktion folgt, schließlich gebe es keine runden Balkonmöbel.

Ich staune, dass manche Leute sich offenbar für solche Details interessieren können – und darüber mit anderen Menschen diskutieren, Briefe und Essays schreiben und Reden halten: der ideale Balkon, der schlichteste Schwung, der optimale Lichteinfall. Der Balkon vor mir ist schwarz von den Abgasen der Stadt, und der Putz blättert ab. Aus einem anderen Balkon quillt eine unglaubliche Konstruktion aus Sperrmüll. Der Balkon, den man durch das Öffnen der Lamellentüren zu einem öffentlichen Ort machen soll, an dem man die Gemeinsamkeit, das Miteinander feiert und nicht etwa kleinkarierte Privatheit pflegt.

«Du siehst verloren aus, kann ich helfen», spricht mich ein Mann auf Englisch an. Ich schüttele den Kopf, ohne den MP3-Player auszuschalten. «Was machst du da?», er zeigt auf den Plan in meinem Schoß, ich schaue ihn mir an, während mir die verschiedenen Putzarten der Fassaden erklärt werden. Ein junger Mann, unrasiert, dünn, fast mager, schwarzes Haar und braune Augen. Er trägt Jeans und T-Shirt und wirkt nett und harmlos.

Etwas später sitzen wir in einem der Cafés in der Rehov Dizzengoff. Ariel, so heißt er, will von mir wissen, was ich vorhin in der Straße gemacht habe. Eine Bauhausführung, antworte ich ihm. Er fragt mich, ob ich Journalistin sei, und er will wissen, was das Bauhaus ist. «Du sitzt drin», sage ich, «es ist der Architekturstil dieses Hauses.» Ach, dann bin ich Architektin, vermutet Ariel jetzt. Ein alter Mann schleicht mit einem Rollwagen in Zeitlupentempo an den Tischen vorbei, ich sehe ihm nach. «Und darüber wird auf diesem MP3-Player gesprochen», fragt Ariel noch einmal nach. Ich nicke, ohne mich umzudrehen. «Ich könnte dir auch etwas erzählen über dieses Viertel», sagt er, «das wäre doch toll, ich weiß sehr viel über die Leute hier.» Er macht eine unbestimmte Armbewegung in Richtung Straße. «Jeder hier hat seine eigene Geschichte.» Der Satz kommt mir bekannt vor, mir fällt leider nichts ein, was ich antworten könnte. «Wenn du keine Architektin bist, was machst du dann?», fragt Ariel. «Ich bin Werbetexterin.» «Interessant», antwortet Ariel. Meine Mutter war ganz und gar nicht zufrieden, als sie hörte, dass ich das Germanistikstudium abgebrochen und angefangen hatte zu arbeiten. «Yael, das ist typisch für dich, nie kannst du etwas durchhalten.» Ob Ariel das interessiert, diese, «meine Geschichte»? Interessiert das überhaupt irgendwen?

Kaum trinke ich vier Stunden später in Elisabeths Küche den ersten Schluck des schwarzen Instantkaffees, krampft sich mein Magen zusammen, und ich übergebe mich in den Ausguss. Ich spüre die Reste der Kopfschmerztabletten im Mund, in meinen Schläfen pocht und hämmert es, und mir zittern die Beine. Bei offenem Fenster liege ich schließlich wieder im Bett, der Lärm des Nachmittagsverkehrs, der von unten heraufschallt, ist wirklich unerträglich, ich wünschte, ich könnte etwas dagegen tun. Was gäbe ich darum, dass diese rasenden Kopfschmerzen aufhörten, oder wenigstens die Übelkeit und die Bauchkrämpfe. Ich schlafe ein und wache immer wieder auf, denn ich habe entsetzlichen Durchfall: das Glas Leitungswasser im Café, ich hätte es nicht trinken sollen.

Mitten in der Nacht gehe ich zum wiederholten Mal ins Bad, ich habe längst aufgegeben, mir für diesen Gang Unterwäsche und T-Shirt anzuziehen. Ich hocke mich in Elisabeths

Dusche und lasse abwechselnd heißes und kaltes Wasser über meinen Körper laufen. Mein Körper: Wie riesig er doch ist, und ununterbrochen braucht er Essen, Wasser und Wärme. Es ist unvorstellbar, dass neben ihm noch sieben Milliarden andere davon existieren, Fleischberge entstehen vor meinem inneren Auge, unendlich weite Landschaften mit Hügeln, aus denen vierzehn Milliarden Arme ragen. Das Wasser rinnt an mir herunter, eine Verschwendung in diesem Land inmitten der Wüste, ich sollte aufhören zu duschen, bald wird es nichts mehr davon geben.

Als ich zitternd aus der Dusche steige und mich am Badezimmerschrank festhalte, weil mich ein erneuter Krampf zusammenfaltet, sehe ich im Spiegel hinter mir an der Badezimmertür plötzlich mein Geschlecht. Ich bin fassungslos, nie habe ich mich aus dieser Perspektive betrachtet, dunkelrot, fleischig und dick schaut es aus meinen Beinen heraus, einfach hässlich. Die Vorstellung, dass dies ein Gegenstand männlicher Sehnsucht sein soll, kommt mir abwegig vor. Unvorstellbar auch, dass sich die meisten Frauen nichts sehnlicher wünschen, als dass ein Mann kommen möge und sein rotes Fleisch in ihr rotes Fleisch hineinsteckt. Sollte ich mir das irgendwann gewünscht haben, ist es jetzt nach diesem Anblick undenkbar. Dabei war ich doch deswegen mit Ariel in das Café gegangen und hatte diesen scheußlichen Kuchen gegessen, darauf sollte es hinauslaufen, darauf läuft es immer hinaus, wenn wir ehrlich sind.

Erschöpft liege ich wieder im Bett, einen Plastikeimer neben mir. Wenn ich hier aufgewachsen wäre, bei der Familie meines Vaters, wäre ich dann ein anderer Mensch? Wäre ich wie meine schöne und charmante Cousine Roni, oder wäre ich Hausfrau wie Ruti? Hätte ich einen Mann und Kinder, und wüsste ich, wofür sich am Morgen das

Aufstehen lohnt? Ich übergebe mich in den Eimer. Als ich das nächste Mal aufwache, ist der Eimer ausgewaschen und riecht leicht nach Essig. Die gute Elisabeth muss nach mir geschaut haben.

Mein Vater hat das Motorrad nicht genommen, das weiß ich genau, so etwas hätte nicht zu ihm gepasst, dumm ist er nicht. Ein Motorrad hat schließlich ein Nummernschild, und Casablanca war damals eine kleine Stadt mit knapp hunderttausend Einwohnern. Nie werde ich den Abend vergessen, als wir nach dem Essen noch spazieren gegangen sind, vor ein paar Jahren in München, er rauchend, ich Eis essend, und wir an einer Drogerie vorbeikamen, mitten in der Nacht, niemand auf der Straße, und vor der Drogerie stand ein Rollwagen mit einer riesigen Palette Waschmittel. Mitarbeiter hatten offensichtlich versäumt, ihn ins Lager zu schieben. Der Rollwagen war achtzig mal achtzig Zentimeter groß und der Turm aus Waschmittelboxen darauf höher als wir. Wir rechneten aus, dass vor uns etwa zweitausend Euro standen, und Waschmittel wird nicht schlecht. «Hol dein Auto», befahl ich meinem Vater. Er muss den gleichen Gedanken gehabt haben wie ich, aber er zögerte. «Hier ist doch niemand», sagte ich, «ich passe auf.» In den Fenstern der Häuser kein einziges Licht, und gegenüber war nur das Kunstmuseum, umgeben von einem menschenleeren Park. Mein Vater schaute sich um. «Stimmt, Yael», sagte er, «es sieht so aus, wir machen es trotzdem nicht.» «Warum nicht?» In mir war die Gier erwacht, und ich sah nicht ein, warum ich sie zurückhalten sollte, schließlich bestahlen wir niemanden, so ein Drogeriemarkt ist versichert. «Irgendwo gibt es immer jemanden, der sieht, was du tust, wir riskieren besser nichts. Es tut mir leid, meine Süße.» Ohne den Rollwagen zu berühren, gingen wir weiter. Wir hatten vergessen, worüber wir noch vor wenigen Minuten gesprochen hatten, also schwiegen wir. Und plötzlich sagte mein Vater voller Wut: «Aber als sie aus dieser Straße ganze Familien mitten am Tag abtransportiert haben, da hat keiner was gesehen!»

«Mein armes, kleines Mädchen, wie geht es dir? Du hast Gastritis, und das in deinen Ferien!» Elisabeth weckt mich irgendwann am Vormittag und bringt Tee und Matze auf einem Tablett. Den Eimer hat sie weggebracht. «Es haben viele Leute nach dir gefragt, deine Tante Miriam, Roni und Pierre. Deine Freundin Hannah wollte auch wissen, wie es dir geht. Ich habe ihnen gesagt, du meldest dich, wenn du dich besser fühlst.»

Endlich kann ich wieder aufstehen. Diesen Vormittag bin ich mit Hannah verabredet, sie hat erfahren, dass es im Kulturzentrum im Norden von Tel Aviv eine Fotoausstellung über die Anfänge Israels gibt. Sie wird mit ihrer Familie dort sein. Leider sind sämtliche Autos voll besetzt. Wenn ich sie treffen möchte, muss ich mit dem Bus fahren.

Auf der Rehov Ben-Yehuda würde ein Bus mit der Nummer vierzehn in Richtung Norden fahren, hatte mir Hannah erklärt, der dann irgendwo am Stadtrand hielte, wo ich in den Zweiundvierziger umsteigen könne. Mit diesem käme ich in die Nähe eines ehemaligen Fabrikgeländes, und ich bräuchte dann nur noch einen Schrottplatz und einen Parkplatz zu überqueren, denn dahinter läge das Gebäude, in dem die Ausstellung stattfindet.

Ihre Beschreibung hatte ich während des Telefongespräches mitgeschrieben, und mit diesen Aufzeichnungen war ich zu Fuß die Rehov Bograshov zur Ben-Yehuda hinuntergegangen, und auf der Ben-Yehuda lief ich nun seit einer halben Stunde in Richtung Norden. Drei Bushaltestellen habe ich schon passiert, aber nirgendwo fuhr ein Bus mit der Nummer vierzehn. Gerade als ich versuche, an einer vierten Haltestelle die Karte mit den hebräischen Buchstaben zu entziffern, hält ein Sherut, ein Sammeltaxi, neben mir, und die Wagentür öffnet sich. Eine große Fünf steht hinter der Windschutzscheibe. Ich stelle mich in die Tür und frage nach dem Kulturzentrum. Der Fahrer schüttelt den Kopf und wedelt mich mit der Hand zurück, als ich ihm meinen Zettel zeigen will. Ich trete einen Schritt zurück, und das Sammeltaxi fährt weiter.

Unschlüssig stehe ich an der Bushaltestelle, es ist inzwischen heiß, sobald ich mich nur einen Schritt bewege, bricht mir der Schweiß aus, obwohl ich diesmal nur ein langes, dünnes Baumwollkleid anhabe. Am liebsten würde ich umkehren, keine Chance, das Ausstellungszentrum ohne fremde Hilfe zu finden, aber ich will unbedingt meine Freundin Hannah sehen, die stets Beschäftigte, die stets Elegante und Informierte – die einzige Freundin, die ich in Israel habe. Also spreche ich einen Mann an, der gerade aus einem der Geschäfte kommt. Er nimmt meinen Zettel, wirft einen kurzen Blick darauf und weist Richtung Süden. Ich bedanke mich für die Auskunft. Unschlüssig schaue ich die menschenleere Straße hinunter. Plötzlich hält ein weißer VW Kombi neben mir. «Wohin willst du?» Der Fahrer ist ein korpulenter, rothaariger Mann in meinem Alter. «Ich spreche kein Hebräisch», antworte ich. Der Mann beugt sich aus dem Fenster und versucht es noch einmal auf Englisch: «Kann ich dir helfen, du siehst aus, als bräuchtest du Hilfe.» «Stimmt», sage ich. «Weißt du, von wo der Bus

Nummer vierzehn abfährt?» Es folgt, was vorherzusehen war. Der Fahrer öffnet mir die Wagentür. Ich setze mich auf den Beifahrersitz, der Mann lächelt mich an. Er hat Sommersprossen und rote Haare auf den Händen. Interessiert beugt er sich über meinen Zettel, runzelt die Stirn und entschließt sich, erst einmal loszufahren. Wir fahren Richtung Norden, schon bald haben wir die Innenstadt verlassen, unterwegs hält Samuel – «aber nenn mich ruhig Sam» – an, fragt Passanten, wendet, fragt wieder, wendet erneut, und nach zwanzig Minuten sind wir wieder auf der Rehov Ben-Yehuda, ungefähr auf der Höhe, auf der er mich angesprochen hatte. In der Zwischenzeit hat er mir alle wichtigen Fragen gestellt, ob ich verheiratet bin, wie alt ich bin, ob ich Kinder haben möchte und wo meine Familie wohnt. Er hat mir gestanden, dass er nur aus dem Haus gegangen ist, um schwimmen zu gehen, dass er heute nicht arbeiten muss und noch nichts Besonderes vorhat. Gerne würde er mich begleiten, aber ich will nicht mit einem rothaarigen, übergewichtigen Mann bei meiner Freundin und ihrer Familie aufkreuzen, also schlage ich Sam vor, als wir endlich an dem von Hannah beschriebenen Parkplatz angekommen sind, er solle schwimmen gehen und mich in zwei Stunden wieder hier abholen. Ich steige aus, er ist enttäuscht. Ich stecke meinen Kopf noch einmal zum Wagenfenster hinein und erkläre, mein Vater sei auch in der Ausstellung, und er würde es nicht mögen, wenn ich in der Gesellschaft von Männern erscheine. Sam nickt, er hat verstanden.

Als ich die Halle betrete, sehe ich meine Freundin am linken Ende des Raumes in einem hellen Leinenanzug, die Sonnenbrille im Haar. Sie hat sich die Ausstellung schon fast zu Ende angesehen, steht vor den letzten Fotos und winkt mir zu. Wir begrüßen uns mit einem Küsschen links und rechts, sie sagt, dass sie und ihre Familie in dem Café auf der Terrasse auf mich warten werden. Also schaue ich mir die Ausstellung alleine an: Plakate im Jugendstil, die zur Einwanderung aufrufen in das Gelobte Land Palästina. Bilder aus den Kibbuzim der zwanziger Jahre, wunderschöne junge Männer in perfekt sitzenden Arbeitshosen und mit freien Oberkörpern. Arbeiter am Hafen, Kibbuz-Mitglieder, die Gemüse auf dem Markt verkaufen, ölverschmierte Gesichter, schweißbedeckte Körper auf einem Feld unter glühender Sonne. Frauen, glücklich mit der Hand die Augen beschirmend, blicken auf das Land, das vor ihnen liegt: ihr Land, ein jüdisches Land, die bessere Heimat. Vier junge Mädchen umarmen eine Kuh, alles ist so voller Hoffnung, die Menschen auf den Bildern sind davon überzeugt, das Richtige zu tun, das ist deutlich zu sehen, ein mir unbekanntes Gefühl. Niemand stört sich daran, dass ich die Fotos fotografiere, leider passen nicht alle Bilder auf die Kamera, das nervt mich schon seit langem, gleich nach der Ausstellung kaufe ich einen neuen Speicherchip.

Auf dem Weg zur Terrasse schaue ich in einen kleinen, schlechtausgeleuchteten Ausstellungsraum. Niemand ist darin. Im Hineingehen fällt mein Blick auf ein Schwarzweißfoto: der gestreifte Anzug, ein Koffer mit einem Aufkleber, daneben ein Bild in Sepiafarben, eine große Familie, aufgereiht auf einer Treppe. Sofort weiß ich, worum es geht, ich will es nicht sehen. Doch etwas zwingt mich, mir auch diese Bilder anzuschauen. Ich höre die Stimme meiner Mutter: «Die Menschen damals in den Konzentrationslagern sind verhungert und verdurstet, und du schlingst das Essen gedankenlos in dich hinein.» Durch mein schlechtes Gewissen sind die Schicksale dieser Menschen mit meinem Hunger verknüpft. Ebenso wie mit meiner Traurigkeit, denn oft hat mich meine Mutter aufgefordert: «Sei doch mal fröhlich, du hast doch alles, was ein Mensch braucht, um glücklich zu sein. Andere Menschen haben überhaupt keine Chance, etwas aus ihrem Leben zu machen. Ich verstehe dich einfach nicht.»

Trotzdem schaue ich die Fotos an und lese voll Widerwillen die Unterschriften. Das Ganze quält mich und zieht mich doch an. Irgendwann kann ich mich losreißen. Hannah wartet. Ich war so froh, sie zu sehen, auch wenn sie mich hat mit dem Bus hierherkommen lassen.

Auf einem der Fotos nahe am Ausgang ist ein Schreibtisch zu sehen, auf dem ein gerahmtes Kinderbild steht. Das gleiche Kinderbild hängt noch einmal neben diesem Foto und darunter ein handschriftlicher Brief. Eine Frau hat ihn an ihren Bruder geschrieben, den sie nie wiedergesehen hatte, nachdem sie 1943 in Krakau voneinander getrennt worden waren. Der Bruder ist damals vier Jahre alt gewesen, ein fröhliches Kind. Die Schwester schrieb, was sie ihm für sein Leben gewünscht hätte, und malte sich aus, wie sie ihn durch dieses Leben begleitet hätte. Wie gern hätte sie sich um seine Kinder gekümmert, und sicher hätte er ihr beigestanden, als sie sich von ihrem Mann scheiden ließ. Bei allen ihren großen und kleinen Problemen hätte er ihr geholfen, der abwesende Bruder. Wie bedauert sie, diesen Menschen nie kennengelernt zu haben.

Ich sollte Mitleid mit der Frau haben, aber das habe ich nicht. Es ist etwas anderes, was ich fühle, etwas, was man natürlich nicht fühlen soll in dieser Ausstellung. Ich schäme mich, aber ich kann es nicht ändern: Ich bin eifersüchtig! Diese Frau hat es doch gut, was will sie denn. Sie hat glücklicherweise ihren Bruder so früh verloren, dass sie ihn nicht hat kennenlernen müssen. Im Gegensatz zu mir ist es ihr erlaubt, unglücklich zu sein. Sie kann einen Menschen innig lieben, den es nicht gibt. Ihre Gefühle werden gedruckt und ausgestellt, und kein wirklicher Bruder kommt und nimmt sie ihr weg. Mit anderen Worten, dieser angebliche Verlust wird tausendfach durch die Aufmerksamkeit und das Mitgefühl aller Ausstellungsbesucher wettgemacht, so viel ist sicher.

Wütend gehe ich aus dem Raum: Was ist das für eine leichte Liebe, die für all die Menschen empfunden wird, die nicht in unserer Nähe sind.

Ich trete auf die Terrasse und schaue mich um. An einem Tisch direkt am Wasser sitzen unter einem riesigen Sonnenschirm meine Freundin, ihr Mann und ihre israelische Familie. «Hallo, Yael», begrüßt mich Hannah auf Deutsch. «Tolle Männer, was? Da wäre man gerne dabei gewesen und hätte sich einen ausgesucht.» Auf Englisch werde ich anschließend gefragt, ob ich gut hierhergefunden habe, ja, wunderbar, kein Problem.

Die Getränke auf dem Tisch sind schon ausgetrunken, die Sandwiches aufgegessen. Wir unterhalten uns eine Weile, doch Hannahs Familie, bestehend aus Merav, Schlomi und ihren Kindern, ist erschöpft. Als ich Merav frage, wie ihr die Ausstellung gefallen habe, beteuert sie, dass die Bilder sie berührt hätten, aber sie ist unkonzentriert. «Und deine Großeltern, waren sie auch in einem der Kibbuzim?», frage ich, sie antwortet nicht und beugt sich stattdessen zu Hannah vor: Doron, die fünfzehnjährige Tochter, wolle nach Hause und ihre TV-Show sehen. «Sie dreht durch», sagt Merav zu mir, als wir aufstehen, «wenn sie ihre Show nicht sieht. Wenn wir nicht in zwanzig Minuten zu Hause sind, dann ist sie die nächsten Tage nicht zu ertragen.» Schlomi erklärt, dass er nächste Woche einen zweiten DVD-Player zum Aufnehmen kaufen müsse, um den Familienfrieden zu bewahren. Er lächelt bitter, seine Frau nickt.

Küsschen rechts, Küsschen links. «Wie schön, dich getroffen zu haben», sagt Hannah, «schade, dass wir dich nicht mitnehmen können, nicht einmal zur Bushaltestelle.» Nein, das macht nichts, kein Problem. Ich gehe über den Parkplatz, in der prallen Sonne ist es nicht mehr auszuhalten. Ich gehe schneller und schaue mich um, ob mich auch keiner sieht. Und da wartet schon Sam mit seinem VW Kombi, Klimaanlage an und Fenster auf. «War sie gut, die Ausstellung?», fragt er. «Ja, sehr schön, sehr bewegend.» Mehr sage ich nicht, ich bin verärgert, weil mich Hannah weggeschickt hat, ohne mir zu sagen, wann wir uns wiedersehen, und ich mich nun mit Sam abgeben muss. «Die muss ich mir unbedingt auch mal anschauen», sagt er und startet den Wagen.

Sam fährt in Richtung Zentrum und erzählt, was seine Mutter alles für seine zukünftige Braut tun würde. Dass er ihr Lieblingssohn sei, dass die Familie sehr stolz wäre, wenn er heiraten würde, aber dass er sehr wählerisch sei und nicht irgendeine nehmen würde.

Ich frage ihn, ob er mich zum Dizzengoff-Center bringen könne, natürlich, wir parken im Parkhaus. Ich erkläre Sam, dass ich einen Speicherchip für meine Kamera suche. Er fragt sich durch sämtliche Geschäfte, erklärt und zeigt, bis ich das Gewünschte habe. Er schaut mir zu, als ich die Fotos von der Kamera auf den neuen Chip überspiele. «Schöne Kamera», sagt er. «Wie viel hat die denn gekostet?»

Ich habe Hunger, nicht weit vom Dizzengoff-Center, in der Hamelech-Schlomo, ist ein sehr guter Falafelimbiss, in dem ich schon ein paarmal gegessen habe, seitdem ich hier bin. Dort gibt es frischen Salat, von dem man sich nehmen kann, so viel man will, die Falafel sind knusprig und frisch und gar nicht ölig. Aber da ich Sam dabeihabe, schlage ich genau die entgegengesetzte Richtung ein, und wir setzen uns in einen neueröffneten Imbiss auf der King George, in dem man auf Barhockern in Richtung Wand sitzt, was die Gefahr minimiert, von der Straße aus gesehen zu werden. Ich bestelle einen Falafelteller, trinke Tee und Saft. Sam trinkt eine Cola, und als ich fertig gegessen habe, steht er auf und zahlt.

«Was machen wir jetzt?», fragt er, als wir auf der Straße stehen. «Wir fahren zum alten Zentralen Busbahnhof, ich will da Fotos machen», bestimme ich. In der Ausstellung hatte ich ein Bild von dem Platz vor fünfzig Jahren gesehen, und nun will ich unbedingt wissen, wie es dort heute aussieht. Es freut ihn, dass es etwas Konkretes zu tun gibt, wir holen seinen Wagen aus dem Parkhaus und fahren Richtung Osten. Nachdem wir minutenlang in der Gegend um den Bahnhof herumgefahren sind und auf den Hauptstraßen keinen Parkplatz gefunden haben – in den kleinen Straßen will Sam nicht parken, weil er Angst um seinen Wagen hat –, setzt er mich am großen Gemüsemarkt ab. In diesem Viertel sind fast nur Männer auf der Straße, hier leben die Einwanderer der ersten Generation aus den arabischen Ländern und inzwischen auch Gastarbeiter von den Philippinen. Alles ist verkommen, die Läden, die Häuser, die Menschen, durch diese Straßen mag ich nicht alleine gehen, gut, dass Sam dabei ist, und dahinten kommt er auch schon, außer Atem und schwitzend.

«Wozu brauchst du die Fotos?», fragt er, als wir losgehen, man sieht, die Sache gefällt ihm nicht. Er hält seine schwarze Handtasche fest und tastet in seinem Jackett nach dem Autoschlüssel. Hier in diesen Straßen war mein Vater oft, als Siebzehnjähriger, erkläre ich. In den schäbigen Teeläden hat er um Geld Karten gespielt oder stundenlang neben den Backgammonspielern gesessen. Mit mir ist er auch ein paarmal im Bahnhofsviertel gewesen: Hier kennt er sich aus. Einmal haben wir seinen Bruder Shmuel mitgenommen, und der war schockiert, als er tatsächlich in einer der Bars einen Kaffee trinken sollte. Er mochte sich gar nicht hinsetzen auf einen der Plastikstühle neben den schmutzigen Tischen auf der Straße. Neben uns stehend, stürzte er seinen Kaffee hinunter und fragte dann, wie lange wir noch bleiben wollten. Shmuel trinkt seinen Kaffee lieber bei Burger King im Zentralen Busbahnhof, zwar ist das auch ein grauenvoller Ort, aber dort sitzen nicht nur unrasierte Männer, sondern auch Soldaten und Soldatinnen, Familien und normale Leute. Am Abend erwähnte Shmuel bei seinem Bruder Romain, wo er an dem Nachmittag gewesen sei, die ganze Familie war entsetzt und machte meinem Vater Vorhaltungen: Wo Antoine mich hinführe, mich, seine Tochter.

Ich setze mich in das Café genau gegenüber einem Bordell. Philippiner, Araber und Schwarze sitzen im Schatten, Colagläser voll Wodka vor sich. Ich bestelle Tee, Sam schaut sich um, bevor er sich hinsetzt, nervös presst er seine schwarze Tasche an sich.

In diesem Café hatte mein Vater mir damals erzählt, wie ihn plötzlich wieder das alte Gefühl überfiel, hier nicht zu Hause zu sein. Jeder hier habe seine eigene Geschichte, hatte er gesagt und auf die Leute gezeigt. Die Geschichte dieser Männer, die kenne er genau. Der Wirt hatte ihm damals ungebeten ein Glas Wodka hingestellt, mein Vater hatte es aus Höflichkeit hinuntergewürgt, und da er nicht gewohnt war, um vier Uhr nachmittags zu trinken, war er nach diesem einen Glas nicht mehr nüchtern gewesen: Einen

Film wolle er machen, lallte er, es gäbe so viel zu erzählen. Ein israelischer Fassbinder wollte er werden, sein Vorbild, seitdem er ihn in München auf einer Party getroffen hatte, Martha hatte nicht mitgewollt zu dieser Party, Fassbinder hin oder her, habe sie gesagt, und er sei alleine gegangen. Ich hatte mein Diktiergerät aus der Handtasche geholt und in Erwartung einer interessanten Geschichte angeschaltet, aber aufgenommen wurde dann leider der Streit, den er mit einer jungen Australierin anfing, die sich genau zwischen uns und dem Bordell platziert hatte, um ihre Bibeln zu verteilen, und uns damit den amüsanten Blick auf den Eingang verstellt hatte. Statt junge Chassidim mit ihren schwarzen Hüten und Tefillin zu beobachten, die sich dem besagten Haus näherten und sich noch einmal umschauten, bevor sie im Eingang verschwanden, mussten wir nun mit ansehen, wie sie ihr Schild mit der Aufschrift «Jesus Christus lebt» aufstellte und anfing, aus Bibeln Büchertürme um sich herum zu errichten. Mein Vater schrie ihr ärgerlich zu, dass Missionieren in Israel verboten sei und dass sie als Gast die Gesetze seines Landes zu respektieren habe. Die daraus entstehende Diskussion langweilte mich sehr, zumal mein Vater die Fassbindergeschichte gerade da unterbrochen hatte, wo er bei Hanna Schygulla auf dem Bett saß, sie im Pyjama und er schon ohne Schuhe. Die australische Christin war gerade in dem Moment aufgetaucht, als er mir erklären wollte, warum er damals nicht mit Hanna Schygulla geschlafen hatte, obwohl er gekonnt hätte. Nach und nach mischten sich eine Menge Leute ein, darunter ein junger selbstbewusster Mann, der behauptete, von Jesus seine Kraft und seine Schönheit zu beziehen, und der seiner spröden Kollegin zu Hilfe gekommen war.

Heute herrscht in dem Bordell wenig Betrieb, aber einige Kunden sind doch hineingegangen. Eine fünfzigjährige Frau, massig und mit einem enormen Busen, steht vor dem Eingang und raucht. Neben ihr in einer Glasvitrine sind sehr staubige Damenstrümpfe ausgestellt. Die Gäste an den anderen Tischen starren zu uns herüber, als ich den Eingang, das Café, die Bar und die Vitrine fotografiere. Sam ist der mächtige, lebende Puffer zwischen mir und ihnen.

Ein dunkler, fast schwarzer Mann am Nebentisch ruft mir etwas zu. Ich verstehe es nicht, aber am Lachen der anderen erkenne ich, dass es etwas Unflätiges war. Von einer Sekunde auf die andere kommt mir mein Tun lächerlich vor. Sich an diesem Ort aufzuhalten, ist Zeitverschwendung, ganz gleich, ob man trinkt, spielt, raucht oder fotografiert. Sam rutscht auf seinem Stuhl hin und her. Es ist eindeutig: Lange bleibt er hier nicht mehr sitzen. Er fängt an zu bereuen, dass er mich angesprochen hat. Unerträglich ist mir jetzt diese Straße, sind mir die Menschen, die hier leben. Ich möchte zu gerne wissen, warum mein Vater sein Leben lang die Gesellschaft solcher Menschen gesucht hat, meistens lieber mit ihnen zusammen war als mit mir oder Martha. Er gehört ja nicht zu ihnen, er ist gebildet, er stammt aus einer guten Familie, er weiß, wann Victor Hugo gelebt hat, was die Juden Napoleon zu verdanken haben und wie man das Futur in Französisch konjugiert.

Und ich weiß ganz genau, dass er hier – obwohl er nicht trinkt und auch keine Prostituierten aufsucht –, an einem Ort wie diesem seine Wunde am wenigsten spürt, die Wunde, es niemals zu etwas zu bringen, niemals reich werden zu können. Jeder Versuch, doch etwas zustande zu bringen, bleibt bei ihm eine leere, lustlose Geste, ausgeführt nur, um behaupten zu dürfen: Seht, ich habe es ja versucht, ihr könnt mir nichts vorwerfen! Und ich, die ihn als Kind gar nicht kannte, habe Angst, dass ich genau diesen Makel geerbt haben könnte, die gleiche Unlust und das Wissen, dass jede meiner Anstrengungen zu nichts führen wird.

Und Sam, wieder ganz anders als mein Vater, Sam ist davon überzeugt, dass er niemals eine Frau kennenlernen wird, die ihn liebt. Dennoch versucht er tapfer immer wieder, einen Menschen weiblichen Geschlechts für sich zu gewinnen, was bleibt ihm anderes übrig. Doch für eine vage Hoffnung alles erleiden, das macht Sam auch wieder nicht: Er steht inzwischen hinter mir und fragt schon zum zweiten Mal, ob wir gehen.

Ich fühlte mich plötzlich sicherer, beinahe glücklicher, als ich mir angewöhnt hatte, stets das Diktiergerät bei mir zu tragen und Gespräche aufzunehmen, die ich mit Freunden, meiner Schwester oder mit meinem Vater führte. Natürlich war Ana auf die Idee gekommen. Ich hatte ihr nämlich, als ich von meiner ersten Reise nach München zurückkam, die Stimme meines Vaters vorgespielt. Es war entgegen meiner Erwartung sehr einfach gewesen, Antoine Hasidim ausfindig zu machen, denn in Schwabing, hatte ich festgestellt, gab es viele Israelis, die dort ihre Geschäfte hatten, und schon der zweite Geschäftsinhaber hatte gewusst, wo mein Vater zu finden sei. Sehr gewundert hatte er sich, dass Antoine eine Tochter haben sollte. «Tatsächlich», sagte er dann aber zu einem im Laden anwesenden Mann, «sie sieht genauso aus wie er.» Nach der Wegbeschreibung folgt auf meinem Band schon seine Stimme: «Unglaublich», sagt er, «du bist genauso hübsch wie damals deine Mutter. Du hast ein sehr schönes Gesicht, weißt du das?» Nie zuvor hatte ich so etwas gehört, nun hatte ich es auf Kassette und konnte es Ana vorspielen. Er freue sich, hatte mein Vater mir bei diesem ersten Gespräch gestanden, dass ich mich bei ihm gemeldet hätte, denn er hätte nicht den Mut dazu gehabt.

Ich hatte die Aufnahme nur für Ana gemacht, genauso wie das Foto meines Vaters, auf dem er zwanzig Jahre älter ist und viel weniger Haare hat als auf dem Foto, das ich meiner Mutter weggenommen hatte.

Sie sah sofort etwas Großartiges darin, ein «Projekt», eine Interviewreihe, einen Film, eine Ausstellung. An der Kunstuniversität würden sich die Kommilitoninnen um ein solches Thema reißen, behauptete sie. Ich sollte noch mehr Fotos machen und noch mehr Aufnahmen, meine Gedanken notieren, vielleicht sogar nach Marokko reisen und die Anfänge meiner Familie dokumentieren. Ich war begeistert. Es klang, als sei ich mit meiner Aufnahme auf etwas Wichtiges gestoßen, ganz zufällig, wie nebenbei, auf etwas, das meinem Leben endlich eine Bestimmung gab: Ich konnte die Vergangenheit ordnen, dann würde sich die Zukunft wie ein Teppich vor mir ausrollen, ich bräuchte lediglich dieser Spur zu folgen.

Gleich auf dem Weg von Ana zu mir, mitten in der Nacht, hatte ich dann meinen Vater von einer Telefonzelle aus angerufen, den richtigen, den wiedergefundenen, und ihm von meinem neuen Plan erzählt. Ich hatte ihn gefragt, ob er mir helfen wollte. Nichts, was er lieber täte, hatte er geantwortet, und ab diesem Zeitpunkt war auch er Feuer und Flamme für «unser Projekt». Unentwegt schlug er Interviewpartner vor oder schickte selbsterfundene Geschichten und marokkanische Musik.

Und in der Telefonzelle hatte ich ihm auch gestanden, wie sehr mich mein Studium langweilte, und es war eine riesige Erleichterung gewesen, das endlich einmal auszusprechen. Und irgendwie war es ja auch gar nicht so schlimm, ich stand schließlich nicht vor dem Nichts. Im Gegenteil, es gab so viel zu tun. Ich begann sämtliche Gespräche aufzunehmen, von denen ich annahm, dass sie für das Projekt wichtig sein könnten. Nicht nur Gespräche mit meinem Vater, sondern auch mit Menschen, die Ana und ich trafen, wenn wir ausgingen. Es ging um Familie, geheime Träume und die Vergangenheit, die man kennen muss, um die Zukunft zu meistern. Wir diskutierten die These, ob die wichtigsten Eigenschaften eines Menschen eher angeboren oder anerzogen seien, und man widmete meiner Meinung besondere Aufmerksamkeit, denn ich war ja eine der wenigen Personen, die diese These durch ihr eigenes Schicksal hatten überprüfen können.

Eine Fülle von Material sammelte sich in meinem WG-Zimmer an, sorgfältig beschriftete ich es und ordnete alles in meine Regale ein. Jeden begeisterte, was ich tat, und selbst wildfremde Leute verrieten mir ihre intimsten Geheimnisse. Ich staunte, wie einfach und schnell das ging, und immerzu redete ich von meinem Projekt und wartete auf ein Zeichen, welches mir verriete, worauf das alles hinauslaufen sollte. Mein Vater rief aus München an und fragte: «Was macht unser Projekt?» Auch er wollte wissen, wie es weitergeht. Irgendwie hoffte ich, Ana würde mir helfen, durch einen Kommentar, eine Bemerkung, ohne dass ich sie direkt fragen müsste. Ich spürte jedoch, dass sie das nicht tun würde, meine Begeisterung schwand.

Unentschlossen machte ich bei einem spätsommerlichen Münchenbesuch noch ein paar Fotos von Freunden meines Vaters, die nicht besonders gelangen, daher zeigte ich sie Ana gar nicht erst. Meinen Verdacht, dass sie durchaus Ideen hatte, wie sich aus meinen Aufnahmen und Notizen ein Kunstwerk herstellen ließe, sprach ich nicht aus. Irgendwann war nicht mehr die Rede von meinem Projekt. Langsam benutzte ich das Gerät wieder für seinen ursprünglichen Zweck: für Interviews, Meetings oder Korrekturgespräche am Telefon. Mich beschäftigte, wie Ana oder andere Menschen es schafften, ihre Begeisterung über einen längeren Zeitraum aufrechtzuerhalten, das kam mir vor wie ein magischer Trick: Weil Ana überzeugt von sich war, strahlten auch ihre Bilder und Zeichnungen etwas Überzeugendes aus.

Manchmal fürchtete ich, dass ich in meinem Leben nie etwas Bedeutsames erschaffen würde. Ich wollte jedoch nicht aufgeben, denn ich hoffte so sehr, dass dem nicht so war. Die Antwort auf meine Befürchtungen lag vielleicht in den Kassetten, in die ich keine Ordnung bringen konnte. Hätte ich doch mehr Selbstbewusstsein und Durchhaltevermögen, aber beides würde ich wiederum nur gebrauchen können, wenn ich etwas fand, das es wert war, zu Ende gebracht zu werden. Man muss dranbleiben, sagen die Leute, dann wird das schon was. Was für ein Unsinn, dachte ich, so entsteht keine Kunst.

Meine Ansprüche waren im Laufe der Zeit kleiner und kleiner geworden. Nach meiner Kapitulation war nur die Geschichte von dem Lastenträger übrig geblieben, an die ich mich letzte Woche zufällig erinnert hatte. Fast automatisch benenne ich die Fotos, die ich in den letzten Tagen in Tel Aviv gemacht habe, nach meinem damals entwickelten System. Gestern, gleich nachdem Sam mich nach Hause gebracht hatte, bin ich nämlich auf die Idee gekommen, sämtliche Geschwister meines Vaters zu besuchen und sie über dessen Vergangenheit zu befragen. Die Aufnahmen, Fotos und Notizen würde ich auf ähnliche Weise zusammenstellen, wie ich es in der Bauhausführung erlebt hatte.

Ich werde das alte Projekt fortführen, das ich damals

einfach so aufgegeben habe, und wenn mein Vater wiederkommt, dann werde ich es fertig haben als Überraschung. Falls er am Leben ist, werde ich ihm damit beweisen, dass ich sehr wohl etwas zu Ende bringen kann, dass sein Fluch nicht auf mir lastet. Aber was ist, wenn ihm etwas zugestoßen ist? Dann würde ich sein Testament geschaffen haben. Ich werde die Menschen berühren und inspirieren mit meinem – mit unserem – Werk! Es ist ganz einfach, ich muss nur Schritt für Schritt vorgehen. Der Fehler war, dass ich auf etwas Großes gewartet habe, dabei geht es doch gar nicht darum, ob die Idee weltbewegend ist oder nicht, die Hauptsache ist, man verwirklicht sie.

Gegen meinen Willen höre ich Anas Stimme in meinem Kopf, wie sie auf einer Party einer anderen Person über meine neueste Idee erzählen würde: «Yael macht gerade eine Reportage über die Wurzeln ihres verschollenen jüdischen Vaters, er stammt ursprünglich aus Marokko.» «Wie interessant, ein Jude aus Marokko.» «Ja, sie macht Fotos und schreibt seine Lebensgeschichte und die seiner Geschwister auf.» «Das klingt wirklich spannend, wann kann man sich das anschauen?»

Ich schiebe diese Vorstellung beiseite, diesmal tue ich das alles nur für mich und meinen Vater, ich muss mir nur noch ein neues Diktiergerät kaufen, mein altes leiert schon.

Sam begleitet mich an diesem Nachmittag nach Neved Zedek, wo es ihm besser gefällt. Der Kaffee ist in diesem Viertel viel teurer, Sam besteht darauf, mich einzuladen. Nach Kaffee und Kuchen möchte ich durch den Shuk Carmel schlendern, doch er ist nicht zu überreden: Vor zwei Jahren hat es hier einen Anschlag mit sechs Toten gegeben, und Sam macht mich auf die Sicherheitskräfte am Eingang des Marktes aufmerksam, die sich angeregt miteinander unterhalten, während sie die Taschen der Marktbesucher kontrollieren. Ein Drittel der Leute geht unkontrolliert an ihnen vorbei. Ich mache ein Foto von den beiden, ein junger Israeli und eine noch viel jüngere Äthiopierin, die heftig miteinander flirten, ein viel selbstverständlicheres Paar als wir.

Es wird langsam dunkel. «Noch einen Kaffee?», schlägt Sam vor, er ist es nicht gewohnt, zu Fuß zu gehen, doch ich bin fest entschlossen, die Stadt zu entdecken, deswegen habe ich ihn auch angerufen, ich dachte, er könnte mir in dieser Stadt etwas zeigen, das ich noch nicht kenne, und außerdem hat er ein Auto. Ich laufe hinunter zum Viertel Florentin, Elisabeth hat mir erzählt, dass es das neue In-Viertel sei, Sam hat Schwierigkeiten, mit mir Schritt zu halten. Eigentlich könnte ich das nächste Mal alleine wiederkommen und mich in Ruhe umsehen, was soll schon passieren, die Atmosphäre in diesen Straßen gefällt mir. Vor ein paar Jahren gab es hier nur rückständige Betriebe und Werkstätten und Hinterhöfe voller Sperrmüll und Autowracks, nun stelle ich fest, dass viele Studenten hier wohnen. Die meisten Geschäfte haben schon geschlossen, aber es gibt neue Bars und Cafés, vor denen junge Leute stehen. Ich mache eine letzte Aufnahme von einem Schuhmacherladen, einem Kabuff von höchstens sechs Quadratmetern, Werkstatt und Lagerraum in einem. Ein winziger Ort, der so aussieht, als habe er sich seit vierzig Jahren kaum verändert. Sam holt mich ein, ich packe die Kamera in die Tasche, wortlos und ohne uns absprechen zu müssen, wenden wir uns Richtung Rehov Allenby, auf der sein Auto geparkt ist.

Im Gegensatz zu Sam und mir wirkten mein Vater und

ich auf andere immer wie ein Paar. Jeder Verkäufer in einem Geschäft oder an einem Marktstand behandelte uns wie Mann und Frau. Und wenn sie festgestellt hatten, dass ich kein Hebräisch sprach, fragten sie meinen Vater, wie er denn das junge Mädchen kennengelernt habe. Sicher habe er erzählt, dass er Flieger bei der Luftwaffe sei? «Nein», antwortete mein Vater dann, «ihr nicht. Aber ihrer Mutter.» Sofort wurde der begehrliche Blick eines alten Marokkaners väterlich, und ich bekam etwas geschenkt.

Sam setzt mich an der King George, Ecke Rehov Bograshov ab. Er parkt unnötigerweise am Straßenrand, macht den Motor aus und holt Luft, aber bevor er mich fragen kann, wann wir uns wiedersehen und ob ich ihm meine Telefonnummer gebe, steige ich aus, nehme mit beiden Händen seine rechte Hand, schüttele sie herzlich, bedanke mich für den schönen Tag und schlage die Autotür zu. Schnell laufe ich die Rehov Bograshov hinunter, ohne mich noch einmal umzudrehen, stelle mich dann in den Eingang der Boutique neben meiner Haustür und warte, bis ich sein Auto traurig und langsam davonfahren sehe.

Ich betrete mit meinem Onkel Romain und seiner Frau Ines eine dieser blitzsauberen Neubauwohnungen. Die Gastgeberin empfängt uns in der Küche. Vorhin hat meine Tante mir erklärt, dass sie und ihre Freunde seit Jahren reihum eine kleine Gesellschaft ausrichten. Einmal im Monat trifft sich ihr Bekanntenkreis so, es gibt zu essen und zu trinken und immer etwas Besonderes, ein Programm. Ich bin begeistert, vielleicht ereignet sich an diesem Abend etwas, was sich zu dokumentieren lohnt.

«Das ist meine Nichte aus Deutschland», stellt mich Ines ihrer Freundin vor. «Willkommen, willkommen, meine Liebe.» Ihre Freundin streichelt mir zur Begrüßung das Gesicht. Die Sechzigjährige ist aufgeregt: «Weiß Yael, wer heute Abend kommt? Hat sie deswegen ihre Kamera mitgebracht?» Ich schaue fragend zu meiner Tante. «Danny Shapiro kommt.» Ich frage: «Wer ist das?» «Du wirst schon sehen», sagt Ines und schiebt mich ins Wohnzimmer. Viele Gäste sind da, die meisten über fünfzig, Paare, Menschen, die zwei oder mehr Kinder großgezogen haben, Menschen, die einander nie verlassen werden. Marokkaner, Tunesier, Algerier, kaum einer ist schlanker als ich. Am Buffet laden sich die Gäste ihre Teller voll, hier kann ich mir nehmen, so viel ich will, es fällt nicht auf, in Öl gebackenes Gemüse, Hummus, Brot und Salat. Ich gehe mit meinem Teller ins Wohnzimmer, dort sind Stühle aufgestellt, und eine Dialeinwand steht bereit. Ich esse und schaue mich um, ein Mann, ungefähr in meinem Alter, kommt zu mir herüber und setzt sich neben mich. Er sei sehr gespannt darauf, heute Danny Shapiro kennenzulernen, sagt er, nachdem er sich vorgestellt hat. Als ich ihn frage, wer das sei, erklärt er mir, dass Danny Shapiro der erste Testpilot Israels war. «Ach so», sage ich ein wenig enttäuscht, habe aber keine Ahnung, was das ist: ein Testpilot. «Er wird einen Vortrag halten und einen Film mitbringen, der vor kurzem über ihn im israelischen Fernsehen gesendet wurde.» Ich nicke, kaue, sage: «Toll, ein Testpilot, wie interessant.» «Danny Shapiro», sagt er, «ist wie ein israelischer James Bond, ein wirklicher Held, ein Idol. Meine Tante Mira ist sehr stolz, dass es ihr gelungen ist, ihn privat hierzuhaben.» Ich sehe die Gastgeberin am Eingang neue Gäste begrüßen, stark geschminkt, in Abendkleidung, klein, ein bisschen rundlich.

Ich lächele ihrem Neffen direkt ins Gesicht, es klappt, er lächelt zurück.

Das Wohnzimmer füllt sich, man setzt sich, stellt die Teller auf dem Schoß ab, mein Gesprächspartner steht auf, entschuldigt sich. Meine Tante, die am anderen Ende des Zimmers sitzt, nickt mir zu. Dann hören wir Stimmen aus dem Flur: ER ist gekommen! Ein großer weißhaariger Mann betritt das Wohnzimmer – und es stimmt: Dieser Mann sieht tatsächlich aus wie ein alternder James Bond. Groß, sehnig, man erkennt, er war einmal stark und muskulös. Er wird auf israelische Art begrüßt, wie ein guter Bekannter oder ein Nachbar eben. Danny Shapiro schüttelt Hände, jemand klopft ihm auf die Schulter, ein anderer reicht ihm ein Glas Wasser, das Essen, das ihm die Gastgeberin anbietet, lehnt er ab.

Der Neffe der Gastgeberin setzt sich wieder neben mich und übersetzt, vermutlich hat ihn meine Tante geschickt. «Als Erstes, sagt Danny», sagt der Neffe, «erzähle ich euch von den Dreharbeiten, dann sehen wir uns den Film an, und danach könnt ihr mir Fragen stellen.»

Der Neffe übersetzt so stockend, dass ich kaum verstehe, worum es geht. Ich höre nicht zu, beobachte nur den alten Mann: Er ist die Verkörperung dessen, was ich mir immer unter einem erwachsenen Menschen vorgestellt habe: Er ist geistig wach und konzentriert, dazu seine natürliche Art; er scheint ein Mann ohne Minderwertigkeitskomplex und Größenwahn zu sein, ganz anders als mein Vater. Dennoch hat er etwas mit ihm gemeinsam, was, weiß ich nicht, es ist nur ein Gefühl. Danny Shapiro erzählt. David Ben Gurion, Golda Meir, Menachem Begin, Shimon Peres, ich verstehe nicht, was er sagt, doch ich höre die Namen, die erwähnt werden. Mein Vater, wenn er jetzt neben mir säße, wüsste, wovon die Rede ist. Stolz, aber nicht zu stolz, berichtet Danny Shapiro von seinem erfüllten Leben. Überall war er dabei und hat die junge Geschichte seines Landes mitgestaltet.

Als er fertig ist mit seinem Vortrag, fragt er, ob wir den Film sehen wollen, das Publikum lacht. Dann wird das Licht ausgeschaltet, der Dokumentarfilm hat englische Untertitel. Der erste Teil erzählt die kurze Geschichte der israelischen Luftwaffe. So ein kleines Land, so wenige Menschen, wie haben sie es geschafft, eine so moderne und schlagkräftige Armee aufzustellen. Mich beeindruckt diese Entschlossenheit, und dann, wie peinlich, merke ich, dass mir vor Rührung Tränen in die Augen treten, mir, der Deutschen, die mit ihrer Mutter gegen die Startbahn West und die Pershings demonstriert hat. Wir sehen einen fünfzig Jahre jüngeren Danny Shapiro, der über den Flugplatz schreitet und einem ebenfalls sehr gut aussehenden General die Hand schüttelt. Der Sprecher kommentiert: «Hier wurde der umgerüstete Jagdbomber vom Typ Super Mystère B2 das erste Mal getestet. Er bewährte sich sowohl im Sechstagekrieg als auch im Jom-Kippur-Krieg. Ein mutiger Mann wird heute als Erster in dieses Flugzeug steigen und zeigen, ob es hält, was unsere Ingenieure versprochen haben.» Die Zuschauer im Raum johlen. Danny Shapiro in Fliegermontur bekommt letzte Anweisungen. Männer, die wissen, was zu tun ist, nicken sich zu, das Cockpit hinter einer flimmernden Luftschicht, darin der männliche Kopf mit dem damals schwarzen Haar und dem Fliegerhelm. Das Flugzeug startet und hebt ab, am Boden stehen die Ingenieure und Generäle und schauen ihm nach.

Nächste Szene: ein Besuch bei Jitzhak Rabin 1975, Danny Shapiro steht in einem schlichten, holzgetäfelten Raum und kämmt sich das Haar. Jitzhak Rabin tritt ein, Danny kämmt sich in Ruhe fertig, steckt den Kamm in seine rechte Hosentasche, geht anschließend auf seinen Ministerpräsidenten zu und klopft ihm auf die Schulter. «Golda, das sehe ich anders», sagt er zu Golda Meir in einer Sitzung. «Danny», antwortet sie, «warte ab, bis Jigal uns alles erklärt hat.»

Danny Shapiro sitzt neben der Leinwand im Licht des Projektors, man bringt ihm ein neues Glas Wasser.

Dann der Sechstagekrieg: Aus der Luft gefilmt die israelische Luftwaffe, wie sie die ägyptischen Flugzeuge noch am Boden zerstört. Das Kommando für diesen Präventivschlag hatte der alte Mann neben der Leinwand, begeistert klatschen die Gäste, als die Bomben auf den Flughäfen Ägyptens einschlagen. Ich schäme mich, ich kann nicht in die Hände klatschen, und ich habe Angst, dass man zu mir herübersieht, zu der Deutschen, die nicht klatscht, aber niemand beachtet mich.

Der Film ist zu Ende, Danny Shapiro steht auf. Jetzt, wo er steht, sehe ich, er ist schon alt. Mein Onkel Romain, zehn Jahre jünger als er, wirkt natürlich älter, dennoch, der stattliche schöne Mensch im Film ist bereits eine Legende. Das Publikum hört nicht mehr auf zu applaudieren, doch irgendwann unterbricht er: «Jetzt ist Schluss!» Wieder erzählt er, diesmal Anekdoten aus seinem Leben. Meine Tante Ines hat sich neben mich gesetzt, sie ist eine bessere Übersetzerin als der Neffe der Gastgeberin, so erfahre ich, was Danny in den Siebzigern passierte, als er einem afrikanischen Minister ein Kampfflugzeug vorführen sollte, das sein Land bei Israel bestellt hatte. Beim Start war die vordere Hitzeabdeckung aus Ton abgerissen und hatte ihn am Kopf getroffen. Ihm wurde schwarz vor Augen, er kämpfte gegen eine Ohnmacht an, wusste er doch, er musste die Ouragan hochreißen, bevor sie in das nächste Hindernis raste, dennoch verlor er das Bewusstsein. Vielleicht zehn Sekunden später wachte er wieder auf, sein Kopf blutüberströmt, ergriff in letzter Sekunde das Höhensteuer, einen Augenblick später, und sie wären am Berg zerschellt. Er musste notlanden, das Flugzeug krachte auf die Landebahn und schlitterte darüber hinaus. Sanitäter liefen herbei und zerrten einen völlig entgeisterten Minister und einen schwerverletzten Danny Shapiro aus der Maschine. Der Verkauf des Flugzeugs kam nicht zustande. Einer der Gäste fragt: «Wie lange hat es gedauert, bis du wieder in eine Maschine gestiegen bist?» «Achtundzwanzig Stunden», antwortet Danny grinsend. «Wenn es nach mir gegangen wäre, wäre es früher gewesen, aber meine Frau hat darauf bestanden, dass ich mich einen Tag ausruhe.» Wieder klatschen und lachen die Gäste.

Seine Frau war in dem Film auch zu sehen, ein paar Jahre jünger als er, aber weil sie normal gealtert ist, sah sie am Schluss an seiner Seite unverhältnismäßig alt aus, als wäre der reife Mann mit seiner Oma zusammen, aber er hat trotzdem bis zu ihrem Tod vor zwei Jahren zu ihr gehalten. Sie kann dankbar sein, dass er ihr immer treu gewesen ist, denke ich, da gibt es ganz andere Männer. Wie wäre es, wenn ER mein Vater wäre, mit wie viel Respekt würde man mir begegnen, zumindest in Israel, oder mein Geliebter.

Er geht aus dem Zimmer, ein paar der Gäste stehen auf, meine Tante ergreift meinen Arm. «Komm, ich stell dich ihm vor.» Sie geht auf ihn zu. «Das ist meine Nichte Yael aus Deutschland.» «Welche Sprache sprichst du?», fragt er auf Hebräisch. «Französisch, Italienisch, Spanisch, Englisch?» «Englisch», antworte ich. «Welcome to Israel», sagt Danny.

Ich schalte das Diktiergerät ein und frage ihn nach seinem

Buch. Wie ist der Titel? «Alone in the Sky.» «Wirklich?», ich muss lachen. «Findest du den Titel nicht gut?» «Doch, ich finde ihn toll», beteuere ich. Das Gerät stört ihn nicht, er ist es gewohnt. Er fragt mich, was ich in Israel tue, aber statt meine Antwort abzuwarten, erklärt er mir, dass er vom Buffet nichts essen kann. «Die Marokkaner kochen mit so viel Öl, das vertrage ich nicht mehr.» «Worum geht es in deinem Buch?», frage ich ihn. «Von marokkanischem Essen bekomme ich immer Sodbrennen», sagt er noch ins Mikrophon, dann wird er von einem anderen Gast angesprochen und um ein Autogramm gebeten. Ich schalte das Diktiergerät ab, es sieht nicht so aus, als würde es mir an diesem Abend noch einmal gelingen, mit ihm zu sprechen.

Jemand stimmt eine Gitarre, ein anderer spielt eine Melodie auf einer Flöte, Stühle werden beiseitegeschoben und Trommeln aufgestellt. Man spielt Volkslieder, auch Danny Shapiro kommt wieder ins Wohnzimmer und setzt sich auf einen der Stühle an der Wand. Alle singen mit, ist ein Lied zu Ende, wird ein nächstes vorgeschlagen. Wie schön wäre es, etwas beitragen zu können, ein Musikinstrument müsste ich spielen können, zwei junge Mädchen stehen auf und tanzen in der Mitte. Zwei Stunden wird gesungen und getanzt, ich bin Zuschauer, froh, dass ich mich nicht unterhalten muss. Ich sehe hinüber zum Neffen der Gastgeberin, der im Türrahmen steht. Sein übernettes Lächeln, seine bemüht sympathische Art fallen mir mit einem Mal auf. Sein Bauchansatz und seine runden Schultern. Im Vergleich zu Danny Shapiro hat er eine unmännliche Figur. In dem Film waren so viele schöne Männer zu sehen, solche, die in mir etwas auslösen. Ich habe mal meinen Vater gefragt, ob mich der Eindruck täusche, dass früher die Männer besser waren. «Yael, mich darfst du nicht fragen, aber ich finde schon», hatte er gesagt. «Sie haben für etwas gelebt, das wichtiger war als sie selbst.»

Danny Shapiro muss gehen, eine ältere Frau bringt ihm seine Jacke, sein Abschied ist ohne Aufwand, die Gäste singen einfach weiter. Mein Onkel ist müde und will ebenfalls gehen. Eine Viertelstunde später ist das Singen und Tanzen beendet, unvermittelt springt die Gesellschaft auf, räumt die Teller ab und stellt die Stühle zusammen, der Gastgeber kommt und montiert die Dialeinwand ab, mit einem Knall rollt sie sich zusammen. Jacken werden von der Garderobe gerissen, man verabschiedet sich, einige mit einem Stück Brot in der Hand. Morgen warten viele Verpflichtungen, man muss seine Kinder und die Enkel besuchen oder die Geschwister der Frau.

Auch mein Onkel, meine Tante und ich bringen unser Geschirr in die Küche, die Gastgeberin im roten Abendkleid räumt gerade ihre Spülmaschine ein und hält mir zum Abschied ihren goldberingten Unterarm hin. Ich bedanke mich für die Einladung. «Wir haben uns sehr gefreut, dich kennenzulernen, Yael», antwortet sie mit einem herzlichen Lächeln.

Lieber Burkhardt,
ich weiß nicht, wie ich beginnen soll, Dir zu erklären, was in den letzten Wochen geschehen ist und warum ich nicht zu Deinem Geburtstag gekommen bin. Es war nicht aus Gleichgültigkeit. In meinem Leben haben sich die Ereignisse überschlagen, und ich wusste nicht, wie ich damit umgehen sollte.
Was Du nicht weißt: Ich habe seit einigen Jahren Kontakt mit Antoine Hasidim, den Namen kennst Du, er ist mein leiblicher Vater.

Antoine ist sicher nicht ein Vater im eigentlichen Sinn, so wie Du es warst. Du bist es gewesen, der sich Tag für Tag um mich gekümmert hat, mich versorgt, ernährt und geliebt hat, obwohl ich nicht Dein leibliches Kind bin. Und ich bin Dir dankbar dafür.
Aber egal, was Antoine getan oder gelassen hat, ob er ein guter oder schlechter Mensch ist, er ist mein Vater. Es war mir wichtig, ihn kennenzulernen. Mir ist aufgefallen, dass ich mich in unserer Familie immer wie eine Ausgeschlossene gefühlt habe. Von uns vieren bin ich die Einzige, die ihren Vater nicht kannte und die sich für den Wunsch, ihn kennenzulernen, schuldig fühlte. Überhaupt habe ich ständig Schuldgefühle, auch diesen Brief an Dich schreibe ich aus Schuldgefühl, ich weiß gar nicht mehr, ob ich Dir zum Geburtstag gratulieren möchte oder nicht. Bereits als Kind entwickelte ich eine Vorstellung davon, wie ich diesen Schuldgefühlen Euch gegenüber entfliehen könnte. Der Gedanke kam mir das erste Mal auf dem Schulweg, ich ertappte mich dabei, wie ich inständig hoffte, vor unserer Haustür möge ein Polizeiwagen stehen. Ich hätte auch schon gewusst, wie ich mich in einem solchen Falle verhalten würde: Erst würde ich so tun, als hätte ich ihn gar nicht bemerkt. Ohne hochzuschauen, würde ich an dem Polizeiauto vorbei zur Gartenpforte gehen. Eine Nachbarin würde dann die Beamten auf mich aufmerksam machen. Ein Beamter würde mir fürsorglich seine Hand auf die Schulter legen. Ohne mich noch einmal umzudrehen, würde ich mit den Beamten in das Auto steigen, und sie würden mit mir wegfahren. In einer anderen Stadt würden wir aussteigen, und ich würde zu einem großen, alten Haus mit weißen Fenstern und einem Garten ge-

führt werden. Am Eingang würde mich eine ältere Frau freundlich in Empfang nehmen. Erst viel später würde ich erfahren, dass Du, Helga und Klara bei einem Autounfall ums Leben gekommen seid. Mein neues Zuhause wäre ab diesem Tag ein Kinderheim. Doch ich würde über diese Nachricht kein einziges Wort verlieren. Zum Glück wäre ich auch niemandem eine Erklärung für meine Gefühle schuldig – mein Schweigen würden mir die Menschen um mich herum als Trauer auslegen. Am ersten Abend, wenn ich endlich allein wäre, würde ich in dem Heim in einer anderen Stadt meinen Schlafanzug anziehen und mich ins Bett legen. In diesem Bett würde ich mich ausruhen. Und am nächsten Morgen, wenn ich ausgeschlafen hätte, läge ein anderes Leben vor mir.
Mit dieser Phantasie habe ich mich oft getröstet, wenn ich abends nicht einschlafen konnte, lieber Burkhardt.

Herzlichen Glückwunsch zu Deinem sechzigsten Geburtstag.
Deine Yael

Das war eine von Boris' Lieblingsanweisungen an seine Studenten gewesen: Briefe zu schreiben, die man nicht abschickt. Das würde Blockaden lösen, hatte er behauptet. Ich bin vollkommen erschöpft. Zwei Stunden hatte ich für den Brief an meinen Stiefvater gebraucht, Wort für Wort hatte ich ihn mir abgerungen. Von Elisabeths Küchenfenster aus schaue ich auf den Turm des Dizzengoff-Centers, dann überfliege ich noch einmal das soeben Geschriebene, für die ersten Sätze schäme ich mich, für den Rest des Briefes auch.

Was, wenn ich diesen Brief abschicken würde? Doch

warum sollte ich, Burkhardt hat mir nichts getan. Ich sehe ihn vor mir, wie er nach Feierabend auf dem Sofa im Wohnzimmer sitzt und an seinen Lippen zupft, bis meine Mutter kommt und ihn bittet, damit aufzuhören.

Ich zerknülle das Papier und werfe es auf den Boden, sofort springt eine von Elisabeths Katzen vom Küchenregal und beginnt, mit dem Papierball zu spielen. Boris hat die Wahrheit zwischen den Menschen überbewertet, denke ich heute. Säße er jetzt vor mir, würde ich ihm erklären, dass er sich die Sache manchmal zu einfach vorstellt. Und ich würde ihm erzählen, wie es ist, zwei Väter zu haben, von denen der eine lebt und sich nicht kümmert und der andere sich kümmert und nicht lebt. Ich stehe auf und hole mir einen Schokoladenpudding aus dem Kühlschrank. Morgen schreibe ich den richtigen Brief.

Die Maschinen kamen aus Hamburg mit dem Schiff und wurden im Hafen von Yaffo ausgeladen. Sie waren damals über dreißig Jahre alt und immer noch ihr Geld wert, in Israel konnte man in dieser Zeit alles gebrauchen, ein bisschen Maschinenöl, und sie liefen genauso zuverlässig wie früher. Ich schalte das Diktiergerät ab, Pierre redet weiter, klopft dabei auf seine Koenig & Bauer, ich sage ihm jetzt zum dritten Mal, dass ich genug habe, er nickt. Gleich nach meinem Mittagsschlaf war ich zu ihm in die Druckerei gefahren, die erste Station meiner Recherche. Es geht nicht, Pierre, der zweitälteste Bruder meines Vaters, ist fast taub, trotz Hörgerät hört er kaum noch etwas, seine Aussprache ist schwer verständlich, dabei war sein Französisch einmal das beste in der Familie.

Wir setzen uns in die angrenzende Küche, sie ist total verdreckt. Aber sie enthält eine kleine Bibliothek, Bücher über französische Geschichte und Philosophie, Bildbände mit impressionistischen Gemälden des neunzehnten Jahrhunderts, Wörterbücher in vier verschiedenen Sprachen.

Ich schaue ihm zu, wie er in einem verbeulten, schwarz angelaufenen Kessel Wasser aufsetzt und mit seinen schmutzigen Händen zwei Tassen spült, seine Fingernägel sind vollkommen verfärbt durch die Druckerschwärze. Er hat eine nicht zu leugnende Ähnlichkeit mit den Arabern in den Teestuben auf dem Markt, und ich bin mit ihm verwandt. Das verwirrt mich. Pierre hat mir, kaum habe ich mich gesetzt, einen Stapel vergilbter Gebrauchsanweisungen für die Bogenoffsetmaschine Planeta Deca in den Schoß geworfen: «Gut, dass du da bist, schau, die haben sie 1965 mitgeliefert, jetzt kannst du sie mir endlich übersetzen.»

Trotz der Bemühungen meines Onkels und der vielen interessanten Motive, die seine Druckerei bot, hatte ich vorhin nur lustlos die alten deutschen Druckmaschinen fotografiert, erst jede einzelne, dann eine Nahaufnahme der Metallplaketten, Pierre beim Reinigen der Druckplatte, die Fotowand mit Bildern von Freunden und unserer Familie: Wozu das alles? Der Gedanke blähte sich auf und verdrängte in mir alles andere. Es kostete mich große Anstrengung, diesen Gedanken zu ignorieren, die Hand mit der Kamera zu heben, den Auslöser zu drücken, durch den Raum zu gehen, Gegenstände auf den Tischen zu arrangieren und Fensterläden zu öffnen und wieder zu schließen. Pierre hat mir die ganze Zeit zugesehen, von außen war mein innerer Kampf bestimmt nicht wahrnehmbar.

Ich nippe am heißen Tee, schaue auf den Turm aus dreckigem Geschirr und Essensresten im Waschbecken unter dem Fenster, Fliegen kriechen auf den Tellern herum, und obwohl ich Hunger habe, lehne ich ab, als Pierre mir anbietet, etwas für uns zu kochen.

Als ich Pierre frage, ob er mir etwas über seinen Bruder Antoine erzählen kann, sagt er: «Mach dir keine Sorgen, Yael, Antoine kommt wieder.» Er tätschelt mir die Schulter, ich schreie ihm ins Ohr: «Erzähl mir etwas über ihn!» Er lächelt: «Denk dran, du bist nicht alleine, wir sind alle für dich da. Er kommt wieder, da bin ich ganz sicher.»

Dann zeigt mir Pierre seine Bücher. «Die kannst du nirgendwo mehr kaufen, sie sind alle vergriffen, alte französische Bücher, Erstausgaben – du kannst sie dir leihen, wenn du willst. Hier, dies handelt vom Paris des achtzehnten Jahrhunderts, es ist eines der Lieblingsbücher deines Vaters, er hat es mir geschenkt. Er weiß alles über französische Geschichte, er war es, der mein Interesse für diese Dinge geweckt hat. Literatur, Kunst, Philosophie, was wäre das Leben ohne sie. Schau hinter dir die Karte von Frankreich. Als Kinder haben wir immer gewettet, wer als Schnellster alle französischen Regionaldépartements aufsagen kann.» Er fängt an aufzuzählen: «Nord-Pas-de-Calais, Haute-Normandie, Picardie, Basse-Normandie …» «Pierre!», schreie ich. «Lass mal, die kenne ich sowieso nicht!» «Da habe ich aber Glück, ich bin mir nämlich nicht mehr sicher», antwortet er und lacht. «Du hast so viel von deinem Vater», sagt Pierre, «das gleiche Lächeln. Wir haben uns immer gefreut, wenn er aus Europa gekommen ist und von seinen Erlebnissen erzählt hat. Die Kinder haben ihn besonders bewundert, einmal hat mein Sohn, da war er noch klein, gesagt, er wolle lieber Antoine zum Vater haben als mich.»

Ich bin erstaunt: «Das hat er gesagt?» «Was?», fragt Pierre zurück. «Dein Sohn, er hat erstaunliche Wünsche», schreie ich. «Du kennst ihn, Daniel, er hat lange schwarze Haare, du hast ihn einmal bei deiner Großmutter gesehen.» «Wenn dein Sohn wüsste, wie Antoine wirklich ist, hätte er sich das nicht gewünscht», sage ich.

«Was sagst du, Yael?» Ich winke ab, Pierre gießt mir Tee nach: «Dein Vater ist ein besonderer Mann, wir waren sehr froh, als wir erfahren haben, dass er eine Tochter hat.»

Miriam wird mir mehr erzählen können. Ich bin an diesem Mittwochnachmittag mit ihr in der Sheinkinstreet verabredet, das ist nicht weit von Elisabeths Haus, und Miriam wollte sowieso nach Tel Aviv, erst zum Arzt, dann zum Friseur. Ich erkläre ihr, was ich vorhabe. «Ach, was für eine wunderbare Idee», sagt sie. «Wir freuen uns sehr, dass du dich für unsere Familiengeschichte interessierst!» Es ärgert mich, dass sie automatisch alle meine Verwandten mit einbezieht, so als wäre sie die Sprecherin unserer Familie. Wir sitzen in einem der besseren Cafés in der Sheinkinstreet, der Kaffee ist teuer und der Walnusskuchen auch, ich bestelle beides, habe aber ein schlechtes Gewissen, dass sie für ein Gespräch mit mir so viel ausgibt: Ich bin schließlich nicht ihre Tochter, sie hat eigene Kinder, zwei Söhne, die wiederum Frauen haben und Kinder, um die sie sich kümmern muss, und mein Flugticket hat sie doch auch schon bezahlt, irgendwann gebe ich ihr das Geld zurück.

Miriam legt unvermittelt ihre Hand auf die meine: «Yael, wo dein Vater auch ist, du musst wissen, dass er dich liebt. Er ist bestimmt in Gedanken bei dir.» «Mein Eindruck war eher, dass er noch nie in Gedanken bei mir war.» Mich erstaunt, wie schnell meine Antwort ausgesprochen ist, schneller, als ich denken kann, und wie aggressiv ich bin, dass ich mich nicht im Griff habe. Ich hätte doch einfach sagen können: Ja, du hast recht. Und über die schwierigen Dinge hätten wir ein andermal immer noch reden können. Ich schalte das Gerät aus, meine schlechtgelaunte Stimme will ich nicht auf Kassette haben. «Doch, meine Liebe, er hat immer von dir gesprochen: Was du machst und wie klug du bist, er war», sie verbessert sich, «er ist sehr stolz auf dich.»

Ich starre auf ihre Hand, unter der meine Hand zu schwitzen beginnt. Es hat keinen Zweck, ihr zu erzählen, was es mich gekostet hat, ihn sieben Jahre nach seinem Sofadiebstahl wieder zu besuchen, wie sehr ich mich anstrengen musste, die Angelegenheit einfach nicht mehr anzusprechen, es hat tatsächlich keinen Zweck, Miriam würde mich nicht verstehen. Sie fährt fort: «Auch früher, als du noch ein Kind warst, hat er so viel von dir erzählt. Jedes Jahr hat er berichtet, was er dir zum Geburtstag geschenkt hat und wie du dich gefreut hast.» «Wie bitte?», frage ich, ich verstehe überhaupt nicht, wovon Miriam spricht. «Wann will er mir etwas geschenkt haben? Ich habe ihn ja nie getroffen.» Miriam scheint nicht gehört zu haben, unentwegt streichelt sie meine Hand. Ich ziehe sie weg und packe Miriam stattdessen am Arm: «Antoine hat mir nichts geschenkt, er ist doch nie bei uns gewesen!» Die Kellnerin, die gerade einen der Nebentische abräumt, bleibt stehen und schaut zu uns herüber. «Miriam!» Ich schreie fast, denn meine Tante reagiert nicht: «Mein Vater hat mich weder an meinem Geburtstag besucht noch an einem anderen Tag.» «Sch», mahnt Miriam und schaut sich um, ich lasse ihren Arm los. Die Kellnerin dreht sich um und verzieht sich mit ihrem Geschirr in Richtung Tresen. «Ich weiß es nicht, Yael, beruhige dich. Vielleicht hat er die Geschenke deiner Mutter geschickt.» «Er hat mir keine Geschenke geschickt!» Miriam sucht in ihrer Handtasche. Ich sage noch einmal: «Miriam, Antoine hat mir keine Geschenke gemacht, weder hat er sie vorbeigebracht, noch hat er sie geschickt.» «Nicht so laut», sagt Miriam. «Du warst klein, meine Liebe. Wer weiß, vielleicht hat er deiner Mutter Geld gegeben, damit sie dir etwas kauft, das ist doch jetzt egal.» «Er hat meiner Mutter kein Geld gegeben, nie auch nur einen Pfennig. Und das ist nicht egal.» Die Kellnerin tritt an unseren Tisch, meine Tante muss ihr ein Zeichen gegeben haben. Miriam bezahlt sofort, den Kaffee, den sie nicht angerührt hat, meine halb ausgetrunkene Tasse und den kaum berührten Kuchen.

«Natürlich hat er bezahlt», weist mich Miriam zurecht, während sie aufsteht und sich ihre Handtasche umhängt, «ein Vater muss für sein Kind bezahlen, das steht im Gesetz. Martha und er haben jeden Monat Geld an deine Mama überwiesen, das weiß ich, weil ich ihn einmal danach gefragt habe.»

Es ist ein Schock. Martha, mein Vater und Miriam, sie alle miteinander lügen mir ins Gesicht, und zwar schon, seitdem ich existiere.

«Niemand hat meiner Mutter Geld gegeben, niemand», ich bin so aufgeregt, dass ich meiner Tante aus Versehen ins Gesicht spucke, sie wischt es nicht weg. «Meine Mutter hat kein Geld von Antoine bekommen, und nie hat er gefragt, wie es ihr geht!» Meine Mutter, ohne Mann und ohne Geld, sie war nicht einmal volljährig damals mit ihren neunzehn Jahren, und zum Sozialamt hatte der Großvater immer mitkommen müssen und unterschreiben. Er hat sie spüren lassen, dass er es nicht guthieß, dass sie sich hat ein Kind machen lassen. «Ein unnützes Balg», soll er bei einer solchen

Gelegenheit zu ihr gesagt haben. «Kein Schwein, keine Sau hat bezahlt», brülle ich weiter, meine elegante Tante dreht sich um und geht einfach los, die Straße hinunter, weg von mir. «Ich kann es beweisen!», schreie ich hinter ihr her. «Es gibt Papiere, auf denen mein Vater polizeilich gesucht wird, weil er nicht bezahlt hat für mich. Ich kann sie dir zeigen! Ich kann sie dir kopieren, ich habe sie zu Hause!» Die Menschen auf der Straße starren mich an. Meine Tante geht weiter und dreht sich nicht um, ich stehe allein und weine vor Wut.

Ich besuche Colette. Colette ist die älteste Schwester meines Vaters, das zweite Kind meines Großvaters Schlomo Hasidim, und seit acht Jahren hat fast niemand aus der Familie mit ihr gesprochen. Meine mir unbekannte Tante sei ein unerträglicher Mensch, so wurde mir versichert, mit jedem ihrer Geschwister habe sie sich hoffnungslos überworfen, dabei habe sie immer bekommen, was sie wollte. Colette hat als Einzige einen Nichtjuden geheiratet, noch damals in Marokko, und dieser Mann ist tatsächlich verrückt genug gewesen, sagte mein Onkel Romain, mit ihr nach Israel zu gehen, wo sie heute noch leben.

Colette hat sofort zugesagt, als ich gefragt habe, ob ich sie besuchen dürfe, sie schien neugierig zu sein, schließlich waren wir uns noch nie begegnet. Ihr Sohn aus Netanja hatte mir ihre Telefonnummer gegeben.

In einer ärmlichen Wohngegend am Stadtrand von Beersheba öffnet mir eine altgewordene, sehr dicke Frau die Tür. Colette kann sich nur mit einem Rollwagen fortbewegen und schiebt sich gleich nach dem Willkommensgruß, mir voran, wieder in ihre Wohnung zurück.

Vom dunklen Flur gelangt man in ein vollgestopftes Wohnzimmer, mit dem Rücken zu mir sitzt ein Mann in einem grauen Unterhemd direkt vor einem laufenden Fernsehgerät auf dem Boden, aus dem Bund seiner dreckigen Schlafanzughose schaut der Griff eines Revolvers. «Renee», ruft Colette und zeigt mit der Hand auf mich. «Das ist meine Nichte Yael, die Tochter von Antoine, sag guten Tag.» Der Mann dreht sich zu mir um, er ist unrasiert, müde reicht er mir die Hand, dann steht er langsam auf. «Von Antoine, wirklich?», er weist auf ein Sofa hinter dem Couchtisch, ich soll mich setzen, aber das Sofa steht voller Kartons, ich versuche im Dämmerlicht andere Sitzgelegenheiten auszumachen, doch es gibt keine. Papierstapel auf Schränken, Kommoden und Sesseln rascheln im Wind des Ventilators. Colette fragt mit Erregung in der Stimme: «Sag mal, ich habe gehört, Antoine soll seine jüngere Freundin umgebracht haben. Mit einem Messer erstochen oder so was.»

Ich habe geglaubt, ich reise zu einer Ausgestoßenen, einer Frau, der man unrecht getan hat. Ich war neugierig, aus welchem Grund Colette mit all ihren Geschwistern zerstritten war. Sicherlich hatte sie etwas Ungeheuerliches getan, noch etwas viel Ungeheuerlicheres als mein Vater, denn der ist ja nach wie vor überall willkommen und gern gesehen. Und ich habe auch schon Vermutungen angestellt, womit Colette sich wohl so unbeliebt gemacht hat. Boris hatte uns damals in seinem Seminar erklärt: «Ein Mensch kann rauben, toben, saufen, das alles wird ihm verziehen. Man nimmt ihm nur übel, wenn er ausspricht, was die Menschen um ihn herum verdrängen.»

Durch meinen Streit mit Miriam, habe ich gedacht, gehöre ich jetzt ein Stück mehr zu Colette, und vielleicht könnten sie und ich gemeinsam ein wenig Licht in unser

Familiengeheimnis bringen, so wie Boris es auf seinen Forschungsreisen durch Italien immer versucht hatte. Schade, dass ich nicht schon damals Kontakt zu meiner Familie hatte, wie großartig wäre es gewesen, all diese Überlegungen in Boris' Seminar besprechen zu können. Ich war darauf vorbereitet, in der Person meiner Tante einem schwierigen Menschen zu begegnen, aber ich war fest entschlossen, dass ich diejenige sein würde, die ihr endlich einmal zuhört, und mit diesem Entschluss war ich mit meiner Kamera, dem Diktiergerät und etwas Wäsche für zwei Nächte in den Bus gestiegen und in die Negev-Wüste gefahren.

Colette bietet mir einen Tee an, und ich folge ihrem Rollwagen in die Küche und stelle dort fest, dass sich in dem winzigen Schlauch tatsächlich zwei Kühlschränke, eine Waschmaschine, ein Trockner und vier Gefriertruhen befinden, die beiden Kühlschränke, aber auch die Gefriertruhen sind jeweils übereinandergestapelt. «Colette, wie kommst du an die unteren Gefriertruhen ran?» Das ist die erste Frage, die ich an meine Tante richte. «Alles Vorräte», antwortet sie, gießt kochendes Wasser in eine Tasse mit einem Teebeutel und reicht sie mir, ohne mich zu fragen, ob ich Zucker oder Milch will. Der Lichtmesser meiner Kamera zeigt an, dass es viel zu dunkel ist, um Fotos zu machen, und es kommt mir sowieso unpassend vor, die fette Frau mit dem Rollwagen und den Mann in Unterwäsche mitsamt ihrem vollgestopften Wohnzimmer abzulichten. «Mach den Fernseher aus», befiehlt Colette ihrem Mann, «und setz dich hierher.» Renee setzt sich auf einen Stuhl auf einen Berg Wäsche und starrt vor sich auf den Wohnzimmertisch. Ich stehe neben dem Tisch und muss daran denken, dass er wahrscheinlich der Mann ist, der damals in Casablanca mit meinem Vater angeln gefahren war, unvorstellbar. Colette fragt sich währenddessen durch alle Dinge, die ich bei mir habe: Was hat die Kamera gekostet und das Kleid, das ich anhabe, wie teuer ist so ein Diktiergerät und mein kleiner Handkoffer und so weiter, und auf einmal fragt sie, wie viel eine Mikrowelle in Deutschland kostet und ob ich ihr eine Mikrowelle aus Deutschland schicken könne, ob ich sie ihr schenken soll oder ob sie dafür bezahlen will, bleibt unklar, hier in Israel sei alles so teuer, sagt sie. An diesem Punkt des Gesprächs mischt sich Renee zum ersten Mal ein: «Du hast schon zwei.»

Wie soll ich es anstellen, dass Renee und Colette mir etwas über meinen Vater und ihre gemeinsame Zeit in Marokko berichten. Von allen meinen Tanten und Onkeln habe ich bis dahin gehört, wie liebenswürdig der Großvater gewesen sei. Wie meine Großmutter verehrt wurde, habe ich ja selbst miterlebt, aber irgendetwas muss doch geschehen sein auf dem Weg von Marokko nach Israel, so ein Charakter wie der meines Vaters bildet sich nicht von allein, und Colette scheint auch ihre Macken zu haben.

«Räum die Kartons weg», sagt meine Tante zu ihrem Mann, «Yael will irgendwo sitzen.» Umständlich steht Renee auf, hebt einen Karton von einem Stuhl, um dann mit den Augen einen anderen Platz dafür zu suchen. Colette dirigiert ihn schimpfend und schiebt ihren Rollwagen über Papiere und herumliegende Socken. Als Renee den Karton schließlich in einem der unteren Fächer der Schrankwand verstaut, fällt ihm der Revolver aus der Hose. Ich hebe ihn auf und halte ihn Renee hin. Der bedankt sich und legt ihn auf die Couch.

«Hast du einen Freund in Deutschland?» «Leider nicht», antworte ich Colette. «Wir könnten dir einen suchen. Renee, ist doch traurig, so ein junges Mädchen ohne Mann.» «Lass sie in Frieden», sagt Renee, «das kann die Yael schon selbst.» «Kann ich Fotos machen gehen?», frage ich, und Colette kreischt erstaunt auf: «Von uns? Warum?» Ich will einfach nur raus, wenigstens für einen kurzen Moment, Luft schnappen und nachdenken. «Eigentlich von dem Viertel und eurem Haus, dachte ich.» Colette wundert sich, und als ich ihr erkläre, dass ich schon viele Fotos gemacht habe, die meisten in Tel Aviv, sagt sie: «Du interessierst dich für Fotografie? Komm, ich zeig dir was.» Sie wühlt minutenlang in ihrem Schrank, endlich zieht sie ein Fotoalbum hervor und winkt mich neben sich auf die Couch, die Renee ebenfalls vorher leer räumen muss. Ich verspüre keine große Lust, neben der dicken, schwitzenden Frau zu sitzen und in ein Fotoalbum zu starren, und bin sehr erstaunt, als ich begreife, dass die Fotos, die sie mir zeigen will, nicht die üblichen Hochzeiten und Beschneidungen von Kindern und Enkelkindern darstellen, sondern Schwarzweißfotografien aus Casablanca in den Vierzigern und Fünfzigern sind. Diese Aufnahmen habe ich noch bei keinem meiner Verwandten gesehen: ein Rabbiner mit einem Baby im Arm, Onkel Marcel, wie ich erfahre, der Strand von Casablanca, das Meer, badende Kinder, elegante Frauen in kurzen Röcken und schicken Handschuhen, Araber in weißen Gewändern, auf ihren Köpfen rote Fese, helle Straßen und belebte Cafés. Colette hatte sie gemacht, mit ihrer eigenen Kamera, die ihr mein Großvater aus Frankreich mitgebracht hatte. Ich bin begeistert. «Sieh genau hin», sagt Colette, «niemand in Casablanca ist damals in Djellaba herumgelaufen. Das da bin übrigens ich.»

Unter ihrem Finger ist ein Foto von einem selbstbewussten, schlanken Mädchen, sie hat unglaublich helle Augen und einen klaren Blick, lächelnd schaut sie in die Kamera. Renee, der französische Soldat, hat es von ihr gemacht. Er hatte sich sofort in dieses lebendige Mädchen verliebt, die Familie ist dagegen gewesen, er war Franzose, ein Christ, doch Colette hat sich durchgesetzt und ihn geheiratet, und dann sind sie gemeinsam nach Israel gegangen, aus Liebe.

«Schau, deine Großmutter. Ist meine Mutter nicht eine wundervolle Frau gewesen, Renee?» Colette wartet die Antwort ihres Mannes nicht ab, blättert weiter und ruft dann bei einem Foto eines Rabbiners in einem Gartenstuhl aus: «Ach, Rabbi Malul, erinnerst du dich noch? Den habe ich doch einmal rufen müssen für Antoine.»

«Bitte warte, Colette, erzähl mir davon, ich hole nur rasch mein Diktiergerät», aufgeregt springe ich auf. Wie wunderbar: Durch Colette und ihre Fotos würde ich nun jede Menge Interessantes über die Vergangenheit meines Vaters erfahren.

Eilig schalte ich das Gerät an und kontrolliere, ob das rote Lämpchen leuchtet: «Warum hast du ihn holen müssen? Ist das üblich, dass ein Rabbiner Hausbesuche macht?»

Colette schaut neugierig auf das Diktiergerät. «Eine israelische Marke», stellt sie fest. «Wo muss ich reinsprechen?» «Hier.»

«Ob ein Rabbiner Hausbesuche macht, willst du wissen, oder? Damals schon, aber das war kein normaler Besuch. Renee, du hörst ja gar nicht zu! Bevor er kam, sollte ich jedenfalls dafür sorgen, dass niemand mehr zu Hause war, außer meinem Bruder und meiner Mutter.» «Was solltest du?», brummt Renee, er hat wieder seine Position vor dem Fernseher eingenommen. «Weißt du nicht mehr, dieser merkwürdige Rabbiner mit dem fettigen Bart und dem Schielauge, den sie für Antoine geholt haben.» «Ach ja, diese schwachsinnige Idee deines Vaters, ich sollte mich damals nicht in seine jüdische Erziehung einmischen.» Schnell halte ich das Gerät in Renees Richtung, die Geschichte verspricht spannend zu werden.

«Die französische Erziehung ist besser, oder was?», fragt Colette. «Es weiß doch jeder, dass nirgendwo so viele Kinder geschlagen werden wie in Frankreich.» «Was hat denn Rabbi Malul mit meinem Vater gemacht?», frage ich und wende mich mit dem Aufnahmegerät wieder an Colette. «Was hat das damit zu tun?», sagt Renee zu Colette. «Meine Eltern haben Rabbi Malul zu uns ins Haus gerufen, damit er meinem Bruder das Böse austreibt», sagt Colette. «Wie bitte?» Ich war sicher, mich verhört zu haben, das ist doch nicht möglich, ein Rabbiner will das Böse aus einem Kind austreiben, mein Vater hat nie etwas davon erwähnt. Colette muss mir unbedingt mehr über diese Sache erzählen, hoffentlich reicht die Kassette, dies ist vielleicht ein Schlüsselerlebnis aus der Kindheit meines Vaters. «Colette, was bedeutet das – was hatte der Rabbiner mit meinem Vater vor?»

Aber Colette kramt schon wieder in ihren Fotos und ist nicht zum Weitererzählen zu bewegen: «Keine Ahnung, das ist alles schon so lange her ...» «Versuch, dich zu erinnern», bitte ich sie. «Eben ist es dir doch auch eingefallen, so etwas geschieht schließlich nicht jeden Tag.» «Ach, mit deinem Vater war immer irgendwas, glaube mir», sagt Colette, und dann erzählt sie, wie sie, Renee und Colette, kurze Zeit später in einen Kibbuz im Norden Israels ausgewandert sind und ihr neues Leben angefangen haben, weit weg von Frankreich. Sie hatten nicht viel mitnehmen dürfen auf das Schiff, nur zwei Koffer, in einem davon Colettes selbstentwickelte Filme. Im Kibbuz hat sie dann ein Fotolabor eingerichtet, zwei Jahre hat das gedauert, denn für jedes einzelne Zubehör hat sie weit fahren müssen. Sie hat gebrauchte Geräte repariert und für die Chemikalien Spenden gesammelt, dann fotografierte sie mit den Kindern des Kibbuz: das Leben der Gemeinschaft, die Wälder und Obstplantagen, die in die Wüste gepflanzt wurden – und die Kinder selbst. Nachts, nach der Arbeit auf dem Feld, machte sie Abzüge der Fotos, die sie aus Casablanca mitgebracht hatte:

Miriam als Kleinkind, meine Oma als junge Frau, mein Vater als Vierzehnjähriger auf dem Markt, leider etwas unscharf, ich erkenne in dem Jungen sofort meinen Vater wieder und bilde mir ein, er sähe traurig aus. Mein Opa, den ich nie kennengelernt habe, macht auf allen Bildern ein strenges Gesicht, was aber auch daran liegen kann, dass er sich für jedes Foto in Positur gestellt hat, so wie er es aus den Fotoateliers seiner Kindheit kannte. Renee und Colette am Hafen, beide einzeln vor dem Wohnhaus meiner Großeltern in der Melach, dem jüdischen Viertel von Casablanca, dann Renee mit Freunden in einem französischen Lokal.

Was in der Zwischenzeit mit Colette und Renee passiert ist, lassen die Fotos unerklärt. Colette ist enttäuscht, als ich mich am späten Nachmittag verabschiede. «Ich dachte, du wolltest über Nacht bleiben», sagt sie. Der einzige Bus, den ich am Busbahnhof in Beersheba noch erwische, fährt nach Haifa. Ich nehme ihn trotzdem und übernachte in Haifa in einem Hotel. Meine Angst vor einer nächtlichen, fremden Stadt ist klein gegen das Bedürfnis, möglichst schnell aus der Wohnung meiner Tante zu entkommen. Am nächsten Tag fahre ich zurück nach Tel Aviv.

Colette hatte mich im Laufe dieses Nachmittags noch ein zweites Mal gefragt, ob das stimme, was sie über meinen

Vater gehört hatte, und ich hatte sie zurechtgewiesen: Wie sie darauf kämen, kennen sie meinen Vater nicht besser? «Es ist schon etwas her, dass wir ihn gesehen haben», hatte sich Renee entschuldigt. «Ich dachte, du bist sein Freund. Das hat man mir jedenfalls erzählt.» «Natürlich», hatte Renee geantwortet, «wir würden ihn jederzeit bei uns aufnehmen, wenn er uns braucht, nicht wahr, Colette?» Colette hatte seine Aussage bestätigt: «Er kann bei uns bleiben, ganz gleich, was er getan hat.»

Im Bus nach Haifa, als ich endlich wieder allein war, habe ich mich daran erinnert, was ich Franchesca auf die gleiche Frage geantwortet hatte. «Glaubst du, dass er es gewesen ist?», hatte sie mich gefragt, nachdem die beiden Polizeibeamten gegangen waren, und ich hatte gesagt: «Ich kann mir das nicht vorstellen, er hätte mir davon erzählt, da bin ich ganz sicher.» «Du kannst dir also vorstellen, dass er es getan hat, aber nicht, dass er es dir verschweigt», hatte sie entsetzt nachgehakt. «Nein, beides nicht, aber verschwiegen hätte er es mir auf gar keinen Fall.»

Nie schaffte es mein Vater, irgendetwas für sich zu behalten. Ohne zu zögern, hat er mir auf die Frage geantwortet, woher die vielen Uhren in der Pappschachtel in seinem Zimmer stammen, und ohne, dass ich es wissen wollte, verriet er mir, wo er nachmittags hinging, wenn er angeblich einkaufen war oder Ware ausliefern.

Andererseits hatte er, wie ich nun seit zwei Tagen wusste, seine Schwester Miriam über Jahre in dem Glauben gelassen, er hätte sich um mich und meine Mutter gekümmert. Wie ist es ihm nur möglich gewesen, eine Lüge über so eine lange Zeit aufrechtzuerhalten.

Die ganze Nacht bekam ich das Bild von dem schönen jungen Paar nicht aus dem Kopf, das vor fünfundfünfzig

Jahren Marokko verlassen hatte, um sich ein Leben im Land ihrer Träume aufzubauen, das nun in dieser verkommenen Dreizimmerwohnung geendet hatte. Es ist unfassbar, welche physischen und geistigen Veränderungen sie in diesen Jahren durchgemacht hatten. Was wohl mein Vater über die beiden denkt, er ist es schließlich gewesen, der damals den sympathischen französischen Soldaten in das Haus seines Vaters mitgebracht hat. Auch das kommt mir vor wie ein Mord: Colette und Renee haben langsam und schleichend die beiden jungen Menschen erstickt, deren Bilder ich nun in meiner Tasche trage. Sie würde mir Abzüge von den anderen Casablancafotos machen lassen und nach Deutschland schicken, hat Colette versprochen, das Foto von meinem vierzehnjährigen Vater hat sie mir nicht geben wollen, denn davon habe sie das Negativ nicht mehr.

Wisst ihr denn, wie sich das anfühlt, wenn man niemanden hat, auf den man sich verlassen kann? Was es bedeutet, einen Vater zu haben, um den man sich Sorgen macht, und nicht andersherum? Auf meine Fragen antwortet ihr immer wieder: So ist er eben! Das ist dein Vater. Wenn ich euch darauf hinweise, dass er mich verletzt und dass er doch wenigstens in der Beziehung zu mir Verantwortung übernehmen müsste, dann höre ich: Antoine sei eben Antoine, und der sei schon immer so gewesen.»

Ich drücke auf Stopp. Ich liege auf dem Bett in meinem Zimmer bei Elisabeth. Irgendwie muss ich noch erklären, vor allem mir selbst muss ich es erklären, warum ich meinen Stiefvater nicht als Vater empfinde, schließlich bin ich nicht allein mit meiner Mutter aufgewachsen, und selbst wenn es so gewesen wäre: Viele Kinder leben nur bei der Mutter, und es geht ihnen gut. Ich verstehe es selbst nicht, fast sechzehn Jahre lang habe ich mit Burkhardt gelebt, und nie habe ich mich ihm wirklich nahe gefühlt. Ich weiß nicht mehr weiter mit meiner «Rede an meine Familie», ist eine blöde Idee gewesen, ich werde sowieso niemals die Gelegenheit haben, ihnen das alles zu sagen, ganz gleich, wie gründlich ich mich vorbereite. Draußen schlägt das dicke Kabel von den Sonnenkollektoren gegen die Hauswand, das hing doch schon vor zwei Jahren genauso da, merkwürdig, dass das keiner repariert. Und die Fensterläden gehen auch nicht mehr zu, das Holz ist verrottet und hat sich verzogen. Was würde ich als Erstes in diesem Zimmer in Angriff nehmen, wenn ich es renovieren müsste? Unbedingt würde ich die Katzenhaare aus der Klimaanlage entfernen, der Belüftungskasten hängt genau über dem Kopfende des Bettes, man darf gar nicht zu genau in diesen Kasten hineinsehen, sonst mag man in diesem Zimmer keinen Atemzug mehr machen. Die Katzennippes auf der Kommode und in den Regalen würde ich auch entsorgen und die Wände neu streichen, dann die scheußliche Lampe austauschen. Ich schaue auf den Boden, den Boden kriegt man nicht mehr sauber, den müsste man neu fliesen lassen, und einen Teppich würde ich kaufen, in einem frischen Grün vielleicht. Ich richte gerne Wohnungen ein, bei meinem Vater im Antiquitätenladen durfte ich manchmal im großen Ausstellungsraum aus der wechselnden Ware ein exemplarisches Zimmer zusammenstellen.

Ich spule die B-Seite der Kassette an den Anfang zurück, sie ist beschriftet mit «Eschenallee, Berlin», ich weiß gar nicht mehr, was da drauf ist. Das Band stoppt, ich schalte das Diktiergerät ein und höre mit einem Mal Franchescas Stimme: «... wenigstens die Leute, die denken, mit mir stimmt was nicht.» Ich bin total überrascht, ich kann mich nicht daran erinnern, Franchesca je aufgenommen zu haben, ich drehe die Kassette um, spule wieder vor und schalte erneut ein.

«Es gibt so viele Dinge, die moralisch vorausgesetzt werden. Zum Beispiel, dass man seine Kinder lieben muss. Nur weil man die Mutter ist oder der Vater. Deswegen muss man seine Kinder lieben, und genauso müssen die Kinder ihre Eltern lieben», sagt Franchesca.

Jetzt höre ich meine Stimme: «Liebe Franchesca, die Leute sagen nicht, man *muss* seine Kinder lieben, sie lieben sie, behaupten sie doch immer.»

Franchesca: «Ja, genau.»

Ich: «Immer, wenn ich Kinder sehe, denke ich: O Gott, die armen Kleinen, sie haben noch das ganze anstrengende Leben vor sich.»

Franchesca: «Das denkst du? Ich wünsche mich ja so oft an den Anfang zurück. Ich wünschte, jemand gäbe mir die Chance, noch einmal von vorn anzufangen. Mit all dem Wissen, was ich jetzt habe. Warum darf ich es nicht nochmal versuchen? Wenn man etwas gezeichnet hat, das nichts geworden ist, nimmt man doch auch einfach ein neues Blatt.»

Ich: «Aber dann muss man doch alles nochmal erleben, wie mühsam!» Pause. «Für mich ist das so, dass ich nie mehr etwas Neues anfangen möchte.»

Wie merkwürdig. Ich stoppe das Band. Ich hatte dieses Gespräch völlig vergessen, aufgenommen hatte ich es, nachdem Franchesca in die Psychiatrie eingeliefert worden war. Sie war nach dem Tod ihrer Mutter zusammengebrochen, und zwar nicht, weil sie so verzweifelt gewesen wäre, sondern weil sie eben nicht traurig hatte sein können. Wie viele Jahre ist das her? Kennen wir uns wirklich schon so lange?

Es ist erstaunlich, wie vertraut wir miteinander sprechen, ich habe gar nicht mehr gewusst, dass so etwas zwischen uns möglich ist, ich muss ihr davon erzählen! Vorher werde ich mir das Band anhören:

Franchesca antwortet: «Ich will nur etwas anfangen, wenn ich weiß, dass ich nicht scheitern werde. Das heißt, mein nächster Anfang muss so perfekt sein, dass ich nicht weiß, wie ich anfangen soll.» Wir lachen beide, dann redet Franchesca weiter: «Sobald ich etwas anfange, denke ich: Wozu? Was habe ich davon? Dabei kann ich dazu ja noch nichts sagen an dieser Stelle, denn der Anfang ist meistens wirklich nicht das Beste. Man muss sich Zeit geben, über den Anfang hinwegzukommen …» Dann eine Pause, ich höre, wie Franchesca die Luft einzieht, dann sagt sie: «Also …», dann wieder Pause. «Es ist nicht nur, dass ich immer diese Qual des Anfangs spüre», spricht sie mit veränderter Stimme weiter, «mir wird klar, dass ich ein Mensch bin, der gar keine Identifikation kennt, ein Mensch, der immer nur sucht. Wie kann so …» «Was hat das Kleid gekostet, sagst du? Neununddreißig Euro?» Plötzlich wird Franchesca durch Colettes laute Stimme unterbrochen. Sofort begreife ich, dass ich bei Colette unser Gespräch überspielt habe, so etwas Gedankenloses. «Neununddreißig Euro sind fünfundvierzig Dollar, oder? Das ist nicht teuer. Ist das Baumwolle? Hoffentlich läuft es nicht mehr ein, sitzt ja jetzt schon ganz schön eng.»

Gleich darauf höre ich wieder meine eigene Stimme, diesmal mit Verkehrslärm im Hintergrund: «Wisst ihr denn, wie sich das anfühlt, wenn man niemanden hat, auf den man sich verlassen kann? Was es bedeutet, einen Vater zu haben, um den man sich Sorgen macht, und nicht andersherum?»

Wie konnte mir das passieren? Aber wenigstens den übrig gebliebenen Teil unseres Gespräches will ich vor weiteren Überspielungen bewahren, ich nehme die Kassette aus dem Gerät, schreibe «Franchesca und ich über Anfänge» darauf, dann drehe ich sie auf die andere Seite und höre mir den Anfang der alten Aufnahme an.

Ich war übrigens bei Colette», sage ich zu Ines, die ein Dutzend Salate aus dem Kühlschrank holt und auf dem Küchentisch in Schälchen umfüllt. «Tatsächlich», sagt Ines, «wie geht es ihr?» «Ganz gut», antworte ich. Ob Ines weiß, wie dick die Schwester ihres Mannes geworden ist? Schließlich hat sie sie die letzten acht Jahre nicht gesehen. Es klingelt, Dana, eine ihrer vier Töchter, kommt mit ihren zwei Kindern herein. «Hallo, wie geht es dir, meine Liebe», sagt Dana. Sie hat drei Jahre mit ihrem Mann in Berlin gelebt, als dieser Pressesprecher der israelischen Botschaft war, und spricht ein akzentfreies Deutsch. Nitzan und Marvin umarmen ihre Oma, dann setzen sie sich an den Küchentisch, und Nitzan bohrt als Erstes ihren Finger in die Avocadocreme. Als ich sie streng ansehe, streckt sie mir die Zunge raus. Ines sagt: «Yael war in Beerscheba bei Colette!» «Wirklich», sagt Dana. «Und? Ist sie immer noch so fett?» Ines und Dana lachen.

«Und Renee? Sag, wie geht es Renee?», fragt mich Ines. «Ich weiß nicht.» «Wie, du weißt nicht? Du hast ihn doch gesehen», zieht mich meine Tante auf. «Ja, natürlich. Renee und Colette geht es gut, ich glaube aber, dass sie nicht oft Besuch haben und viel Fernsehen schauen.»

«Onkel Shmuel hat Renee und Colette doch auch vor ein paar Jahren besucht und erzählt, dass Renee manchmal tagelang das Haus nicht verlässt und nur noch vor der Glotze hängt.» «Das ist Colettes Schuld», sagt meine Tante. «Sie hat ihn mit ihrer Nörgelei und ihrer schlimmen Art so deprimiert. Sie sollte froh sein, dass sie einen Mann hat. Sie sollte dafür sorgen, dass er sich regelmäßig anzieht, sich wäscht und pflegt. Ich würde nicht zulassen, dass mein Mann so verkommt.» Dana nickt dazu. Ich sage: «Wieso, das kann er doch selbst.» «Was redest du da», Ines ist fast ärgerlich. «Eine Frau muss sich um ihren Mann kümmern.» Sie nimmt ein Blech mit gebratenen Hühnerbeinen und ein zweites mit Fisch und gebackenen Kartoffeln aus dem Herd. Es klingelt, Miki, ihre jüngste Tochter, ist gekommen. Kaum steht sie mit ihrem Mann und ihrem Kind im Flur, klingelt es erneut. Die nächste halbe Stunde kommen ständig neue Gäste. Umarmungen, Küsschen, Lachen, Komplimente. Ich stehe am Rand und beobachte die Szenerie. Wie leicht es ihnen fällt, herzlich zu sein und anderen ein gutes Gefühl zu geben.

Meine Cousine Roni tippt mir von hinten auf die Schulter, ich drehe mich um und lasse mich von ihr umarmen. Roni mag ich von allen Cousins und Cousinen am liebsten, sicher liegt es auch daran, dass sie sich als Einzige mit mir zu zweit trifft, ihren Mann bringt sie nicht mehr mit, denn von dem lässt sie sich gerade scheiden.

Eine Viertelstunde später sitzen über dreißig Leute an der langen Tafel, Romain sitzt links, Roni rechts von mir. «Was willst du essen?», fragt meine Tante Nitzan. «Spaghetti mit Tomatensoße», antwortet sie, ihr Bruder möchte Pizza, Rutis Töchter wissen nicht, was sie essen wollen. «Soll ich euch ein Omelett machen?», fragt meine Tante, die beiden Mädchen schütteln den Kopf. Miki hat ihre Tochter auf den Schoß genommen und füttert sie mit Eiscreme. «Die Kleine isst nichts außer Schokolade und Kuchen, was soll ich machen? Wir haben alles versucht.» Marvin, der dreijährige Sohn von Dana, gießt sich gerade sein drittes Glas Cola ein, die Zweiliterflasche hält er mit beiden Händen umfasst, sein Gesichtsausdruck ist konzentriert. Seine Mutter versucht, sie ihm wegzunehmen, sofort fängt er an zu schreien. «Yael, nimm dir doch, du hast ja gar nichts auf dem Teller.» Gleich darauf wird mir eine große Portion Auberginenmus aufgetan, der Teller ist ruiniert, ich hasse Auberginenmus, das umso mehr gelobt wird, je angebrannter es schmeckt. «Gibt es noch von dem Rote-Bete-Salat?», fragt Ya'aras Mann, ich springe auf. In der Küche treffe ich Ines, die gerade das Spaghettiwasser abgießt.

Als ich die neue Schüssel Rote-Bete-Salat auf den Tisch stelle, sagt Dana: «Wusstest du, dass Antoine die Gizella einmal nach Israel mitgebracht hat? Zur Beschneidung von Marvin. Wir alle haben sie gut leiden können, eine nette Frau.» «Wirklich?» Diese Neuigkeit erstaunt mich sehr: Warum hat er mir von der Reise mit Gizella nichts erzählt, ich bin doch eigentlich diejenige, die alles über seine Frauengeschichten weiß. «Ja. Sie war sehr liebenswürdig, sie hat sich gleich mit allen gut verstanden.» «Sie hat uns nach Ungarn eingeladen», bestätigt Shmuel, «in ihr Haus am Plattensee.» Ines füllt Spaghetti auf Nitzans Teller, die jedoch ist längst aufgestanden und in Richtung Kinderzimmer verschwunden. «Sie haben gut zusammengepasst, die beiden, dein Vater und sie.» «Na ja», sage ich.

«Und sehr gepflegt», ruft Romain mit vollem Mund. «Antoine hat doch immer die tollsten Frauen. Erinnerst du dich an die Französin? Elsa hieß sie, glaube ich.» Pierre zeichnet imaginäre Kurven vor seine Brust.

Dann sehe ich Jakob mit Ruti flüstern, Ruti lacht, einen kurzen Augenblick denke ich, sie lachen über mich.

Mir wird bewusst, dass die angeheirateten Angehörigen gar nichts mit meinem Vater verbindet. Viel zu oft schon haben sie im Laufe ihrer Ehen von Antoine gehört, er ist ein Mann, der sie einfach nur nervt. Warum sollte sich Jakob, der Einkaufsleiter, oder Mordechai, der Chemiedozent, um meinen Vater sorgen? Selbst Roni neben mir hat Besseres zu tun, als sich den Kopf zu zerbrechen über ihren Onkel in Deutschland, sie hat ihren eigenen Vater, der lange Zeit krank gewesen ist, und ihren Sohn Nir, von dem sie fürchtet, er könne durch die Scheidung einen Knacks bekommen. Vorhin in der Küche, als ich Dana vom Verdacht Colettes gegen meinen Vater berichtete, hat sie nur abgewunken: «Lass doch deinen Vater, der streunt in der Welt herum und kommt schon zurecht. Gründe lieber eine Familie und lebe dein eigenes Leben!»

Warum nur will hier keiner verstehen, dass ich in Deutschland nur meinen Vater habe und nicht drei Geschwister wie Dana und ein Dutzend Tanten und Onkel und über vierzig Cousins. Begreift sie nicht, dass es dieses Mal ernst ist mit seinem Verschwinden, bei mir in Berlin ist eingebrochen worden, das kann sie doch nicht einfach so abtun. Aber es hat keinen Zweck, mit ihr zu reden, sie kreist nur um sich selbst.

Ich wende mich an Romain, schließlich kennt er meinen Vater am längsten: «Glaubst du, dass Antoine mit dem Tod von Gizella etwas zu tun hat?» Romain stellt sein Glas ab, Pierre neben ihm will wissen, was ich gesagt habe, Romain beugt sich zu ihm und schreit ihm meine Frage ins Ohr.

Pierre schaut zu mir herüber und denkt nach, dann dreht er an seinem Hörgerät: «Hast du mit ihm gesprochen, nachdem er aus Budapest zurück gewesen ist?» «Ja, einmal am Telefon, ich wusste natürlich zu diesem Zeitpunkt nicht, dass er überhaupt in Budapest war!», schreie ich. «Worüber habt ihr euch unterhalten?» Ich muss nicht überlegen, das Gleiche hatten mich die Beamten vor vier Wochen auch gefragt: «Er wollte Joseph treffen wegen irgendwelcher Uhren, dann hat er mir erzählt, was er gegessen hat, und gefragt, ob ich ihm die Django-Reinhardt-CD schicken kann.» «Django Reinhardt? Wer ist Django Reinhardt?», fragt Romain.

Wieder denkt Pierre nach, dann sagt er vorsichtig und leise: «Antoine hat damit nichts zu tun. Keine Sekunde glaube ich das.» Er schaut zu Romain, der nickt auch. «Aber wo ist er?», frage ich, Romain macht sofort eine wegwerfende Geste, Pierre seufzt. «Ja, hoffentlich ist ihm nichts passiert.»

Am anderen Ende des Tisches hat jemand einen Witz erzählt, es wird gelacht. Dana steht auf, spricht laut und aufgeregt auf Hebräisch und hält dabei ihre Fingernägel in die Runde, wieder lachen die meisten, auch Roni. Dies ist meine Familie, aber dennoch gehöre ich nicht hierher. Sie haben mich akzeptiert, aber sie werden mir nicht geben können, was ich als Kind vermisst habe. Meine Cousins und Cousinen fühlen sich nicht verantwortlich für mich. Ich schaue sie mir genau an, jeden Einzelnen, in der Reihenfolge, in der sie am Tisch sitzen: Alle sind sie verheiratet und haben Kinder. Ich spüre, dass ich gleich losheulen muss, nicht schon wieder, denke ich, stehe auf und gehe ins Bad. Nachdem ich mir das Gesicht gewaschen habe, habe ich keine Lust mehr, ins Wohnzimmer zu gehen.

Im Kinderzimmer läuft ein Trickfilm, Nitzan dreht sich nach mir um, hält mir ihre leere Tasse entgegen und sagt etwas, das ich nicht verstehe, dann wendet sie sich wieder dem Bildschirm zu. Ich hole Wasser aus der Küche, es scheint aber nicht das Gewünschte zu sein, denn Nitzan gibt mir die Tasse wieder zurück, nachdem sie hineingeschaut hat.

Ich setze mich aufs Bett, neben mir liegt ein schlafender Säugling, pfeifend atmet er ein und aus. Ich muss an meinen Vater denken, daran, dass ich ihn am Telefon gefragt hatte, ob ich weiterstudieren soll oder nicht. Er hatte gemeint, er werde darüber nachdenken, dass ich aber wissen solle, ganz gleich, wie ich mich entscheide, dass er und ich nicht für ein Biedermeierleben gemacht seien. Ein Biedermeierleben. Er und ich. Er hatte das ganz selbstverständlich gesagt, ohne jede Spur von Zweifel. «Ich bitte dich nur um eins, Yael, frag die anderen nicht, was du tun sollst. Sie sehen diese Angelegenheiten anders als wir.» Mit den anderen hatte er meine Freunde und vor allen Dingen unsere Familie gemeint, das begreife ich nun. Ich fühle mich langsam besser, nicht mehr ganz so einsam wie vorhin am Wohnzimmertisch.

Roni schaut zur Tür herein: «Hier bist du.» Sie setzt sich neben mich aufs Bett, der Säugling wacht auf. «Der ist so niedlich, der Kleine», sagt Roni. «Willst du denn kein Baby?» Ich breche in Tränen aus, sage: «Ihr habt wohl alle Mitleid mit mir und denkt, mit mir stimmt was nicht, weil ich schon so alt bin und immer noch kein Kind habe.» Roni macht ein erschrockenes Gesicht: «Was redest du? Niemand denkt schlecht über dich, wir wünschen dir doch nur das Beste!» Sie umarmt mich, und ich lege mein tränennasses Gesicht auf ihre Schulter.

Danny, die Tochter von Ruti, kommt herein, sie hat schon begriffen, dass ich kaum Hebräisch spreche, sie zeigt mit dem Finger auf mich und fragt Roni: «Warum weint sie?» «Sie ist traurig», sagt Roni, «geh mal zu den anderen.»

«Warum ist Yael traurig?» Roni antwortet: «Weil ihr Papa nicht da ist.» «Ach so», sagt Danny und schaut mich mit einer Mischung aus Neugier und Mitgefühl an.

Als ich mir mit einem Taschentuch das Gesicht abgetrocknet und die Nase geputzt habe, frage ich Roni, ob sie in den nächsten Tagen Zeit für mich hat. «Natürlich», antwortet sie, «ich treffe mich gern mit dir.»

Hannah und ich treffen uns am Zentralen Busbahnhof in Tel Aviv. Lange Schlangen bilden sich vor den Eingängen, sämtliche Koffer und Taschen der Reisenden werden durchsucht, doch wir haben Zeit, noch eine Dreiviertelstunde bis zur Abfahrt des Busses nach Jerusalem. Meine Freundin hat mich gestern angerufen, ob ich sie am Dienstag begleiten möchte, sie besuche ihre ehemalige Konvertitenschule, die Jeshiwa. Sie würde sie mir gerne zeigen, sagte sie, denn dies war der Ort, an den sie sich vor drei Jahren zurückgezogen hatte, um ihr bisheriges Leben zu überdenken, und wenn möglich, ein neues anzufangen. Ich war froh über diese Einladung, nach unserer Begegnung bei der Ausstellungseröffnung hatte ich mir geschworen, nicht mehr bei ihr anzurufen. Aber obwohl sie so unaufmerksam ist, mag ich sie, sie hat mir gefehlt.

Der heruntergekommene, mehrstöckige Busbahnhof ist ein Labyrinth, die An- und Abreise der Busse folgen einem scheinbar unergründlichen System. Hannah kauft an einem der Schalter im sechsten Stock unsere Karten, dann gehen wir hinunter in den vierten Stock. Gelangweilte junge Männer mit Maschinengewehren bewachen das Fahrdeck, unser Gepäck wird eingeladen, wir setzen uns nach hinten.

Als sämtliche Plätze besetzt sind, drängen sich noch viele Leute an der Tür, der Busfahrer schiebt sie mit beiden Armen zurück. «Der nächste Bus nach Jerusalem fährt in einer Stunde», erklärt er einem asiatisch aussehenden Mann. Eine dicke ältere Frau fragt immer wieder auf Deutsch ihre Begleiterin, die währenddessen laut auf den Busfahrer einredet: «Wann, wann geht der Bus, Sara, wann?»

Endlich fahren wir los. «Die Strecke zwischen Tel Aviv und Jerusalem kenne ich gut», sagt Hannah, «diese getrennten Welten, nur zwei Fahrstunden voneinander entfernt: die Jeshiwa in Jerusalem und die weltliche Großstadt Tel Aviv.» Wenn sie Sehnsucht danach hatte, sich zu amüsieren, auszugehen und zu flirten, wenn sie die Atmosphäre eines von der Religion bestimmten Alltags nicht mehr ausgehalten hat, hat sie ihr weniges Geld in Bustickets umgesetzt und ist nach Tel Aviv gefahren. «Das bedeutete die Woche darauf in Jerusalem den Verzicht auf Cafébesuche und andere Extras.»

«Die Jeshiwa kostet dreihundert Euro», erklärt sie mir, «wer kein Geld hat, darf umsonst bleiben.»

Viola aus Österreich hat uns heute eingeladen, sie ist bald fertig mit ihrem Jahr, und der Rabbiner schaut bereits nach einem jüdischen Mann für sie. Das ist nicht leicht, denn sie ist schon über dreißig, und sie soll doch noch viele Kinder bekommen. Hannah hat Glück gehabt, sie hat Mario aus Bremen kennengelernt bei einem ihrer Ausflüge nach Tel Aviv, nur zwei Monate später haben die beiden in Deutschland geheiratet. «Es war eine Erleichterung, die Jeshiwa zu verlassen, auch wenn ich diese Zeit nicht missen möchte.»

Im Bus fängt eine Frau mit brüchiger Stimme zu singen an, Lobpreisungen auf das Heilige Land, ein älterer Mann herrscht sie an. «Beruhige dich», unterstützt ihn ein jüngerer Soldat. Die Frau protestiert, keift die nächsten Strophen mit wütendem Gesicht in die Richtung des Mannes. Andere Fahrgäste weisen den Mann zurecht: Soll die Frau doch singen, wenn sie möchte.

Die Frau lehnt sich befriedigt in ihren Sitz zurück, erhebt ihre Stimme und singt laut und krächzend ihr Lied. Der Soldat setzt sich Kopfhörer auf. Als sie das Lied beendet hat, klatschen einige. Lächelnd dreht sie sich um und fängt ein nächstes an. Ich schaue aus dem Fenster in die Landschaft. Die Frau singt bis nach Jerusalem.

Zielstrebig läuft Hannah durch das Viertel Ramot Eshkol, vor einem altmodischen, schmutzigen Lebensmittelgeschäft stehen viele orthodoxe Männer in ihrer typischen Kleidung, sie grüßt einige davon. «Sie streunen hier herum», sagt sie, «denn hier kommen viele Ausländerinnen einkaufen. Besonders diejenigen, die Jüdinnen werden wollen, sind leicht zu kriegen. Die Männer müssen nur ein bisschen Konversation machen: Was denkst du über Jüdischkeit, Monika oder Sandra? Mit den Schicksen ist es keine Sünde, und billiger als eine Einladung in ein Restaurant ist es auch.»

Das Haus, in dem eine Etage für die Mädchen aus der Jeshiwa reserviert ist, ist völlig heruntergekommen. In den beiden Wohnungen mit drei beziehungsweise mit vier Zimmern leben durchschnittlich neunzehn Mädchen, erklärt Hannah. Die männlichen Religionsschüler, weitaus weniger an der Zahl, leben einen Block weiter. Hannah kennt keinen davon, sie weiß nur die Adresse.

Sie klopft an die Wohnungstür, von drinnen hört man einen Aufschrei. Viola öffnet die Tür und umarmt Hannah stürmisch, sie lässt sie gar nicht mehr los und ruft in einem fort: «Shalom, meine Liebe, Shalom. Meine Süße, wie freue ich mich, dich zu sehen.» Das kommt mir komisch vor, ich kenne Hannah schon lange und weiß, dass sie Berührungen und Geschrei hasst. Wir setzen uns an einen Holztisch gleich hinter der Wohnungstür. Zwei blonde Mädchen in weißen Unterkleidern putzen in der angrenzenden offenen Küche und in ihrem Zimmer, sie laufen mit ihren Plastikeimern mehrmals an uns vorbei, grüßen uns aber nicht.

Hannah legt ihre Hand auf den Arm der ehemaligen Bettnachbarin. «Wie schön, ich beneide dich, ich habe nicht durchgehalten, aber ich finde es gut, wenn jemand diesen Weg geht.» «Ja», Viola nickt selig. Sie verhält sich auch mir gegenüber sehr herzlich. Sie ist nett, nein, mehr als nett, voller Wärme und Güte.

Sie lerne zurzeit das Vertrauen in Gott, erklärt sie, und sie möchte nicht mehr in ihr früheres Leben zurück, so einsam habe sie sich gefühlt, so getrennt von den Menschen und wusste nicht, wieso. Jetzt weiß sie es: Sie habe immer nur ihre eigenen Ziele und Wünsche vor Augen gehabt und geglaubt, sie müsse sich alles selbst erkämpfen. «Aber irgendwann habe ich erkannt, wie machtlos ich bin», sagt sie, «denn manche Dinge kann man nicht beeinflussen, wie zum Beispiel Michaels Gleichgültigkeit mir gegenüber. Michael ist der Mann, den ich liebte. Ich konnte machen, was ich wollte, er liebte mich nicht! Ich war nicht gut genug für ihn, obwohl ich das Gefühl hatte, nicht atmen zu können ohne seine Liebe. Dabei wäre alles so einfach gewesen, ich hätte meine Wünsche in Gottes Hände legen sollen.» Vor drei Jahren hat sie alles, was sie besessen hat, in die erste Reise nach Israel investiert, doch nach einem halben Jahr war die Sehnsucht nach daheim und nach Michael zu groß, und sie kehrte nach Österreich zurück. Aber Michael hat keine Sehnsucht gehabt, es war ein Rückfall in alte Muster. Nun ist sie wieder hergekommen. Nie hat sich Viola vorstellen können, in einer solchen Umgebung zu leben, mit den Kakerlaken und den unzureichenden sanitären Anlagen, sie ist eine ordentliche und empfindliche Person, hat aus diesem Grund auch nie in einer Wohngemeinschaft gewohnt und schläft nun mit drei anderen Mädchen in einem Zimmer. In diesem Zimmer stehen ihr ein Bett, ein Nachttisch und ein Regalbrett an der Wand zur Verfügung. «Und in dieser Einfachheit liegen mit einem Male ein Frieden und eine Erleichterung, die ich nie zuvor verspürt habe.»

«Du musst, was Viola sagt, auf dein Diktiergerät aufnehmen», sagt Hannah. «Auf welches Diktiergerät?», fragt Viola. «Yael hat ein Aufnahmegerät dabei, damit dokumentiert sie die Geschichte ihres Vaters.» «Oh, wie spannend!», ruft Viola. «Ich spreche gerne auf das Gerät, ich möchte meine Erfahrungen mit anderen Menschen teilen.»

Beim ersten Mal hat sie natürlich gehofft, dass Michael von ihrer dramatischen Abreise erfahren hat und sich nach ihr sehnt und nach ihr fragt. Dieser Plan war nicht aufgegangen. «Ich habe mich bei meinem ersten Aufenthalt nur auf mein eigenes Leid konzentriert. Heute lerne ich, jedes Geschenk mit offenen Armen anzunehmen, zum Beispiel habe ich gestern eine Mango kaufen wollen, etwas Gesundes, denn ich habe die letzten drei Tage nur Reis mit Soße gegessen.» Viola lacht. «Drei Schekel haben mir gefehlt, was war ich traurig. Und plötzlich hat mich ein alter Mann angesprochen und gefragt, ob ich ihm seine Einkäufe nach Hause tragen könne. Ich habe gesagt ‹gerne›, ohne Hintergedanken, und habe ihm die Tüten bis zu seiner Wohnungstür getragen, und dann hat er mir genau drei Schekel geschenkt, und ich habe mir die Mango kaufen können. Das war ein Zeichen von Gott, verstehst du? Gott sorgt für mich», sagt sie mit angestrengt erfreutem Gesicht. «Die Mango ist sooo köstlich gewesen, jeden Bissen habe ich genossen!» «Das ist eine schöne Geschichte», bestätigt Hannah, sie strahlt mich an, ich stimme ihr zu: «Ja, sehr schön.» Aber ich bin genervt.

Es klingelt, Viola geht zur Tür, spricht kurz, kommt zurück und ruft Sascha. Eins der blonden Mädchen geht zur Tür, nur mit ihrem Unterrock bekleidet und mit dem Besen in der Hand. Kurz darauf trägt sie eine Kiste mit Gemüse in den Flur, stellt sie hinter uns ab, geht erneut zur Tür und kommt mit einer zweiten. Ohne uns eines Blickes zu würdigen, nimmt sie ihren Besen, den sie an die Wand neben Violas Stuhl gelehnt hat, und macht sich mit ihrer Freundin wieder an die Arbeit. Viola steht auf und schaut in die Kisten. «Die sind von einem Gemüsehändler. Jeden Dienstag- und Freitagnachmittag, wenn der Markt vorbei ist, bringt er uns die Ware, die er nicht verkauft hat, so haben auch wir einmal in der Woche und am Sabbat etwas Gutes», erklärt sie mir. «Ich gehe aber nicht an die Tür und nehme ihm die Kisten ab, so mit offenem Haar, schließlich ist er ein Mann. Normalerweise dürfen Männer überhaupt nicht ins Haus, schon gar nicht an die Wohnungstür, aber weil er spendet, macht unser Rabbiner eine Ausnahme.» Sie sortiert das Obst und das Gemüse auf den Küchentisch, bei jeder Frucht ruft sie entzückt aus: «O Hannah, schau, ist das nicht ein herrlicher Pfirsich!», oder: «Und diese schönen Zucchini, das wird ein Festmahl!» Hannah nickt, ich schalte mein Diktiergerät aus.

Wir wollen uns ausruhen von der Fahrt. Ingrid und Charlotte, Violas Mitbewohnerinnen, sind über das Wochenende nicht da, wir dürfen uns in ihre Betten legen. Die

Matratzen sind alt und durchgelegen, als Bettzeug dienen Armeedecken. «Fühl dich wie zu Hause in unserem einfachen Heim», sagt Viola zu mir, sie muss mit dem Kochen anfangen, bevor es dunkel wird, sie wird dann das Essen für uns warm halten, bis wir aufstehen. «Was ist ein Abend ohne Gäste? Ich freue mich so, dass ihr hier seid», sagt sie und deckt mich zu wie eine Mutter ihr Kind.

Als wir aufstehen, riecht es deutlich nach Schweinefleisch. Ich gehe in die Küche. Viola sitzt mit dem Rücken zur Küche, rümpft die Nase, die Stimmung ist schlecht. «Stell dir vor, Yael», mault sie. «Die Russinnen braten und kochen, ohne das Geschirr zu trennen. Sogar am Freitagabend machen sie das, dabei wohnen sie hier umsonst, Essen inklusive, und auch den Hebräischunterricht müssen sie nicht bezahlen.» Sie senkt die Stimme: «Sie halten uns alle auf, weil sie nie lernen. Die wollen doch gar nicht Jüdinnen werden, sitzen nur rum, ich weiß nicht, warum unser Rabbiner das zulässt. Und weißt du, was sie heute essen? Mit Hackfleisch gefüllte Wareniki mit Joghurtsoße!» Die ältere der beiden Russinnen geht an uns vorbei, ich lächele sie an, denn ich hatte, als Viola sprach, plötzlich den Gedanken, dass sie vielleicht so unfreundlich sind, weil sie sich in diesem Land nicht willkommen fühlen. Die Russin schaut mir direkt ins Gesicht und lächelt nicht zurück. Ich gehe auf die Toilette. Das Badezimmer ist eines von denen, in dem nie sichtbar ist, ob gerade sauber gemacht wurde oder nicht: braune Kacheln, ein verkalkter Gummischlauch statt eines Duschkopfes und der Abfluss einfach in der Mitte im Boden eingelassen. Hat jemand geduscht, was vor kurzem der Fall war, ist alles nass, auch der Klodeckel und die Klobrille. Wie unangenehm, ich wische an meinen nassen Beinen herum, ich will zurück nach Tel Aviv, dabei hatte ich mich auf Jerusalem gefreut. Als ich aus dem Bad komme, sitzt Hannah schon am Tisch, Viola serviert Kaffee aus einer Thermoskanne. Sie ist noch nicht hinweg über ihre schlechte Laune, der Zwist mit den Russinnen scheint von Dauer zu sein. Sie beschwert sich bei Hannah: «Wir leben hier, Ingrid, Charlotte, Kerstin und ich, und sind ernsthaft bemüht, ein wirklich jüdisches Leben zu führen, und sie nehmen auf unsere religiösen Gefühle keine Rücksicht. Der Staat Israel zahlt ihnen alles, und sie kaufen sich davon Meeresfrüchte und Schweinefleisch.»

Sie füllt unsere Teller mit Gemüsesuppe. Weil ich mich ärgere über Violas weinerliche Art, sage ich: «Weißt du etwas von den Mädchen, woher sie kommen und weswegen sie ihre Heimat verlassen haben? Sie leben in einem für sie fremden Land und müssen sich zurechtfinden ohne Familie und Freunde. Sicher hatten sie andere Gründe, hierherzukommen, aber das heißt nicht, dass ihre Not kleiner war als deine.» Ich habe mich in meine pathetische Rede hineingesteigert, und tatsächlich, Violas Augen werden feucht: «Wie recht du hast, Yael, du hast mich nachdenklich gemacht, dafür danke ich dir. Ich werde mich in Zukunft ihnen gegenüber freundlicher verhalten. Jetzt erst begreife ich, was ich zu dieser Situation beigetragen habe. Rabbi Judkovich hat auch gesagt: Jüdisch zu sein bedeutet nicht nur, koscher zu essen und zu beten, jüdisch meint, ein wirklicher Menschenfreund zu sein.»

Nach dem Essen räume ich den Tisch ab, ich schaue in die benutzte Pfanne auf dem Herd, eklig, dieses Hackfleisch. Das ältere der russischen Mädchen kommt aus ihrem Zimmer, sie geht mit steinernem Gesicht an mir vorbei an den Kühlschrank und nimmt eine Colaflasche heraus. Als ich in den Flur gehe, weil ich mir im Bad die Zähne putzen will, spricht sie mich an, in einem grauenhaften Englisch: «Bist du Deutschland?» Ich sage: «Ja, ich heiße übrigens Yael.» «Deutschland gut?», fragt sie. Was soll ich dazu sagen, was will sie wissen, ich zucke mit den Schultern. «Wir haben gehört, Leute wie wir kriegen soziales Geld, müssen nicht arbeiten, das wahr?» Ich schaue sie an, versuche, ihr Alter zu schätzen, sicher ist sie nicht älter als zwanzig. «Wir wollen weg», erklärt sie, zeigt dabei auf die Badezimmertür und die hinteren Zimmer, «hier dreckig und wenig Platz, wir wollen nach Deutschland, da gibt es eigene Wohnung und soziales Geld.» «Ist das alles, was du willst?», frage ich sie. «Was fragst du», antwortet sie. «Hast du keine anderen Pläne für dein Leben?» Sie geht einen Schritt zurück und streckt ihren Rücken durch: «Kannst du helfen, ja oder nein?» «Nein», sage ich. Sie dreht sich um und geht in ihr Zimmer. «Dumme Kuh», rufe ich ihr auf Deutsch nach und setze mich zurück an den Tisch, an dem Viola gerade beschlossen hat, diese blöden Menschen noch netter zu behandeln.

Viola ist schon früh in die Synagoge gegangen, Hannah wird noch in Jerusalem bleiben und eine Freundin besuchen. Mich hält hier nichts mehr.

In der Nähe des Zentralen Busbahnhofs warte ich auf meinen Onkel Romain, der mir gestern angeboten hatte, mich mit dem Auto abzuholen. «Was macht denn die Hannah in der Jeshiwa?», fragt mein Onkel, als wir aus der Innenstadt heraus sind. «Sie wollte zum Judentum konvertieren.» «Ist sie denn keine Jüdin? Sie hat doch einen israelischen Pass.» «Ihre Mutter war keine Jüdin.» «Ich verstehe», sagt er, dann fragt er mich, was das für Frauen sind, die in die

Jeshiwa kommen, aus welchem Land sie sind und warum sie in Israel leben wollen. «Ein Unsinn ist das, da machen die Orthodoxen alle zwölf, dreizehn, vierzehn Kinder, als wenn es nicht genug Menschen gebe in diesem Land, und dann überreden sie wildfremde Menschen, es ebenfalls zu tun», sagt Romain. «Ist das denn überhaupt anerkannt, wenn eine christliche Österreicherin konvertiert, gelten dann ihre Kinder als jüdisch?», will ich von meinem Onkel wissen. «Den Schönsten ihrer acht Söhne werden sie so einer Konvertitin nicht geben, wenn sie orthodox sind, vielleicht den Benjamin: Er hinkt zwar ein wenig, und sein Kopf ist etwas langsam, aber er ist ein guter Junge.» Ich muss lachen, mein Onkel verzieht keine Miene.

Als wir in Tel Aviv angekommen sind, werfe ich eine Postkarte in den Briefkasten. Ich habe sie im Busbahnhof in Jerusalem geschrieben, während ich auf meinen Onkel wartete:

«Lieber Burkhardt, verzeih, dass ich nicht zu Deinem Geburtstag gekommen bin und erst so spät schreibe. Hier ist viel passiert, ich erzähle Euch bald davon.

Nachträglich meine besten Glückwünsche. Yael.»

«Ich will erfahren, wer mein Vater ist und wo er herkommt, versteht ihr das? Ich würde euch gerne ein paar Fragen stellen.» «Ja, natürlich, frag, was du möchtest», sagt Romain. Nachdem er mit meiner Tante Ines die Küche aufgeräumt hat, setzt er sich mit ernstem Gesicht an den Küchentisch, ich schalte das Gerät an. Ines fragt: «Was macht ihr da?» «Habe ich dir doch eben erklärt», antwortet Romain, «Yael will eine Aufnahme machen über Antoine.» «Über Antoine, wieso?» «Lass uns mal fünf Minuten, Ines, über seine Geschichte.» «Über sein Leben? Ihr tut ja gerade so, als ob er tot wäre!» Romain seufzt und gibt mir mit einer Handbewegung zu verstehen, dass ich ausschalten soll. «Yael will von mir etwas über unsere Familie und über früher erfahren.» «Dann zeig ihr doch unsere Hochzeitsfotos.» «Die will sie aber nicht sehen.» Romain steht auf, geht ins Wohnzimmer und lässt sich auf das blaue Sofa fallen. «Warum nicht, die sind doch sehr schön.» Ines folgt uns ins Wohnzimmer und bückt sich, um aus einer der unteren Schubladen der Schrankwand ein Fotoalbum zu holen, dann setzt sie sich in einen Sessel und winkt mich zu sich. Geheiratet haben sie und Romain noch in Marokko, aber sie wusste, dass er sie nach Frankreich mitnehmen würde. «Er ist nämlich französischer Staatsbürger und Soldat gewesen», sagt sie. «Hier ein Foto von Romain in französischer Uniform.» Sicher ist er ein Glücksgriff für sie gewesen, Tochter armer Eltern mit neun Geschwistern. Es gibt nur wenige Bilder von dieser Hochzeit, denn ein Fotograf war damals sehr teuer. «Es ist der schönste Tag im Leben einer Frau, wir hatten über vierhundert Gäste.» Ines lacht. «Über Antoine kann ich dir aber auch etwas erzählen, ich erinnere mich nämlich, dass mich meine Mutter vor ihm gewarnt hat.» «Sie hat dich vor ihm gewarnt?», Romain ist erstaunt. «Als wir geheiratet haben, da war er doch, warte mal, erst dreizehn oder vierzehn Jahre alt.» «Tja», sagt Ines. «Dein Vater war eins der wenigen jüdischen Kinder, die mit Arabern gespielt haben, und das war nicht gern gesehen, damals in Casablanca.» Sie wendet sich an Romain. «Erinnerst du dich an Le Hatsch-Kroni? Alle hatten einen Heidenrespekt vor ihm, auch die arabischen Nachbarn, nur Antoine nicht, er hat ihn regelmäßig besucht, er hat uns sogar erzählt, dass er die drei Frauen von Le Hatsch-Kroni ohne Schleier gesehen hat!» «Eine Araberin mit hellem Gesicht und großen braunen Augen ist schon etwas Schönes», sagt mein Onkel. «Woher willst du das wissen, du warst doch nie bei Le Hatsch-Kroni. Hat dein Vater eigentlich immer noch so viel Kontakt mit Arabern in Deutschland? Dein Opa hat immer gesagt, das wird ihm eines Tages noch einmal Unglück bringen.» «Was erzählst du Yael da? So etwas hat mein Vater nie gesagt.» Ines packt das Fotoalbum zur Seite. «Übrigens, Romain, Miki kommt gleich und bringt ihre Kleine, sie hat doch heute Nachtschicht.» Romain steht auf und sucht seine Brille. Meine Tante fragt: «Yael, möchtest du heute über Nacht bleiben, und was willst du essen?»

Post für dich», sagt Elisabeth. Die Karte ist von Franchesca, der Brief von Martha.

Martha schreibt:
«Liebe Yael, bald werde ich unter einer anderen Adresse zu erreichen sein, ich habe die Wohnung in Schwabing aufgegeben, ohne den Sozialhilfeanteil deines Vaters kann ich sie mir nicht mehr leisten. Du wirst Dich wundern, wenn Du mich hoffentlich demnächst besuchen kommst, wie leer meine neue Eineinhalb-Zimmer-Wohnung sein wird. Ich werde nicht viel mitnehmen aus der Türkenstraße. Das Schlafzimmer, die alte Truhe, die beiden Biedermeierschränke und das Art-déco-Service habe ich verkauft, dafür habe ich viertausend Euro bekommen, das ist weit weniger, als die Möbel und das Geschirr wert waren, aber ich brauchte Bargeld. Frau Kerner und Frau Schilling habe ich zu mir gebeten und ihnen erklärt, dass ich die Schulden meines

Mannes nicht begleichen kann, sie sich aber aus meiner Wohnung etwas aussuchen könnten. Frau Kerner hat dies abgelehnt, Frau Schilling hat den kleinen Beistelltisch von meiner Mutter und eine silberne Vase mitgenommen. Die alte Truhe wollte ich eigentlich dem Erick vererben, ich habe doch sonst nichts, was ich ihm geben kann, doch er hat gemeint, dass ich mir darüber keine Gedanken machen soll. Dir habe ich die grüne Jugendstillampe aufbewahrt, sie hat Dir doch immer so gut gefallen, und Du brauchst ja eine neue.

Die Belästigungen haben aufgehört, bei mir ist wohl die Polizei zu oft ein und aus gegangen, und wenn ich dann in einem anderen Viertel wohne, wird das hoffentlich auch so bleiben. Ich habe schon daran gedacht, mir einen großen Hund anzuschaffen, aber ich weiß nicht, ob ich die Verpflichtung, die mit so einem Tier einhergeht, in meinem Alter bewältigen kann.

Hat die Familie etwas von Antoine gehört? Ich nehme es nicht an, Du hättest es mir sicher erzählt.

Ich muss Dir gestehen, dass es mir inzwischen gleichgültig ist, was mit ihm ist. Ich habe den großen Schrank in seinem Zimmer ausgeräumt und alle seine Sachen in Plastiksäcke geschnürt und in die Altkleidersammlung gegeben. Seine heißgeliebten Lederjacken habe ich in den Hofeingang gelegt, den Keller hat der Syrer ausgeräumt, dafür wird er auch auf den Rest seines Geldes verzichten.

Nach sechsunddreißig Jahren habe ich es endlich geschafft, diesen Schrank vollkommen leer zu haben: Ich bin seit Jahren nicht mehr so glücklich gewesen.

Leider habe ich mich bei der Räumerei überanstrengt und habe seit Tagen große Schmerzen in der rechten

Schulter, ich schreibe daher diesen Brief an Dich mit der linken Hand, ich hoffe, Du kannst meine Schrift lesen. Lass es Dir gutgehen, melde Dich bei mir, wenn Du zurück bist.
Martha.

Wenn dir das nicht zu langweilig ist, kannst du mit uns in die Rehov Dizzengoff kommen», sagt Elisabeth zu mir. Sie und ihre beiden Freundinnen, Lucy und Marianne, stehen in der Küchentür. Sie haben sich schick gemacht, tragen bunte Sommerkleider und Strohhüte, Lucy, sie ist Amerikanerin, trägt sogar weiße Handschuhe, passend zu ihrer Handtasche. Ich sitze auf dem Küchenstuhl, den Brief auf dem Schoß, in dem ich gerade gelesen habe, als sie gekommen sind. «Gut siehst du aus, Yael, wie geht es dir?», fragt Lucy. «Was macht Berlin?», sagt Marianne auf Deutsch. «Steht die Kunstuniversität noch, warte, wie heißt nochmal die Straße? Der Bahnhof war in der Nähe.» «Sie steht noch, du meinst die Hardenbergstraße.» «Stimmt, ich erinnere mich, als junges Mädchen wollte ich dort studieren, ja, manchmal kommt im Leben alles ganz anders.» «Worüber redet ihr?», fragt Elisabeth. «Die alten Schachteln werden unruhig, sie verstehen uns nicht. Wir müssen englisch sprechen», sagt Marianne.

«Wie geht es deinem Vater?», fragt Lucy. «Wart ihr nicht letztes Mal gemeinsam in Israel?» Elisabeth wirft ihrer Freundin einen Blick zu. «Was ist los, habe ich was Falsches gesagt?» «Mein Vater ist seit über zwei Monaten verschwunden, niemand weiß, wo er ist», sage ich.

«Um Gottes willen, hoffentlich ist ihm nichts passiert.

Wir fanden ihn sehr nett, Marianne und ich, nicht wahr?»
Marianne nickt: «Er kann so interessant erzählen, und er
hat viel Ahnung von Kunst und Antiquitäten.»

«Sag mal, meine liebe Yael», beginnt Lucy vorsichtig, «du
weißt nicht zufällig, wo mein kleines Schmuckkästchen geblieben ist. Ich hatte es deinem Vater nämlich letztes Mal
mitgegeben, er wollte es reinigen und schätzen lassen.»

«Lucy, das ist nicht der richtige Zeitpunkt für so etwas»,
sagt Elisabeth. «Entschuldige, meine Liebe», sagt Lucy. «Es
ist nur, dass ich nicht möchte, dass es irgendwo rumsteht
und vergessen wird, es wäre schade drum.» «Aber das macht
doch nichts», sage ich. «Ich frage meinen Onkel Pierre, vielleicht weiß er etwas von deinem Kästchen.» «Das wäre sehr
lieb von dir, Yael», sagt Lucy. «Und du willst wirklich nicht
mit? Schade.»

Eine halbe Stunde später verlasse ich die Wohnung. Ich
nehme mein Diktiergerät mit und gehe auf die Dachterrasse. Diesmal habe ich eine neugekaufte Kassette eingelegt.
Ich bin allein hier oben, denn es ist heiß, und es gibt hier
keinen Schatten. Ich gehe beim Sprechen auf und ab, um
die zerbrochenen Stühle und verrosteten Wäscheständer
herum. An den Warmwasserspeichern vorbei kann ich über
die ganze Stadt bis zum Meer blicken.

«Meine Untersuchung», sage ich, nachdem ich Datum
und Ort auf das Band gesprochen habe, «hat das Ziel, zu ergründen, warum mein Vater so geworden ist, wie er ist, beziehungsweise, warum er anders ist als seine Geschwister. Er
wird in unserer Familie wie ein Außenseiter behandelt, und
ich möchte wissen, ab welchem Punkt das angefangen hat.

Die Familie behauptet, er sei schon immer so gewesen, hier scheint es eine Erinnerungslücke zu geben: Kein Mensch ist von Anfang an so und nicht anders.»

Dicht über meinem Kopf fliegt eine Krähe und landet auf der ein halbes Stockwerk höher liegenden, privaten Terrasse. Sie sitzt am Rand von etwas, das wie ein großer Blumentopf aussieht, schaut hinein, hüpft dann um den Topf herum, und ich frage mich gerade, was sie macht, als sie mit einer schnellen Bewegung zustößt und dann mit einem glitzernden Gegenstand davonfliegt. Schon landet die nächste Krähe auf dem Topfrand, ich laufe in das Treppenhaus zurück und klingele an der Wohnungstür, von der ich meine, dass sie zu der Terrasse gehört. Eine sehr schlanke alte Frau mit weißem Haar öffnet die Tür. «Die Krähen fressen Ihre Fische», sage ich. Sie schreit auf und läuft durchs Wohnzimmer auf die Terrasse, ich folge ihr. Es ist eine sehr schöne Terrasse, mit vielen Pflanzen und Kakteen, Steine und Muscheln liegen in hübschen Arrangements beisammen, in der rechten Ecke hockt ein großer Buddha.

«Verschwindet, weg mit euch», ruft die Frau und wedelt mit den Armen. Die Krähen fliegen nicht weit, sondern landen auf dem Nachbardach und schauen uns zu, wie wir gemeinsam ein eisernes Gitter über das Goldfischbecken legen. «Sie müssen ihr ganzes Leben im Dunkeln verbringen, die Armen», sagt die Frau, «und inzwischen sogar, wenn ich zu Hause bin. Ich heiße übrigens Chaia, und wer bist du?» «Yael, ich wohne ein Stockwerk tiefer bei Elisabeth Golker.» «Ach bei Elisabeth. Möchtest du eine Tasse Tee, Yael?» «Gern», ich setze mich in einen der Rattanstühle, die Terrasse ist herrlich, ich entdecke zwischen den Blumentöpfen andere Gegenstände, kleine, asiatisch aussehende Figuren und einen Miniaturaltar. Hannah kommt mit einem Tablett zurück. «Was ist das für ein Gerät?», fragt sie und zeigt auf mein Diktiergerät auf dem Tisch. Ich sage es ihr. «Und was machst du damit?», fragt sie weiter. «Ich habe gerade ein paar Überlegungen zu der Frage aufs Band gesprochen, ob ein Mensch auf die Welt kommt, so wie er ist, oder ob sein Charakter eine Reaktion auf die Verhältnisse ist.»

«Ein interessantes Thema, mit dem du dich beschäftigst», sagt Chaia. «Manche Menschen glauben ja, dass nicht nur der Charakter, sondern dass das ganze Leben vorbestimmt ist.»

«Was für eine schreckliche Vorstellung», sage ich. «Wie man's nimmt», antwortet sie. «In beiden Fällen ist es wichtig, Vertrauen zu haben. Im ersten Fall in die Instanz, die entschieden hat, im zweiten in sich selbst.»

«Chaia, das würde ich gerne aufnehmen, könntest du das noch einmal für mich auf Kassette sagen?» «Merk es dir einfach. Für mich zählt nur dieser Moment, in dem wir beide an diesem Tisch sitzen und miteinander sprechen. Alles andere ist unwichtig. Wenn es für dich von Bedeutung ist, wirst du es schon nicht vergessen.»

Eine Viertelstunde später verabschiedet sie mich: «Es war sehr schön, mit dir zu reden, Yael. Ich muss jetzt arbeiten, komm mich doch wieder einmal besuchen.»

E s ist Freitagmittag, meinen Badeanzug habe ich bereits heute früh in meinem Zimmer unter das weiße Baumwollkleid gezogen, übermorgen geht mein Flug, und ich war bis jetzt kein einziges Mal schwimmen. Der Strand ist belebt, aber nicht voll, einige sitzen mit Anzug und Lederschuhen im Sand und essen Sandwiches. Ich lege meine Kleidung zusammen und vergrabe mein kleines Portemonnaie und Elisabeths Schlüssel im Sand, dann gehe ich ans Meer. Das Wasser ist kühl, ich richte meinen Blick hartnäckig auf den Horizont, damit ich nicht in Blickkontakt mit einem der Männer gerate, die in meiner Nähe schwimmen, ich habe Angst, dass sie mich sonst ansprechen. Ich schwimme bis zur Steinmauer, die die Badebucht vom offenen Meer abtrennt, dort klettere ich auf die Steine, lasse mich von der Sonne trocknen und beobachte die Krebse in den Wasserlachen neben mir. Als es mir zu heiß wird, schwimme ich zurück.

Nachdem mein Badeanzug getrocknet ist, ziehe ich mich wieder an und gehe auf der Promenade zurück in Richtung Innenstadt, denn ich bin mit Roni in einem Café in der Nähe ihres Büros verabredet.

«Warum lässt du dich eigentlich scheiden?», frage ich Roni. Das Aufnahmegerät habe ich nicht dabei, ich hatte es nicht mit an den Strand nehmen wollen. Sie überlegt, dann sagt sie: «Unser Leben war so klein, er hat nur noch auf dem Sofa gesessen, nachdem er seine Arbeit verloren hatte. Immer, wenn ich nach Hause kam, lief der Fernseher. Er hatte keine Pläne mehr, keine Träume, ich habe es nicht mehr ertragen, verstehst du das?»

«O ja, das verstehe ich gut», bestätige ich.

«Das habe ich mir gedacht, dass du so etwas verstehst, mit deinem Vater kann man auch über solche Dinge sprechen, ich habe ihn gern.»

«Aber er hat sich nie um mich gekümmert», sage ich trotzig. «Ich weiß», tröstet mich Roni, «jeder weiß es im Grunde genommen, aber das macht nichts, weil wir eine große Familie sind. Wenn du etwas brauchst, kannst du immer jemanden fragen, meinen Vater zum Beispiel.» Ist das alles, frage ich mich, ich spüre großes Mitleid mit mir selbst, meine Cousins und Cousinen haben eine Familie und ich nicht.

«Roni, was ist, wenn meinem Vater etwas passiert ist? Es sieht ganz danach aus, auch wenn ihr so tut, als wäre nichts.» Mein Vorstoß ist halbherzig, denn während meiner Zeit in Israel – es wundert mich selbst – ist meine Sorge irgendwie unwirklich geworden. «Sag das nicht, das wäre schrecklich», sagt Roni. «Du darfst die Hoffnung nicht aufgeben. Immerhin, wenn er einen Unfall gehabt hätte, hätten wir schon längst etwas gehört, das hat wenigstens Miriam behauptet.» Sie nimmt meine Hand.

Über unseren Köpfen donnern die Tiefflieger, im Minutentakt fliegen sie über die Stadt Richtung Süden, es ist schwer, sich bei diesem Lärm zu unterhalten. «Was ist los, warum fliegen so viele Flugzeuge?» Roni schaut nach oben. «Das sind Landwirtschaftsflugzeuge, wahrscheinlich auf dem Weg nach En Gedi, um Gift zu sprühen, wir haben eine Heuschreckenplage. Der Neffe meiner Stiefmutter hat mir erzählt, in En Gedi haben sie innerhalb weniger Stunden sämtliche Plantagen in einem Gebiet von über vierzig Quadratkilometern vollkommen kahl gefressen.»

Roni verabschiedet sich, sie muss zurück zur Arbeit und danach ihren Sohn Nir vom Kindergarten abholen und anschließend zum Sabbatessen zu ihrem Vater. «Ich mag nicht nach Deutschland zurück, ich mag nicht mehr allein sein», sage ich zu Roni. «Du wirst nicht allein bleiben, du findest schon jemanden für dich, sei froh, dass du nicht den Erstbesten geheiratet hast, so wie ich.» Sie nimmt ihre Handtasche vom Stuhl, umarmt mich noch einmal und geht.

Es ist Freitag, spät am Abend, ich laufe die Strandpromenade entlang in Richtung Yaffo und schaue mir die vielen Menschen an, die ebenfalls an diesem warmen Frühlingsabend hier spazieren gehen. Ich fühle mich ein bisschen wie damals in Paris, als Ana mich hat stehenlassen. «Yael, du bist wie eine Klette. Lass mich in Ruhe», hat sie zu mir gesagt. Das hat wehgetan, daran erinnere ich mich genau, dabei ist es schon fast vierzehn Jahre her. Da bin ich beleidigt gewesen und bin allein rausgegangen, die ganze Nacht bin ich durch die Straßen gewandert und habe zugeschaut, wie die anderen sich amüsieren. Und dann habe ich ihn angerufen, mitten in der Nacht.

Am Anfang unserer Freundschaft hatte ich ja nur sie. Mit Anas Hilfe habe ich in Berlin Fuß gefasst und an ihrem Leben teilgehabt, in dem es Freunde gibt, Partys, Ausstellungen, Einladungen und Ausflüge. Und mit einem Mal hatte ich auch einen Vater, ich musste mich nur an diesen Gedanken gewöhnen. Mein Vater war ein toller Mann, er war für mich da, er sprach acht Sprachen, er verstand etwas von Philosophie und Literatur und war in der ganzen Welt zu Hause.

Ich war damals zum nächsten Kiosk gegangen und hatte eine Telefonkarte für fünfzig Francs gekauft. Während ich das Freizeichen hörte, fiel mir plötzlich auf, dass es schon fast zwei Uhr morgens war. «Antoine Hasidim», hörte ich die Stimme meines Vaters. «Du bist noch wach? Ich bin es, Yael.» «Yael, wo bist du, was ist los?» «Ich bin in Paris.» «Wirklich? Was machst du dort? Gerade bin ich nach Hause gekommen und habe an dich gedacht – wie schön, dass du anrufst.» «Ich bin ein paar Tage mit Ana hier.» «Mit deiner Freundin, der Malerin, ich beneide euch. Mein Gott, wie gerne würde ich mich jetzt in ein Auto setzen und nach Paris fahren, ich könnte euch die Stadt zeigen.»

«Das wäre toll!» «Wo bist du denn?» «Ich weiß nicht genau, es sind viele Afrikaner hier.» «Welche U-Bahn-Station ist in der Nähe?» «Warte mal, vorhin bin ich am Gare de l'Est vorbeigekommen.» «Und wie heißt die Straße, in der du jetzt stehst?» Ich beugte mich mit dem Telefonhörer am Ohr vor, um das Straßenschild am gegenüberliegenden Haus zu lesen. «Am Boulevard de Strasbourg.»

«Ah, du bist fast am Boulevard St.-Denis, dort könntest du dir noch eine Merguez Frites holen, es ist ganz in der Nähe. Nirgendwo bekommt man bessere Merguez Frites als am Boulevard St.-Denis.» Ich hörte, wie mein Vater sich eine Zigarette anzündete. «Übrigens, im Viertel nebenan, im République, ist doch die Synagoge, da bin ich vor Jahren mit Pierre gewesen.» «Pierre ist dein ältester Bruder, oder?», fragte ich. «Nein, das ist Romain. Wir könnten auch eine Freundin von mir besuchen gehen, sie hat ein Atelier an der Square de Montholon, sie ist Restauratorin. Sie restauriert sogar Gemälde aus dem Louvre, stell dir vor! Es ist sehr merkwürdig bei ihr im Atelier», sagte mein Vater, «oben in ihrem Zimmer hängt ein Matisse oder ein Renoir, und wenn du aus dem Fenster schaust, siehst du, wie die schwarzen Prostituierten auf ihre Freier warten. Das müsste auch deine Freundin interessieren, wir würden sie mitnehmen in dieses Viertel, denn meine Freundin kennt dort alle, wir könnten eine Tour durch die Künstlerateliers machen, sie könnte schauen, was zurzeit in Paris gemalt wird.»

«Ja, wirklich schade, dass du nicht hier bist», sagte ich noch einmal. «Ach was, du kannst auch ohne mich Paris entdecken, du brauchst die Gegend, in der du bist, gar nicht zu verlassen. Nebenan ist das arabische Viertel, das jüdische Viertel könnt ihr von dort auch zu Fuß erreichen, da musst du mit Ana unbedingt morgen früh einen Kaffee trinken, die Kuchen in den jüdischen Bäckereien schmecken herrlich, sag ich dir! Und irgendwo in der Gegend gibt es sehr schöne alte Einkaufspassagen mit Glasdächern aus der Jugendstilzeit, frag jemanden auf der Straße danach. Sehr untypisch für Paris, sehr schön. Ich bin einmal mit deiner Mama dort gewesen, hat sie dir davon erzählt? Sie hat Fotos gemacht mit ihrer Leica. War das eine schöne Reise! Was du aber auf jeden Fall machen musst, ist bei Gilbert Jeune nach günstigen Büchern schauen, ich habe eine lange Liste von Titeln, die ich gerne hätte, die könnte ich dir jetzt gleich am Telefon vorlesen und euch damit einkaufen schicken.»

Wir redeten, bis meine Telefonkarte leer war, danach war mir Paris nicht mehr so fremd. Ich freute mich darauf, Ana am nächsten Morgen zu begegnen: Ich würde ihr Vorschläge machen, was wir gemeinsam unternehmen könnten, ich würde ihr verraten, wo es im République die günstigste Pariser Mode zu kaufen gibt und welches das beliebteste Künstlercafé ist. «Grüß die Ana von mir und macht euch eine schöne Zeit», hatte mein Vater gesagt, bevor wir auflegten.

Leider kann ich heute meinen Vater nicht anrufen und ihn fragen, was ich tun muss, um mir auch ein Stück vom Leben zu nehmen, nicht erst morgen, sondern gleich jetzt, an diesem Abend. «*Wie* mache ich das?», würde ich ihn fragen, beziehungsweise «Wie machst *du* das?». So etwas könnten meine Mutter oder mein Stiefvater niemals beantworten. Verdien dein Geld, was man angefangen hat, muss man auch zu Ende führen, mach kein Theater, das waren ihre Anweisungen für das Leben. *Er* denkt anders. Über den geschiedenen Sohn einer Freundin, der an einem Samstagabend mit seiner Tochter zu Hause bleiben und Kuchen backen wollte, hatte er gesagt: «Was ist mit ihm los?» Wir waren allein losgegangen, ohne ihn und seine Mutter, auf die Leopoldstraße, letzten Sommer. «Sitzt an einem Samstagabend zu Hause und backt Kuchen, ein erwachsener Mann! Da gehe ich doch raus und schnappe mir was!» Das hatte mir gefallen: Da schnappe ich mir was! Aber wie?

Ich bemühe mich, dem Blick der Entgegenkommenden nicht auszuweichen, ich schaue jedem, der das möchte, in die Augen, nicht nur Männern, sondern auch Frauen, Jugendlichen und Kindern. Junge Mädchen in bauchfreien Tops stehen an einer Ampel, sie kichern. Solche mag mein Vater nicht. Er schaue nicht als Erstes auf den Körper einer Frau, eine Frau, die nur mit ihrem Körper für sich wirbt, interessiere ihn nicht, hat er mir mal erklärt. Er achte auf die Ausstrahlung und ob etwas passiert zwischen ihm und ihr bei der ersten Begegnung. Ich weiß, er mag, wie ich mich gebe, schlicht und elegant, kein Lippenstift und keine lackierten Fingernägel, nur meine Haare, die sollte ich nicht so oft mit einem Gummiband zusammenbinden, sondern offen tragen.

Ich versuche, meinem Blick mehr Intensität zu geben, darf aber die Augen nicht zu weit aufreißen, das sieht schnell nicht intensiv aus, sondern irre. Die Strandpromenade ist ein Laufsteg, Paare jeden Alters gehen auf und ab, und in den kleinen überdachten Holzhütten, die hier alle zwanzig Meter aufgestellt sind, warten junge Männer und begutachten das Angebot: Eine Frau, die hier am Abend alleine langgeht, weiß schon, warum. Die Holzhütten ignoriere ich, so gut es geht, trotzdem passiert es, dass sich aus dem Schatten ein Körper löst und ein Junge auf einem BMX-Rad oder einem Skateboard ganz dicht auf mich zufährt, nur um im letzten Moment abzudrehen. Ich bin ihnen wahrscheinlich zu alt.

In Yaffo bei einem arabischen Bäcker hole ich mir eine Pizza mit Thymian und Olivenöl und gehe wieder zurück ans Meer. Auf einer Bank esse ich die Pizza, sie ist fettig und salzig, einfach köstlich, die Luft ist warm, arabische Familien schlendern an mir vorüber, von weitem höre ich Musik. Ich will nicht nach Berlin zurück, in Berlin ist es kalt, und dort muss ich wieder Arbeit suchen und in meine schreckliche Wohnung zurück. Kaum habe ich die Pizza aufgegessen, fühle ich mich nackt und unsicher. Ich wische gerade meine fettigen Finger an der Serviette ab, als ein Mann auf einem Mofa vor meiner Bank anhält. Er mustert mich, ziemlich ungeniert, wie ich finde, unsere Blicke treffen sich. Jetzt nicht wegschauen, keine Angst, was soll passieren? Der Mann wendet das Mofa und fährt wieder weg, nach ein paar Metern dreht er jedoch bei und hält erneut vor mir an. «Hi, wie geht's», sagt er auf Englisch, ohne seinen Helm abzunehmen. «Gut», antworte ich. «Was machst du hier?» «Siehst du doch», sage ich, weder freundlich noch unfreundlich. «Wie heißt du?» «Yael.» Er hebt eine Augenbraue, dann fragt er, ob ich jüdisch sei und wo ich herkäme, es scheint, als wäre ihm die Vorstellung, ich könnte in Tel Aviv wohnen, nicht angenehm. «Gehen wir was trinken, Yael», schlägt er vor. Ich willige ein, ich will noch nicht nach Hause, und er kann mir eine Bar im arabischen Viertel zeigen, in der ich noch nicht war. Wer weiß, vielleicht bin ich nächstes Jahr wieder mit meinem Vater hier, und der wird staunen, wie gut ich mich auskenne.

Der Mann fordert mich auf, mich hinter ihn auf das Mofa zu setzen, dann fahren wir los, die Strandpromenade entlang. Ich muss mich an ihm festhalten, damit ich nicht herunterfalle, ich habe Hemmungen, allzu fest zuzugreifen, doch ich habe auch Angst, denn er fährt nicht langsam. Nach ein paar Sekunden siegt die Angst. Ich schlinge meine Arme um seinen Bauch und presse meine Schenkel an seine Hüften. Mein Haar flattert im Wind, es ist großartig, an den Spaziergängern vorbeizubrausen, wo wir wohl hinfahren, ich würde am liebsten noch lange so hinter diesem Rücken sitzen. Als er in einer Seitenstraße anhält, frage ich mich, ob das die richtige Entscheidung war, einfach mit ihm mitzugehen. Ich steige vom Mofa, mein Fahrer nimmt den Helm ab, schönes Haar, aber wirklich hübsch ist er nicht, dazu hat er ein zu rundes Gesicht. «Hier entlang», er zeigt auf einen Kopfstein-gepflasterten Weg, der in einen Park führt. «Ich heiße Gil.» Ich folge ihm den Weg entlang zu einem beleuchteten Pavillon, dort steigen wir eine enge Treppe hinunter in den Keller. In einem gewölbeähnlichen Raum sitzen die Gäste auf Kissen, vor ihnen Tische aus alten Teekisten. Der Raum wird nur von Kerzen beleuchtet, eine freundliche, große und schlanke Kellnerin mit langem schwarzem Haar begrüßt uns: «Hallo, ihr beiden, was möchtet ihr?» «Was willst du trinken?», fragt Gil. Ich bestelle Weißwein und Wasser, Gil bestellt sich eine Cola. Er fängt an zu erzählen, was er macht, welche Musik er hört, welche Filme er schaut. Er ist Fahrlehrer in dem Geschäft seines Onkels, er ist nett, aber langweilig. Das ist meine heimliche Angst, dass die Netten alle langweilig sind, ich höre kaum zu, aber er riecht nicht schlecht, leicht nach Rasierwasser und Seife, und dann küsst er mich. Es ist kein schlimmes Gefühl, seine weichen Lippen auf meinen. Ich lasse mich von ihm küssen und näher an sich heranziehen. Er hat die Augen zu beim Küssen, er sieht nicht besonders intelligent aus, finde ich. Ich drehe meinen Kopf von ihm weg und betrachte den Raum mit den plaudernden Paaren und den Kerzen. Diese Bar ist eigentlich ganz romantisch, ich stelle mir vor, ich sei mit einem anderen Mann hierhergekommen, einem aufregenden, männlichen Mann, wir sind uns am Tag zuvor begegnet bei einem Abendessen, unter ganz harmlosen Umständen, er ist mit seiner Frau dort gewesen, aber es hat sofort zwischen uns geknistert. Ohne Worte, nur mit Blicken haben wir uns verständigt, und zum Abschied hat er mir einen Zettel mit seiner Nummer gegeben. Nun sind wir in dieser Bar, weil ihn hier keiner kennt, es ist unübersehbar, dass mit uns etwas Großes geschieht, etwas, das wir nicht beeinflussen können. Obwohl wir nicht dürfen – er ist vergeben, ich bin nicht allein –, küssen wir uns, unsere Körper erkennen jeweils im anderen, wonach sie schon immer gesucht haben. «Wer bist du?», fragt mich mein schöner, unbekannter Geliebter. Ich schließe die Augen und küsse Gil auf den Mund, heftiger und leidenschaftlicher als vorhin, Gil erwidert meinen Kuss, bald darauf atmet er schwer, das gefällt mir nicht, es passt nicht in meine Phantasie. Ich rücke wieder von ihm ab, will noch ein Glas Wein bestellen. «Nicht hier», sagt Gil, «wir fahren woandershin.»

Draußen vor dem Pavillon nimmt er meine Hand, wir gehen durch den dunklen Park, hinter den Bäumen schimmern die Lichter von Yaffo. Ich bin leicht betrunken von dem Weißwein und aufgedreht. «Wollen wir tanzen gehen?», frage ich. «Willst du?» «Ja!» Gil zieht mich mit sich: «Dann komm.»

Wir setzen uns auf das Mofa, diesmal schlinge ich ganz

selbstverständlich die Arme um seinen Bauch und lege den Kopf auf seinen Rücken. Gil fährt die Hauptstraße am Meer entlang. Wenn wir in die Stadt wollen, müssen wir irgendwann rechts abbiegen, aber vielleicht fahren wir zu einem Club in der Nähe vom Hafen, von denen habe ich schon gehört. Mir ist es egal, irgendwohin wird Gil uns schon bringen.

Als wir das dritte Autobahnschild passieren, wird mir klar, dass wir schon längst aus Tel Aviv heraus sind. «Wohin fahren wir?», frage ich Gil, er hört mich nicht, ich klopfe gegen seinen Rücken, er dreht sich zu mir um. «Wo fahren wir hin?», schreie ich. «Zu mir nach Hause, nach Bat Jam, ich muss noch was holen.» Auch in Bat Jam, einer mittelgroßen Vorstadt, herrscht Ausgehstimmung, viele Menschen sind zu Fuß unterwegs, die meisten von ihnen Jugendliche.

Gil hält vor einem dieser gesichtslosen Wohnblöcke, ich steige ab. Er wird doch nicht unseren Abend abkürzen wollen und mich gleich mit zu sich nach Hause nehmen. «Ich warte hier», sage ich und frage mich, was ich machen soll, wenn Gil mich stehenlässt.

«Was für ein Unsinn», weist mich Gil zurecht. «Ich muss Geld holen, wenn wir tanzen gehen wollen, und ich will mir etwas anderes anziehen.» Ich zögere. «Du kannst aber gern hier stehen bleiben und auf das Mofa aufpassen, wenn es dir Spaß macht», sagt Gil. Ich schaue auf das Haus, in den meisten Fenstern brennt noch Licht. Gil schließt die Haustür auf und lässt mich als Erste eintreten. Vor der Wohnungstür im zweiten Stock legt Gil seinen Finger auf die Lippen und sagt: «Leise, mein Vater schläft nebenan.» Diese Tatsache beruhigt mich vollends: Ich bin nicht mit Gil allein. Gil öffnet eine Zimmertür, wirft seinen Schlüssel auf eine Kommode und fordert mich auf, es mir gemütlich zu machen. Ich setze mich auf einen Schreibtischstuhl und sehe mich in dem winzigen Zimmer um. Mit zwei gefüllten Weingläsern kommt Gil zurück, ein Glas drückt er mir in die Hand, seines stellt er auf den Schreibtisch und knipst das Radio an, dann wirft er sich auf das Bett. Ich stelle mein Glas ebenfalls ab. «Wolltest du dich nicht umziehen?», frage ich ihn. «Ja, gleich», antwortet er. Ein paar Minuten geschieht nichts, dann stehe ich auf. «Ich gehe jetzt», sage ich, Gil springt auf. «Warte, es geht ganz schnell, ich war nur ein bisschen müde. Schau dir inzwischen ein paar Fotos an, ich bin gleich fertig.» Er drückt mir ein Fotoalbum in die Hand, ich setze mich auf das Bett, schlage das Album auf und erkenne auf den ersten Fotos ihn und einen jüngeren Mann vor der Kulisse Amsterdams. Ich blättere um, diesmal stehen die beiden Männer Arm in Arm in Paris, der jüngere Mann ist eindeutig hübscher als Gil, groß, sportlich, ein intelligentes Gesicht, schwarze Haare und auffallend grüne Augen. «Mein Bruder und ich in Paris», sagt Gil, setzt sich neben mich und zeigt auf eines der Fotos, er drückt mir wieder das Glas in die Hand, ich trinke einen Schluck, Gil blättert für mich weiter. «Hier sind wir an der Côte d'Azur.» Er und sein Bruder liegen an einem weißen Sandstrand, Gil mit Bauch, das ist unübersehbar, sein Bruder hat eine Figur, die mir besser gefällt, viel besser. Ich schaue genauer hin, Gil will weiterblättern, doch ich halte ihn zurück. Der Bruder beim Sprung vom Felsen ins Meer, dann sein schöner Körper im flachen Wasser, dann auf einem Handtuch liegend neben Gil. «Magst du deinen Bruder?», frage ich. «Sehr», sagt Gil, «ich treffe ihn fast jeden Tag, heute Abend sehe ich ihn vielleicht auch noch.» Mein Herz schlägt höher, ich blättere um, auf dem nächsten Bild sitzt der Bruder in Wien in einem Café und liest Zeitung, er sieht klug aus, nett, vielleicht ist das heute mein Glückstag. Wie gut, dass ich mit Gil mitgegangen bin, einmal habe ich etwas richtig gemacht, seit Boris ist dieser Mann der erste, für den ich mich interessiere, und heute Abend werde ich ihn treffen. Ob er wohl eine Freundin hat?

«Wie heißt dein Bruder?», frage ich und drehe mich nach Gil um. Fassungslos stelle ich das Glas ab. Er sitzt vollkommen nackt neben mir mit einem riesigen, erigierten Schwanz. Ich kriege kein Wort raus, wann hat Gil sich ausgezogen? Er greift mit beiden Händen nach mir, und ich presse das aufgeschlagene Fotoalbum vor meinen Körper. «Komm», keucht er. «Nein!» Ich habe keine Angst, kann aber nicht fassen, dass er glaubt, auf diese Weise an sein Ziel zu kommen. Er zieht den Reißverschluss meiner Strickjacke auf, fährt mit seiner Hand unter mein T-Shirt und fasst mir an die Brust. «Nimm die Hand da weg!», sage ich. «Sei doch leise», befiehlt er. Er stößt mich aufs Bett, das Album ist noch zwischen uns, seine Hand fährt unter meinen Rock und zerrt an der Unterhose. «Du spinnst», sage ich und merke, dass ich gleich lachen muss. «Warum bist du denn mitgekommen?» Er liegt auf mir, sein Atem geht stoßweise, Gil ist schwer, ich bekomme keine Luft mehr, eine Ecke des Albums presst sich in meine Rippen. Während Gil an meiner Unterhose zieht, versucht er, mich zu küssen, ich beiße ihm in die Lippen. Gil reibt sich das Gesicht, ich schiebe ihn weg. Plötzlich streicht er mir über das Haar und sagt: «Entschuldigung, Yael.» Ich nicke, stehe auf, rücke Rock und Höschen zurecht und setze mich wieder. Er sagt, ich sei ein nettes Mädchen und er ein ungehobelter Kerl, und schließlich fragt er, ob er sich neben mir einen runterholen kann, ich müsste ihm nur zusehen, mehr verlange er gar nicht von mir, dann würde er mich in Ruhe lassen. Vielleicht ist das die beste und unkomplizierteste Weise, aus dieser Situation herauszukommen, ich sage nichts. Gil wertet dies als Einverständnis und beginnt zu wichsen. Ich schaue weg, aber Gil greift mein Kinn und dreht es zu sich her, ich betrachte den dicken, behaarten Bauch, der sich mit seinem schneller werdenden Atem hebt und senkt, und wundere mich, dass mit dieser Angelegenheit so viel Sehnsucht verknüpft wird. Wann war ich eigentlich das letzte Mal mit einem Mann zusammen? Ist es zwei oder sogar drei Jahre her? Die Affäre mit Matthias. Eine Beziehung kann man diese fünf Monate nicht nennen, wie war es eigentlich mit ihm im Bett, ich kann mich nicht erinnern. Gil spritzt ab, das meiste landet auf seinem Bauch, doch ein paar Spritzer treffen meinen hellblauen Rock, wo sie langsam in den Stoff einsickern.

Gil scheint diese Abmachung öfter zu treffen, denn ohne eine Spur von Scham wischt er sich den Bauch mit dem Laken trocken und zieht sich wieder an, anschließend fordert er mich auf, aufzustehen, er wolle gehen. Als ich zur Toilette will, fragt er: «Muss das sein?» «Ja, natürlich», sage ich ärgerlich. «Dann mach schnell und denk dran, mein Vater schläft.» Ich gehe ins Bad, ziehe die Schuhe und das Höschen aus und hocke mich in die Badewanne, denn die schmutzige Toilette mag ich nicht benutzen. Ich drehe den Wasserhahn auf, wasche mir Gesicht und Hände und versuche, die Flecken aus meinem Rock zu reiben. Als ich aus dem Bad komme, wartet Gil schon im Flur mit dem Schlüssel in der Hand. «Hat das lange gedauert! Wo bleibst du denn?»

«Gehen wir noch tanzen?» Ich habe natürlich keine Lust mehr, frage das nur, um ihn zu provozieren. Gil verneint, er müsse noch seinen Bruder treffen, aber vorher fahre er mich nach Hause.

Wir fahren mit seinem Auto zurück nach Tel Aviv, wir

reden kein Wort miteinander, ich habe ihm Elisabeths Visitenkarte gegeben, damit er weiß, zu welcher Adresse er mich bringen muss. Das Fenster runtergekurbelt, halte ich mein Gesicht in den Fahrtwind. So ist das also, wenn man mit jemandem mitgeht. Der Versuch mit Gil reicht mir, ich verspüre das dringende Bedürfnis, mich zu waschen.

Leise schließe ich die Wohnungstür auf, Elisabeth ist auf dem Sofa vor dem Fernseher eingeschlafen, ich schalte ihn aus. Zwei ihrer Katzen liegen neben ihr und verfolgen mich mit ihren Blicken. Unter der Dusche höre ich, wie sie aufsteht und ins Bett geht, ihre Anwesenheit beruhigt und tröstet mich.

Ich packe die Kassetten in meinen Koffer, jede einzelne von ihnen wickele ich behutsam in ein Kleidungsstück, obenauf lege ich meinen hellblauen Rock, den Badeanzug und meine Handtücher. Fast alle Geschwister meines Vaters habe ich in den letzten zwei Wochen interviewt, nur Marcel nicht, denn er spricht weder Englisch noch Französisch. Nichts zieht mich nach Berlin zurück, und doch muss ich gehen.

Ich bin ein wenig traurig, als ich mit Elisabeth über den Markt schlendere, mein letzter Tag in Tel Aviv, und ich habe das Gefühl, aus der Reise viel zu wenig gemacht zu haben. Ich hätte mich noch viel mehr erholen sollen, und heute kann ich mich auch nicht ausruhen, denn ich habe für heute Abend meine Familie zum Abschiedsessen eingeladen, und ich habe noch eine Menge vorzubereiten. *Diesen* Abend möchte ich sie bekochen und ihnen beweisen, dass ich es wertschätze, dass sie mich aufgenommen haben – auch wenn ich das nicht immer so zeigen kann.

Zurück vom Einkaufen, beim Auspacken der Lebensmittel sagt Elisabeth: «Hoffentlich kommen nicht alle auf einmal, es ist grauenhaft, wenn zu viele Hasidims in einem Raum sind, man kommt nicht zu Wort.»

«Wirklich?»

«Ja, für mein Hebräisch sind sie zu ungeduldig, und Französisch spreche ich nun mal nicht. Außerdem interessieren sie sich nur für sich selbst und ihre Kinder. Du bist die Einzige aus der Familie, die zuhören kann.» «Oh, vielen Dank», sage ich. «Das freut mich zu hören.» «Und dann gibt es da noch etwas, was mich sehr stört, aber das sage ich jetzt nur dir. Die Marokkaner haben keine Vorstellung davon, dass andere Menschen ein eigenes Leben führen, deine Cousine Dana fragt mich zum Beispiel ständig, ob ich auf meine Enkelkinder aufpassen kann, dabei bin ich sowieso schon zwei Abende die Woche bei ihr zum Babysitten. Wenn ich ihr sage, dass ich keine Zeit habe, fragt sie erstaunt, was ich denn vorhabe und ob ich das nicht absagen kann.»

«Das kann ich mir gut vorstellen, ihre Mutter tut ja auch alles für sie.»

Elisabeth stapelt Teller für Milchiges und Fleischiges auf den Küchentisch. «Aber ich nicht. Und das versteht sie nicht, sie denkt, eine alte Frau hat nichts mehr vor im Leben.» «Wieso, was hast du denn noch vor?», frage ich sie, Elisabeth lacht.

Gegen fünf kommen die ersten Gäste. Dana ist da und begrüßt uns lautstark, sie umarmt ihre Schwiegermutter und küsst sie heftig auf beide Wangen. Dann nimmt sie sich Tee und ein belegtes Brot und geht ins Wohnzimmer. Nach einer Weile kommt sie zurück in die Küche. «Du musst dich befreien von deinem Vater», sagt sie unaufgefordert, als sie im Vorübergehen hört, wie ich den Namen meines Vaters im Gespräch mit Miriams Sohn Jonathan ausspreche, weil er mich gefragt hat, woher ich meinen hübschen, antiken Handkoffer habe. «Dafür müsste er aber wiederkommen, liebe Dana, dass ich mich von ihm befreien kann», sage ich zu ihr, doch sie hört mich nicht, denn ihr Mobiltelefon klingelt. Sie spricht in ihr Telefon und kommt dann auf ihr Thema zurück, triumphierend hebt sie einen lackierten Fingernagel. «Ich hätte das schon längst gemacht an deiner Stelle.» Dann geht sie in den Flur, beugt sich über den Kinderwagen, in dem der Säugling ihrer Schwester liegt, schmatzt mit den Lippen, lacht auf, als Jakob, der Mann ihrer Schwester, an der Wohnungstür steht, und läuft ihm entgegen, um ihn zu begrüßen.

Ich kann ihre Show nicht mehr ertragen und gehe lieber nicht an die Wohnungstür, sondern bleibe in der Küche. Michal, die Frau von Jonathan, kommt in die Küche und fragt mich und Elisabeth, ob sie uns helfen kann.

Miriam kommt kurz darauf ebenfalls zu uns in die Küche, ich umarme sie, und sie sagt mir, wie froh sie sei, dass ich nach Israel gekommen bin. Dann drückt sie mir ein in blaues Geschenkpapier eingewickeltes Päckchen in die Hand. «Aber erst im Flugzeug öffnen», ermahnt sie mich, und: «Komm bald wieder, auch ohne Antoine, wir freuen uns immer, dich zu sehen.»

Shmuel schaut an diesem Abend vorbei, auch Pierre und Marcel, der Vater von Roni. Sie selbst kann nicht kommen, sie muss zu Hause bleiben, das ist schade, denn ich hatte ein Geschenk für sie gekauft, einen Bildband über die Tunisreise von August Macke, weil sie mir erzählt hat, dass er ihr Lieblingsmaler ist.

Auch ich bekomme Geschenke, auf Elisabeths chinesisches Beistelltischchen passen die Gaben meiner Familie schon nicht mehr. Wie soll ich nur alle diese Sachen mit ins Flugzeug nehmen?

Irgendwann kommt Dana in die Küche und sagt: «Komm endlich, wir sind doch deinetwegen hier.» Dann zieht sie mich mit sich ins Wohnzimmer an den chinesischen Couchtisch, um den die meisten meiner Gäste mit ihren Tellern auf dem Schoß herumsitzen, legt den Arm um meine Schultern, greift mir mit ihrer Hand ins Gesicht, kneift mir in die Wangen und ruft in die Runde: «Na, was meint ihr, gehört sie nicht zur Familie?» «Ja!», rufen alle zurück. «Komm bald wieder», sagt Shmuel herzlich. Pierre hebt ebenfalls sein Glas in meine Richtung und schreit: «Komm bald wieder!» Wo ist Antoine in diesem Moment?

Jonathan fragt, ob er mich bald in Berlin besuchen kann, als Architekt interessiere er sich dafür, was dort gebaut wird. Das sagt er fast jedes Mal, wenn ich in Israel bin. «Ja, unbedingt, komm vorbei», sage ich, «und bring doch auch Michal mit.» Elisabeth kommt zu mir und sagt, da wäre ein Mann am Telefon, der mich sprechen möchte. Es ist Gil. Ob ich zu ihm kommen wolle, fragt er, Video schauen, er würde mich abholen. Ich lege auf.

Ziemlich bald löst Miriam die Veranstaltung auf. «Yael sieht müde aus», sagt sie, «sie will wahrscheinlich noch packen und sich ausruhen vor dem Flug, lassen wir sie in Ruhe.» Ich widerspreche nicht. Es ist schön, dass sie alle da sind, sie scheinen mich zu mögen und meinen es gut mit mir, dennoch bin ich froh, dass sie so früh gehen wollen.

Zum Abschied werde ich von allen umarmt, Romain klopft mir auf die Schulter und sagt: «Ab heute habe ich nicht vier Töchter, sondern fünf.» Ich muss schlucken, zum Glück hat er sich bereits in Richtung Tür gewandt: «Ines, kommst du endlich?»

«Schreib mal, wie es dir geht, oder ruf an», sagt Ines und drückt mir die Hand zum Abschied.

Dann sind sie weg, und ich bin mit Elisabeth allein. Sie schaut auf das Beistelltischchen, das meiste, was dort steht, sind Artikel aus Andenkenläden, dazu Kosmetik, die ich nicht benutzen kann, weil ich empfindliche Haut habe, und Süßigkeiten. Elisabeth sagt: «Deine Familie hätte dir lieber einen Koffer schenken sollen.» Sie nimmt ein Holzkästchen vom Tisch und öffnet es, sofort ertönt die «Elise» von Bach. «Oh, wie nett, das würde Lucy gefallen.» «Du kannst es ihr schenken.» «Nein, das kann ich nicht annehmen.» «Doch, bitte, und die anderen Sachen kannst du auch haben, sie haben es gut gemeint, aber ich mag nun mal keine Nippes.» «Wenn du meinst. Ich werde versuchen, die Sachen auf dem Flohmarkt zu verkaufen, das Geld werde ich aufbewahren, bis du wiederkommst», schlägt sie vor.

Miriams Geschenk liegt auf dem gemachten Bett, ich werde es als einziges mit nach Deutschland nehmen, bestimmt hat sie es sehr sorgfältig ausgesucht, und das Geschenkpapier sieht teuer aus. Ich packe es in den kleinen Handkoffer, sodass ich es im Flugzeug werde öffnen können, wie sie es mir gesagt hat. Dann lese ich noch ein bisschen und schlafe ein.

Um drei weckt mich Elisabeth, sie hat mir ein Taxi bestellt. Sie geht mit mir nach unten und bringt mich an die Straßenkreuzung. «Der Taxifahrer ist ein Freund von mir», sagt sie, «du musst ihn nicht bezahlen, gib ihm nur dein restliches Kleingeld als Trinkgeld.» Ich umarme sie zum Abschied, sie ist so klein und dünn. Ich schaue ihr aus dem Taxi nach, wie sie zurück zum Haus geht, und mein Blick bleibt an ihren pinkfarbenen Hasenpantoffeln hängen.

Yael, Yael Fischer?» «Ja.» «Sprichst du Hebräisch?» «Nein.» «O.k. Warte bitte hier.» Der junge Mann vom Sicherheitsdienst geht weg, meinen Pass nimmt er mit. Ich stehe in der Schlange für die Gepäckkontrolle, zweieinhalb Stunden vor dem Abflug solle ich am Flughafen sein, hatte man mir gesagt, für alle Fälle.

Nach fast zwanzig Minuten kommt er wieder, mit ihm eine junge Frau, ebenfalls in Uniform. Sie weisen auf meine Koffer: «Ist das dein Gepäck?» «Ja.» Die Frau spricht mit ihrem Kollegen in Hebräisch, dann befiehlt sie mir auf Englisch: «Bleib bitte hier stehen.» «Was ist los?», frage ich den Mann, er nickt, antwortet aber nicht. Die Frau kommt zurück, diesmal mit einem weiteren jungen Mädchen. «Yael, komm bitte und nimm auch dein Gepäck mit.» Ich laufe hinter den beiden her, sie haben einen schnellen Schritt, mit meinen zwei Koffern und der Umhängetasche fällt es mir schwer, ihnen zu folgen.

Wir gehen durch die Gänge an den Duty-free-Geschäften vorbei, biegen links ab, dann wieder links, dann rechts, ohne Hilfe werde ich niemals zurückfinden. Dann endlich öffnet die Ältere die Tür zu einem Raum mit nichts weiter darin als einem Schreibpult und einem großen Holztisch. «Stell die Koffer auf den Tisch und öffne sie bitte.» Während ich den großen Koffer aufschnüre, die üblichen Fragen: Ob ich den Koffer selbst gepackt habe, ob mir jemand etwas mitgegeben hat. Ich bejahe die erste und verneine die zweite Frage, dann weist sie in den aufgeklappten Koffer: «Das alles gehört dir?» Ich nicke, dann klappe ich den kleinen Handkoffer auf, Miriams Geschenk liegt obenauf. «Was ist das?», fragt jetzt die Jüngere. «Ein Geschenk», antworte ich, wie dumm, jetzt weiß ich nicht, was in dem Päckchen ist. «Was ist da drin?» «Ich weiß es nicht.» Die

Frau sagt etwas in ihr Funkgerät, einen Augenblick später kommt ein Mann mit dunklen Locken herein, wir sind inzwischen zu fünft in dem stickigen Raum. Auch er fragt, wer den Koffer gepackt und ob mir jemand etwas mitgegeben hat. «Niemand hat mir etwas gegeben außer meiner Tante.» «Vielleicht hast du es vergessen, überlege noch einmal.» «Nein, ich bin ganz sicher.» Mit einem Handdetektor für Sprengstoff fährt er durch den Kofferinhalt. «Würde es dir etwas ausmachen, das Geschenk auszupacken?» Der Umgangston des Lockigen ist höflich, neutral distanziert. Ich packe das Geschenk aus, ein Karton mit einer Kette darin, Blumen aus Silber und blauem Glas, wirklich sehr hübsch, ich muss mich unbedingt bei ihr bedanken, wenn ich wieder in Berlin bin.

«Wie heißt deine Tante?» «Miriam Shafir.» «Ihr habt nicht den gleichen Nachnamen.» «Sie ist die Schwester von meinem Vater und hat meinen Onkel Henri Shafir geheiratet.» Die ältere Frau fragt jetzt: «Was hast du in Israel gemacht, Yael?» «Ich habe meine Familie besucht.» «Wer ist deine Familie, wo hast du gewohnt?» Ich erkläre ihr, dass Elisabeth die Mutter vom Mann meiner Cousine Dana ist, deren Vater wiederum der älteste Bruder meines Vaters ist, und während ich spreche, will ich gleich die Geburtsurkunde aus meiner Tasche holen, denn ich kenne das schon von meinen früheren Reisen, und ein Blick auf dieses Dokument würde die ganze Sache vereinfachen. «Was machst du da?», fragt die Frau erstaunt. «Ich will dir meine Geburtsurkunde zeigen.» «Was soll das», sagt sie, und obwohl ich ihr das Blatt hinhalte, wirft sie keinen Blick darauf. «Wenn du dir das ansehen würdest, könntest du sehen, dass Antoine Hasidim mein leiblicher Vater ist, es ist nämlich nicht aus meinem Pass ersichtlich.»

«Du bist oft in Israel, hast du dich denn mit Antoine Hasidim getroffen? Weißt du, wo er sich aufhält?»

Gerne würde ich meine Geschichte im Zusammenhang erzählen, aussprechen, dass sie vermutlich vom Verdacht gegen meinen Vater gehört haben und wahrscheinlich wissen, dass ich das letzte Mal mit meinem Vater eingereist bin, sicher sind die Daten irgendwo gespeichert. Arbeiten die deutschen und die israelischen Behörden eigentlich bei Kapitalverbrechen zusammen? Ich hätte mich erkundigen sollen, dann könnte ich jetzt mit dieser Situation besser umgehen.

Zu gern würde ich erklären, dass mein Vater meine Mutter nie geheiratet hat, sondern dass sich ein anderer Mann ihres unehelichen Kindes erbarmt hat, dass die Familie meines Vaters mich aber nach wie vor als Tochter von Antoine empfindet, mich daher auch zu sich nach Israel eingeladen hat, als es mir so schlechtging, weil mein Vater seit über zwei Monaten verschwunden ist. Im Grunde genommen ist alles ganz einfach, aber ich spüre, dass man mich nicht lange genug reden ließe, um alles klarzustellen, mit dem Geschenk von Miriam habe ich keinen guten Anfang gemacht.

«Ich habe Antoine Hasidim, also meinen Vater, nicht getroffen. Jedoch hatte ich gehofft, ihn zu treffen, irgendwie. Wir alle suchen ihn.» «Wer sucht ihn?» «Was hat sie gesagt?», fragt ein junger Mann, der noch vor dem Lockigen dazugekommen war, sich aber bis jetzt nicht geäußert hat. Die Ältere sagt: «Sie hat nach Antoine gesucht.»

«Wie kommst du darauf, dass er sich in Israel aufhält?», fragt sie weiter. «Du verstehst mich nicht», sage ich, «mit Suchen meinte ich keine aktive Suche, sondern nur, dass ich mich frage, wo er ist.»

Sie lassen das Thema fallen und fragen stattdessen, was

ich während meines Aufenthalts gemacht habe. Ich versuche, einen Überblick über meine Aktivitäten zu geben. Jeder Name, den ich erwähne, wird mitgeschrieben, Adressen und Telefonnummern werden erfragt, ich darf mein Notizbuch zu Hilfe nehmen. Dann soll ich den Inhalt des Koffers auf dem Tisch ausbreiten, mein Rechner wird separat untersucht.

Der Lockige betrachtet interessiert den Stapel mit meinen Kassetten, er nimmt die oberste in die Hand und dreht sie nach beiden Seiten. «Was ist das?», fragt er. Ich erkläre es ihm. «Was sind das für Interviews?», will er nun wissen. «Mit Freunden und Familie», sage ich. «Was für Freunde?» Auch die ältere Frau, die gerade meinen Rechner untersucht, kommt her und fragt: «Was für Freunde haben auf die Bänder gesprochen? In welcher Sprache hast du die Interviews geführt?» «Je nachdem, die meisten auf Englisch und Französisch, ein paar auf Deutsch.» «Mit welchen Deutschen hast du hier in Israel gesprochen, worüber hast du dich mit ihnen unterhalten? Für wen ist das, wem wirst du diese Kassetten in Berlin vorspielen?»

Alle vier Sicherheitskräfte stehen nun beieinander und beraten sich. Dann löst sich die Ältere aus der Gruppe und fragt: «Wen hast du noch einmal in Israel besucht, Yael?»

Vier Uhr fünfunddreißig, immer dieselben Fragen, danach warten, anschließend kommt eine andere Person hinzu, und alles beginnt von vorn. Es ist seltsam, ihnen ihre Fragen wieder und wieder zu beantworten, sie wissen ja längst, wonach sie fragen, wollen nur sehen, ob ich mir beim vierten oder fünften Durchgang widerspreche. Die Ältere fragt: «Für wen arbeitest du?» Ich antworte: «Für niemanden.» «Und was arbeitest du in Berlin, hattest du gesagt? Womit verdienst du dein Geld?» Mehrmals muss ich die Frage verneinen, ob ich Journalistin sei. «Aber wozu dann die Interviews?», will die Jüngere wissen. Meine Rückfragen werden ignoriert, auch mein Angebot, jemanden aus meiner Familie anzurufen, zum Beispiel meine Tante Ines, wird abgelehnt. Wie gern wüsste ich, ob diese Leute etwas von meinem Vater wissen, ob sie feststellen können, ob er in letzter Zeit nach Israel gereist ist, aber ich traue mich nicht zu fragen. Der Lockige telefoniert, dann gehen die beiden Männer und die Ältere aus dem Zimmer und lassen mich mit dem jungen Mädchen allein. Meinen Pass und das Ticket nehmen sie mit. Nach ein paar Minuten kommt der jüngere Mann zurück und fragt, ob ich etwas dagegen habe, wenn sie sich die Kassetten anhören, ich schüttele den Kopf, ich bin zu erschöpft, um etwas dagegen zu haben.

Er stellt einen Kassettenrecorder auf den Tisch, legt das Band mit der Aufschrift «Ines, Romain, Shmuel» ein, spult etwas zurück und drückt auf Play. «Was willst du essen, Yael», sagt meine Tante Ines auf Französisch, dann: «Romain, denk dran, Miki kommt gleich, sie hat heute Nachtschicht.»

Ich muss erklären, wer das ist, Romain und Ines, zwischendurch unterbricht mich die Ältere, der ich schon zweimal meine Familienverhältnisse geschildert habe: «Ines ist also die Schwester von Antoine Hasidim?» Ich sage: «Nein, die Frau von seinem Bruder.»

«Was soll das?», fragt die Jüngere zwischendurch ihre Kollegin. «Interviews», antwortet die und zuckt mit den Schultern. Der Mann spult vor, drückt wieder auf den Knopf. «… immer gemacht, mir schuldet er auch noch Geld. Mich wundert, dass er noch nie Ärger bekommen hat. Wenn du ihm Geld geliehen hast, hättest du es genauso gut verbrennen können.» «Der Nachbar», sage ich. «Welcher Nachbar?»

«Von meinem Onkel Shmuel.» «Wo wohnt Shmuel nochmal?» «Ich weiß den Straßennamen nicht, in der Nähe des Hauptbahnhofs.» «Worum geht es in dem Gespräch?» «Um meinen Vater.» «Um welchen?», und so weiter.

Es ist heiß, ich habe Durst, ich möchte nach einem Glas Wasser fragen. Als ich letztes Mal mit meinem Vater hier war, war alles ganz anders, natürlich haben wir auch unsere Koffer auspacken müssen, aber auf diese Art und Weise verhört wurden wir nicht. Dann legt die Frau eine Kassette mit der Aufschrift «Überlegungen Familie» ein:

«Antoine war ein lächerlicher und schäbiger Mensch. Sein Leben, das nun leider zu Ende ist, war vollkommen sinnlos. Was anderes lässt sich über einen Mann sagen, der sich zu seinen Lebzeiten niemals um seine einzige Tochter gekümmert hat. Nie hat er Unterhalt bezahlt, kein einziges Geschenk gemacht, kein Anruf, nichts. Auch später, als wir uns kennenlernten, konnte er sich meinen Geburtstag nicht merken. Er kannte das Geburtsdatum von Napoleon, von Victor Hugo und Rimbaud, *meinen* Geburtstag konnte er sich nie merken. Er wusste, wofür sich die Mätresse von Ludwig dem Sechzehnten interessiert hat …» Es ist meine Stimme.

«Was sagst du da?», werde ich gefragt. «Könntest du das bitte übersetzen?» Es ist mir peinlich, wie soll ich erklären, dass dies eine Grabrede für meinen Vater war, die ich in Elisabeths Zimmer ausprobiert habe. Mir war der Gedanke gekommen, dass eine Beerdigung *die* Gelegenheit sei, meiner Familie alles das zu sagen, was ich immer schon hatte sagen wollen.

Ich beginne vorsichtig mit der Übersetzung, jetzt zu lügen wäre ungeschickt, denn sicher lässt sich auf dem Flughafen leicht jemand finden, der Deutsch spricht.

«Antoine Hasidim lebt gar nicht mehr?», werde ich gefragt, und ich antworte, dass ich mir das nur vorgestellt hatte, und die Jüngere hakt erstaunt nach: «Antoine ist dein Vater, und du stellst dir vor, dass er nicht mehr lebt?» Auch sie kommt aus einer jüdisch-arabischen Familie, das ist deutlich an ihren Gesichtszügen und den afrikanischen Locken zu erkennen, bestimmt hat sie eine liebevolle Mama, einen sie vergötternden Vater und viele Geschwister. Undenkbar, dass es dort Kassetten gibt mit voreiligen Grabreden.

Nun soll ich mitkommen in eine Kabine mit einem Vorhang, zwei Mädchen schauen mir zu, wie ich mich bis auf die Unterwäsche ausziehe. Jedes Kleidungsstück, auch meine Schuhe, wird mir abgenommen und untersucht. Eins der Mädchen zieht mir die Haarklammern aus meiner hochgesteckten Reisefrisur und tastet mir den Kopf ab.

Dann geht sie hinaus, und die andere sagt: «Entschuldige bitte» und fährt mir mit einem raschen Griff ins Höschen. Dann kann ich mich wieder anziehen, ich lasse den BH aus, ziehe nur das T-Shirt und den Rock über, ich bin erschöpft, mir ist es gleichgültig, ob man meine Brüste durch den Stoff sieht, sie haben sie sowieso schon gesehen.

Inzwischen ist es fünf Uhr dreißig, in einer halben Stunde geht das Flugzeug. Nach wie vor stehen meine Koffer auf dem Tisch, wann darf ich sie wieder einpacken, ich muss doch los. Die Jüngere gibt mir ein Glas Wasser und geht aus dem Raum.

Ein mir bis jetzt unbekannter Mann kommt herein und befragt mich erneut zu meinen Familienverhältnissen: Wie war das mit meiner Mutter und meinem Vater, und mit wem lebt meine Mutter heute zusammen, welche Nationalität hat der Adoptivvater, warum bin ich nach Israel gekommen, warum habe ich diese Interviews gemacht.

«Das habe ich doch schon ein Dutzend Mal erzählt», sage ich. «Mir aber noch nicht», sagt er. Ich setze an, aber eine große Unlust überfällt mich, ich kann einfach nicht mehr, sie ist so langweilig, die Geschichte mit meiner Mutter und meinem Vater: Mit achtzehn hat sie meinen Vater kennengelernt, mit neunzehn wurde sie schwanger, dann haben sie sich getrennt, bevor ich geboren wurde. Wen interessiert diese banale Geschichte, die mich in dieser Umgebung so ungeheuer verdächtig macht? Nur noch fünfzehn oder sechzehn Minuten bis zum Abflug. Ich stehe von meinem Stuhl auf, will meine Koffer packen, werde aufgefordert, das bleibenzulassen. «Wo ist mein Pass?», frage ich das junge Mädchen. «Ihr habt ihn bereits seit über zwei Stunden, er gehört euch nicht, ich will ihn wiederhaben.» «Ich frag mal.» Ich schaue ihr nach und sehe, wie sie im Flur mit einem anderen Mädchen beisammensteht und lacht, nur noch eine Viertelstunde, die wollen mich doch nicht etwa hierbehalten. Ich gehe rüber zu dem Lockigen, der sich ebenfalls unterhält, sage: «Ich will nach Hause.» «Gleich, gleich», antwortet er. «Nein, jetzt! Was ist los, wo ist euer Problem?» «Was für ein Problem, Yael?», fragt er mich. «Ich habe genug, ich will nach Berlin!» Ich schreie, aber meine Stimme ist heiser vor Müdigkeit. «Beruhige dich», die ältere Frau klopft mir auf die Schulter. «Ich muss nach Hause, verstehst du nicht, ich muss nach Hause, ich muss arbeiten.»

Sie bleiben sitzen, fast gelangweilt, auf jeden Fall unempfindlich gegenüber meiner Lage. Wie eine vermeintlich Kranke in einer Irrenanstalt komme ich mir vor, alles, was ich tue und sage, spricht gegen mich, was draußen völlig natürlich war, wirkt hier plötzlich abseitig, das Flugzeug startet in vier Minuten, ich bin den Tränen nahe, mein Haar steht mir ohne die Nadeln wirr um den Kopf, den BH habe ich in meine Rocktasche gestopft, ich fühle mich gedemütigt. Jeder Jude und seine Kinder sind hier willkommen, so wird das doch verkauft. Begreifen sie denn nicht, was mir dieses Versprechen bedeutet? Blödes Land, ich will nach Deutschland zurück. Jetzt weine ich doch, still rinnen mir die Tränen das Gesicht hinunter, ich bekomme ein zweites Glas Wasser, ich trinke es in einem Zug leer und starre auf den Fußboden. Die Geschichte, meine Geschichte, kann man doch gar nicht in wenigen Sätzen erzählen. Alles erscheint mir deprimierend, mein Leben und vor allen Dingen meine Vergangenheit. Der Gedanke an meine Kindheit macht mich müde, wie anstrengend so ein Menschenleben ist. Schon als Kind war ich mir dessen bewusst, wie viel Arbeit ich verursachte: Zwanzig Jahre lang haben meine Mutter und mein Stiefvater für mich und meine Schwester geschuftet, jeden einzelnen Tag haben sie uns das spüren lassen, und lieber wäre ich barfuß gelaufen, als das Gesicht meiner Mutter zu ertragen, wenn sie mir Schuhe kaufen und dafür die Geldscheine aus dem Portemonnaie nehmen und auf den Ladentisch legen musste. Wie leid ihr das immer tat, ist mir nicht entgangen, meiner kleinen Schwester Klara auch nicht, das weiß ich.

Überhaupt beschäftigte ich mich ständig mit den Finanzen meiner Eltern, ich litt darunter, dass sie arbeiten gehen mussten und das Geld unseretwegen doch nur für Miete, Essen und Kleidung reichte. Ich habe verzweifelt überlegt, wie ich für sie an Reichtum kommen könnte. Im Leben nicht wäre ich auf die Idee gekommen, meine Schwester und ich könnten gewollt sein, das ergab schließlich keinen Sinn: Wir nahmen meinen Eltern durch unsere Existenz die Kraft und die Jugend und gaben ihnen nichts dafür zurück. Das kinderlose Lehrerehepaar nebenan dagegen. Sie machten Reisen ins Ausland, kauften ein neues Auto, spielten Tennis und Klavier. Für meine Eltern ein unerreichbarer Luxus. Die ganze Woche hatten sie gearbeitet, und am Wochenende saßen sie auf dem Sofa und glaubten zu ersticken. Ich spürte, wie sie die große Veränderung herbeisehnten, sie wollten all das nicht mehr länger erleben müssen: das Babygeschrei, die braunen Sessel, die grüne Tapete, der billige Wohnzimmerschrank, das unzufriedene Kind. Und ich wollte sie so gern erlösen und weglaufen und nie mehr wiederkommen, ich habe mich nur nicht getraut.

Und dann fällt er mir ein, aus dem Nichts, der eine Satz, der alles erklärt. Das Fadenende, das man aufhebt, und mit einem Mal hält man das ganze Muster seines Lebens in den Händen: Ich, Yael, kann nicht leben, weil meine Mutter nicht leben konnte. Natürlich. Genauso war es und ist es noch heute, durch die ewig wiederholten Fragen des Sicherheitspersonals ist es mir klargeworden. Diese Geschichte, die ich heute Nacht fast ein Dutzend Mal erzählt habe, ist es, die mich so unglücklich macht: Meine Mutter ist schwanger geworden von Antoine Hasidim, und er ist entgegen ihren Hoffnungen nicht geblieben. Geblieben bin ich. Und meinetwegen hat sie arbeiten, verzichten, leiden und vor allen Dingen den langweiligen Burkhardt Fischer heiraten müssen. Weil sie seitdem keine Freude mehr kennt, darf auch ich mich nicht freuen.

Es ist genau so, wie Boris es beschrieben hat: Hat man das Motto seines Lebens entdeckt, ist alle Verwirrung beseitigt. Mir wird klar, warum meine Mutter mich nie lieben konnte, obwohl sie es versucht hat, warum so aussichtslos ist, es ihr recht machen zu wollen. Denn das, was sie an ihm so liebenswürdig fand, hasst sie heute an mir.

«Yael», spricht mich die Ältere an, «wir machen dir einen Vorschlag.» Ich schaue zu ihr hoch, was will sie. «Lass die Tonbänder hier, dann kannst du fliegen.» «Was?» «Diese Tonbänder, du brauchst sie nicht für deine Arbeit, hast du gesagt, du lässt sie hier, und wir bringen dich in deine Maschine.» Ich schaue auf die Uhr, das Flugzeug hätte längst gestartet sein müssen. Sie gibt dem Lockigen ein Zeichen, er wartet mit dem Funkgerät in der Hand. «Wozu denn?», frage ich. «Das ist doch alles ganz harmlos, ein Projekt.» «Dann kannst du sie ja hierlassen. Überleg es dir, du hast nicht viel Zeit. Ansonsten müssen wir die Bänder vorher überprüfen, das kann bis morgen Mittag dauern.» Ich nicke, sie sagt: «Mach schnell, pack deinen Koffer!»

Ich stopfe die Sachen in den Koffer, diesmal hilft man mir tragen, mit einem Elektroauto werde ich durch den Flughafen gefahren, der Lockige begleitet mich bis zur Maschine, am Eingang warten bereits die Stewardessen und nehmen mir den Koffer ab. Dann bringt mich eine von ihnen an meinen Platz. Sämtliche Passagiere starren mich an, ich also bin der Grund für den verspäteten Abflug. Kaum sitze ich, starten wir auch schon, im Halbschlaf höre ich die beiden Männer neben mir reden: «Als wir 1968 hierhergeflogen sind, gab es nur wenige Rollfelder und nur für kleine Maschinen», sagt der eine. «Ja», antwortet der andere. «Die haben das jetzt sehr schön gemacht, nur den Kiosk rechts neben dem Ausgang hätten sie stehenlassen können.»

Am Nachmittag erwache ich auf dem Sofa in Franchescas Wohnzimmer, sie hat mich abgeholt, nachdem ich sie vom Flughafen aus angerufen hatte. Auf dem Tisch liegt ein

Zettel: «Warte auf mich mit dem Essen, ich komme gegen neunzehn Uhr.» Ich ziehe mir ein T-Shirt über und setze mich an ihr kleines Telefontischchen. Ich wähle meine eigene Nummer und höre meine Mailbox per Fernabfrage ab.

Die erste Nachricht ist von meiner Mutter: «Yael, wo bist du? Wir machen uns Sorgen.» Dann eine zweite: «Bitte ruf uns zurück.»

Meine Hausverwaltung hat ebenfalls angerufen: «Frau Fischer, wir haben Ihre Wohnungstür ausgetauscht, die neuen Schlüssel können Sie während der Sprechzeiten bei uns im Büro abholen.»

Dann wieder eine Frauenstimme: «Frau Fischer, hier Silon Company aus München, Sie hatten sich vor drei Wochen bei uns beworben, tut uns leid, dass wir uns so spät melden, wir hatten mehrere Bewerber auf die Stelle: Wir würden Sie gerne kennenlernen, wann können Sie bei uns in München vorbeikommen?» Dann eine männliche Stimme, es ist Holger: «Ich habe mein Adressbuch bei dir vergessen, könntest du es mir nach Hannover schicken?» Am Schluss wieder meine Mutter: «Ich versuche es später nochmal.»

Als Franchesca nach Hause kommt, liege ich in der Badewanne, sie klopft an die Tür: «Beeil dich, ich habe Essen vom Italiener mitgebracht.» In ihrem Bademantel setze ich mich zu ihr an den Wohnzimmertisch, Franchesca gießt mir ungefragt ein Glas Wein ein. «Und du hast nichts von deinem Vater gehört? Ich kann es nicht glauben.» «Nein, nichts», sage ich. «Deine Familie auch nicht?» «Nein.» «Das ist wirklich merkwürdig», wiederholt sie zweimal. «Das ist doch nicht möglich, dass ein erwachsener Mann so spurlos verschwindet.»

Dann sagt sie: «Übrigens, dein Vater, was er getan hat mit

diesem Wohnungsbesitzer in München, du weißt schon, was die beiden Polizisten erzählt haben – ich habe mir vorgestellt, wie toll ich das fände, wenn mein Vater mal so etwas machen würde, dass er aufsteht und mit der Faust auf den Tisch haut, egal, was die Nachbarn sagen. Meiner kann ja nicht einmal einem Vertreter widersprechen, der an seiner Tür klingelt. Neulich musste ich für ihn ein Zeitungsabonnement wieder abbestellen, das er gar nicht haben wollte.» «So etwas könnte meinem Vater auch passieren», sage ich, «nur, dass er kein Geld auf dem Konto hat, von dem man die Gebühren abbuchen könnte.» Franchesca lacht.

Nach dem Essen sitzen wir in ihren teuren Ledersesseln, und sie fragt mich, wie die Reise war. «Du alleine durch ganz Israel, das war bestimmt aufregend.» «Durch ganz Israel zu reisen ist ja auch nicht schwer.» «Und was machst du jetzt, du willst doch nicht etwa in deine Wohnung zurück.» «Wo soll ich sonst hin, immerhin hat man mir eine neue Tür eingesetzt.» «Jetzt mal ehrlich, Yael, es ist furchtbar dort, die Gegend ist nicht schön und die Wohnung zu klein, das ist nichts für dich.»

«Du vergisst, dass sie günstig ist, die Wohnung, und dass ich mir nichts anderes leisten kann, und außerdem, so schlimm ist sie auch nicht.» «Weißt du was», sagt sie, «ich frage meine Kollegin, die für die unterpreisigen Mietwohnungen zuständig ist, ob sie etwas für dich finden kann. Du arbeitest zu Hause, du brauchst mindestens zwei große Zimmer.» Ich widerspreche nicht, habe keine Lust, ihr zu erklären, dass ich schon nicht weiß, wie ich die nächste Miete für meine kleine Wohnung bezahlen soll, geschweige denn eine neue Einrichtung, ein andermal.

«Ich habe gar keine Lust zu arbeiten», sage ich. «Die Vorstellung, wieder den ganzen Tag zu Hause oder in einer

Agentur am Rechner zu sitzen, ist entsetzlich. Du kommst wenigstens in der Stadt herum und kannst mit deinen Kunden Kaffee trinken.»

«Meinst du, mir macht das immer Spaß? Ich kann es mir doch auch nicht aussuchen», sagt Franchesca. «Du klingst wie meine Mutter», sage ich.

«Ach, das Geld», sagt sie nach einer kurzen Pause, «wenn ich das nicht bräuchte, dann würde ich etwas ganz anderes machen. Es war wieder scheußlich heute, ich war mit einem kleinen Fernsehmoderator unterwegs, der sich ein Loft kaufen wollte und sich aufgeführt hat wie ein Filmstar.»

«Weißt du was», sage ich, «ich habe in Israel auf meinem Diktiergerät eine Aufnahme gefunden, die wir vor acht Jahren gemacht haben, du und ich, wir reden darüber, was wir werden wollen.» «Wirklich?», fragt sie. «Wann haben wir darüber geredet?» «Als du im Krankenhaus warst, weißt du noch?» Sie überlegt. «Ich kann mich gar nicht daran erinnern.» «Ich hatte es auch vergessen. Das war seltsam, uns zu hören, wie wir früher geredet haben.» «Was habe ich denn gesagt?» «Dass du dich an den Anfang zurückwünschst, aber nicht weißt, an welchen.» «Hast du die Aufnahme dabei? Das will ich hören.» «Geht leider nicht, ich musste sie in Israel am Flughafen lassen.» «Wie schade», sagt Franchesca.

Ich habe mir den dunkelblauen Armanianzug von Franchesca geliehen, den Hosenknopf muss ich auflassen, zum Glück fällt die Jacke über den Bund. Um sechs geht der Zug nach München, ich packe meine Bewerbungsunterlagen in den Handkoffer und verlasse die Wohnung.

Im Zug denke ich darüber nach, wie es wäre, in einer

anderen Stadt zu arbeiten. Gesucht wird eine Mitarbeiterin mit überdurchschnittlichem Einsatz und organisatorischem Talent, hatte in der Zeitungsanzeige gestanden. Ich trinke zwei Becher Kaffee, um wach zu bleiben, aber es nützt nichts, ich werde einschlafen. Ich binde mir die Umhängetasche mit meinem Rechner ans Bein und lehne meinen Kopf gegen das Fenster.

Kurz vor München gehe ich mit dem gesamten Gepäck auf die Zugtoilette. Ich muss mich neu schminken, in der Enge kleckere ich mit dem Make-up auf den Kragen der teuren Jacke, macht nichts, ich werde sie reinigen lassen.

Am Bahnhof nehme ich mir ein Taxi. Wenn ich den Job bekomme, muss ich mir in München ein Zimmer suchen und meine Berliner Wohnung untervermieten, wenigstens für die Probezeit. Ich gehe aus dem Gedächtnis meine Einrichtung durch, der Schreibtisch, da fehlten schon immer die Schubladen, und der Rollladen klemmt, das antike Bett kann ich auch nicht mehr sehen. Am besten, ich frage Franchesca oder Dorothea, ob sie mir beim Aufräumen der verwüsteten Wohnung helfen. Oder ich gehe gar nicht erst nach Hause zurück, hole den Schlüssel nicht mehr ab, überweise die drei Monatsmieten und bitte meine Hausverwaltung, den Schrott auf den Müll zu werfen oder zu verbrennen.

Ich blicke aus dem Fenster. Wir fahren am Englischen Garten und am Haus der Kunst vorbei, es gibt eine Ausstellung von Katharina Groß, feministische Videokunst, was für ein Schwachsinn, die schaue ich mir bestimmt nicht an. Ich will Geld verdienen, dann kann ich mir neue Sachen kaufen, als Allererstes ein rotes Jackett, und eine neue Wohnung ist dann auch kein Problem.

Übrigens, Ana, so originell warst du gar nicht: Die Idee, einen Film in Marokko zu drehen, hat mein Cousin Alon auch schon mal gehabt. Und der hat nicht so wichtig getan wie du. Nach seinem Abschluss auf der Tel Aviver Filmakademie ist er nach London gegangen, heute arbeitet er bei einer großen Bank, wurde mir berichtet, vielleicht sollte ich ihn einmal besuchen. Wirklich gearbeitet hast du nie, deine Kunst haben dir deine Eltern finanziert. Komisch, ich bin mir immer unterlegen vorgekommen, dabei warst du nicht einmal in der Lage, in einer Bäckerei Brot und Kuchen zu verkaufen. Die meiste Kunst ist vor allen Dingen Wichtigtuerei. Das ist selbstverständlich harte Arbeit, ich habe dich nicht beneidet, wenn du bei Ausstellungseröffnungen für mögliche Käufer und Kunstsammler die faszinierende Künstlerin spieltest. Was für eine Erleichterung, dass ich das nicht machen muss! Ich fühle mich auf einmal befreit, richtig froh. Mein Leben wird ohne Kunst jedenfalls ein viel leichteres und schöneres sein.

Fünf Stunden später stehe ich wieder am Bahnhof, das Vorstellungsgespräch hat fast zwei Stunden gedauert.

Hinterher habe ich in einem Restaurant in der Nähe gegessen und bin ohne Umweg zum Hauptbahnhof zurückgefahren, um den letzten Abendzug zu erreichen. Martha hatte ich nichts von meiner Fahrt nach München gesagt, ich werde sie ein anderes Mal besuchen, heute will ich einfach nur zurück nach Berlin.

Kurz vor neunzehn Uhr fährt der Zug ein, erst nach Mitternacht werde ich am Berliner Hauptbahnhof ankommen. Ich bin erschöpft, hoffentlich kann ich im Zug schlafen. Um einundzwanzig Uhr, wir sind gerade hinter Bamberg, weckt mich das Klingeln meines Mobiltelefons.

Es ist Raoul. «Darling, ich versuche seit zwei Tagen, dich zu erreichen, ich habe mit deinem Vater gesprochen.» «Wirklich!», schreie ich auf, meine Sitznachbarin schreckt hoch und sieht erstaunt zu mir her. «Wo ist er?» «Er ist im Krankenhaus Bogenhausen, es geht ihm gut. Er hatte einen Unfall, aber in ein paar Tagen kann er wieder nach Hause.» «Warum hat er uns denn nichts gesagt, wie hast du ihn gefunden?» «Das musst du ihn schon selbst fragen, er hat mich jedenfalls vorgestern angerufen, weil er Zigaretten brauchte, er hat kein Geld mehr.» Raoul lacht. «Typisch Antoine. Ich dachte mir jedenfalls, dass du ihn gerne sehen möchtest, er hat nach dir gefragt, ich gebe dir die Adresse.»

In Jena Paradies steige ich aus, in zwei Stunden und zehn Minuten geht der nächste Zug zurück nach München, hat der Schaffner gesagt. Es ist zwei Uhr dreißig, ich bin müde und aufgeregt zugleich. Kaum sitze ich wieder im Zug, habe ich eine Idee. Ich schreibe das Märchen über den Lastenträger in meinen Terminkalender, elf Seiten brauche ich dafür. Dazu notiere ich die Gedanken: «Menschen können sich nicht ändern, sosehr sie es auch wollen, viele versuchen es, wenn sie jung sind, aber irgendwann geben alle auf. Die Einsicht des Orientalen, dass der Charakter eines Menschen angeboren ist und man ihn akzeptieren muss, ist uns fremd. Der westliche Mensch ist dem Irrtum verfallen, dass sich alles in kausalen Zusammenhängen abspielt, auch das menschliche Verhalten. Komplexe Charaktereigenschaften eines Individuums, so seine Meinung, lassen sich gestalten, wenn man an den Bedingungen schraubt, unter denen sie sich gebildet haben. Dass dies niemals gelingt, schreibt der Europäer dem Unwillen der zu verändernden Person zu.»

Nachdem ich das geschrieben habe, packe ich den Kalender in meine Tasche zurück, strecke die Beine aus und schlafe ein.

Der Lastenträger versuchte, seinem Schicksal zu entkommen, indem er nicht mehr vor seine Tür ging, aber sein Ruf eilte ihm voraus: Es war bekannt geworden, dass alles, was er in Angriff nahm, sich zum Guten wendete und jeder Rat, der aus seinem Munde kam, dem Ratsuchenden Gutes bescherte. Lange Menschenschlangen bildeten sich vor seinem Haus, er selbst hätte niemandem die Tür geöffnet, aber seine Frau, die sein Leiden gar nicht verstehen wollte, bat die Bittsteller in kleinen Gruppen herein. Emsig lief sie zwischen dem Salon und der großen Küche hin und her und befahl den Dienerinnen, die sie inzwischen eingestellt hatte, den Wartenden Tee und Gebäck zu reichen. Niemand weigerte sich, den stattlichen Obolus zu zahlen, den sie verlangte. Geduldig tranken die Wartenden Tee, und weil der Lastenträger in den ersten Tagen niemanden empfing, kamen sie am nächsten Tag wieder und zahlten erneut.

«Was hast du denn?», fragte seine Frau. «Dich soll ein Mensch verstehen.» Es war jeden Abend dieselbe Diskussion, und stets seufzte sie am Ende: «Warum weigerst du dich, glücklich zu sein!»

Als der Lastenträger eines Abends in die Küche kam, nachdem der letzte Gast die Hoffnung, ihn zu sprechen, aufgegeben hatte, saß seine Frau am Küchentisch und schlang die übrig gebliebenen Honigkuchen in sich hinein. Er setzte sich ihr gegenüber, sah ihr zu und fühlte sich elend. «Es ist unerträglich, wie du dich bedauerst. Warum sprichst du nicht zu den Leuten, was ist daran so schlimm?», schimpfte seine Frau mit vollem Mund. «Du denkst immer nur an dich. Wir könnten genug Silberstücke haben für alle Zeit, könnten als geachtete Menschen leben. Die Leute auf der Straße würden mich grüßen, und im Hamam würde ich als Erste bedient. Und jeder in der Stadt könnte durch deinen Rat glücklicher und reicher sein.»

Er wollte nicht, aber er konnte seiner Frau auch nicht erklären, warum: Er wusste es nicht. Am Morgen des nächsten Tages trat er vor seine Haustür. Bereits zu dieser frühen Stunde stand eine riesige Menschenmenge auf dem Vorplatz, die in dem Moment, als sie seiner ansichtig wurde, in großen Jubel ausbrach.

Es war entsetzlich. Sofort wollte er sich wieder ins Haus zurückziehen, aber seine Frau packte ihn am Arm und hinderte ihn daran. Eine Frau drängte sich nach vorne, mit so viel Hoffnung habe sie auf ihn gewartet, sprach sie, er verstand es nicht, was hatte das mit ihm zu tun, dass sie ein krankes Kind im Arm trug, welches nicht gesund werden wollte. Am liebsten hätte er sie gefragt, wie sie dazu käme, ausgerechnet ihn um Rat zu fragen, ihn, den Lastenträger. Stattdessen stammelte er etwas von nassen Tüchern und Saft aus unreifen Melonen, seine Frau neben ihm lächelte und nickte dazu. Die Mutter des kranken Kindes bedankte sich und küsste ihm sogar die Hände. Dann ein Mann mit seiner Frage, wie er sein Kaffeehaus erweitern könne, und der Lastenträger wurde wütend: Woher sollte er das wissen, hat er doch nie ein Kaffeehaus besessen. Und er beschloss, dem Mann den unsinnigsten Rat zu geben, der ihm einfiel: Jedem Kunden, der sein Café betrat, sollte der Mann getrocknete und gesalzene Erbsen zu essen geben, eine Speise, die der Lastenträger hasste, und anschließend sollte er sie in die Küche bitten, wo sie Süßigkeiten und Tee, den sie bestellt hatten, selber zubereiten mussten. Der Kaffeehausbesitzer bedankte sich und gab der Frau des Lastenträgers ein Silberstück.

Jedem Fragenden riet er nun, was ihm gerade einfiel, ganz gleich, um was für ein Problem es sich handelte. Nach einem Dutzend Besucher erklärte der Lastenträger, dass er müde sei und sich zurückziehen müsse, und seine Frau rief der Menge nach: «Kommt morgen wieder.»

Und nur einen Tag später hatte sich die Kunde verbreitet, dass es dem Kind der Mutter, die bei ihm gewesen war, schon viel besser ginge, und nach zwei Wochen ließ ihm der Kaffeehausbesitzer einen Korb schicken mit Kuchen und Wein, denn die gratis angebotenen gesalzenen Erbsen hatten seine Gäste verleitet, mehr Tee und Melonenwasser zu bestellen, und die Idee, sich von dem Konditormeister in der Küche in die Geheimnisse der Backkunst einweihen zu lassen, wurde insbesondere von den weiblichen Gästen begeistert aufgenommen.

Mittlerweile standen vor dem Haus des Lastenträgers nicht nur die üblichen Ratsuchenden, sondern auch diejenigen, welche er schon beraten hatte und die sich bei ihm bedanken wollten. Da wusste der Lastenträger, dies würde sein Los sein bis ans Ende seiner Tage, und verzweifelt riss er sich die Kleider vom Leib, raufte sich das Haar und lief schreiend aus der Stadt. Und damit auch der Letzte begreifen würde, dass er verrückt geworden ist, und ihn nie mehr jemand um Rat fragen würde, riss er den ersten Reiter, dem er vor dem Stadttor begegnete, von seinem Pferd. Der Reiter, ein Edelmann, fiel zu Boden, seine Diener stürzten sich sogleich auf den Lastenträger und nahmen ihn gefangen. «Ein Anschlag auf den Sohn des Kalifen», murmelten die

Umstehenden, und der Lastenträger, der dies hörte, dachte: Nun komme ich sicher ins Gefängnis, aber das macht mir nichts aus, Stille und Frieden werden von nun an meine einzigen Gäste sein.

Plötzlich ein Aufschrei! Der Diener, der das Pferd seines Herrn beruhigen wollte, hatte die Zügel fallen gelassen und starrte auf den reichverzierten Ledersattel. Auf dem Sattel saß ein riesiges Skorpionweibchen, ihre Brut auf dem Rücken, den Stachel zum Angriff gezückt. «Sie haben mir das Leben gerettet», sagte der Sohn des Kalifen und verbeugte sich vor dem Lastenträger. «Wer sind Sie?» «Es ist der Lastenträger», sagten voll Ehrfurcht die Menschen, die sich inzwischen vor dem Stadttor versammelt hatten. «Er ist Wahrsager und Wunderheiler zugleich. Seine Weisheit ist unendlich, jedes Wort von ihm, so man es nur befolgt, bringt großes Glück.» «Nun, so wickelt ihn in meinen Mantel, ich will ihn zu meinem Vater bringen, er soll am Hofe leben und seine Künste in den Dienst des Kalifen stellen.» Die Diener ließen den Lastenträger los und verbeugten sich ebenfalls vor ihm, ein anderer kam mit dem kostbaren Mantel des Kalifensohns herbeigeeilt, doch gerade als er dem Lastenträger den Mantel umlegen wollte, riss dieser sich los, rannte in die Wüste, und seit jener Stunde hat niemand mehr von ihm gehört.

Am Mittwoch, dem sechzehnten Februar, um elf Uhr vierzig ist mein Vater unter dem Namen Nada Ben Hatife im Städtischen Krankenhaus in München eingeliefert worden.

Eine knappe Stunde zuvor hatte er seine Wohnung in der Türkenstraße verlassen, um seinen Freund Nada Ben

Hatife an einer nahegelegenen Straßenkreuzung zu treffen. Anschließend hat er sich hinter das Steuer von dessen rotem Ford Fiesta Ghia gesetzt, denn Nada hat zwar ein Auto, aber keinen Führerschein mehr gehabt, wegen Teilnahme am Straßenverkehr unter Alkoholeinfluss. Nada Ben Hatife, der Kleinkriminelle und Trickbetrüger, ungefähr im selben Alter wie mein Vater, kann sich nicht vorstellen, einen Bus oder eine U-Bahn zu benutzen, geschweige denn zu Fuß zu gehen, deswegen bat er, wenn er etwas zu erledigen hatte, Freunde, ihn zu fahren. Meistens meinen Vater, denn der hatte immer Zeit.

Selbstverständlich kam es für meinen Vater nicht in Frage, noch einmal umzukehren, als er bemerkte, dass er seinen Führerschein nicht bei sich trug, der lag im Handschuhfach seines eigenen Wagens. Weit hatte Nada nicht gefahren werden wollen, nur zu einem Freund und anschließend nach Hause in seine Wohnung. Schneller wäre man zu Fuß gewesen, wie sich bald herausstellte, denn es hatte geschneit, und die Straßen waren vereist. Im Schritttempo bewegten sich die Autos an diesem Vormittag durch die Innenstadt, und beim Linksabbiegen passierte es dann: Mein Vater bremste für die Witterungsverhältnisse zu heftig, rutschte mit dem Wagen auf die gegenüberliegende Fahrbahn, und ein Lkw fuhr von schräg vorne in den uralten Ford hinein. Man hat meinen Vater über dem Steuer liegend gefunden, allein und mit Nadas Papieren im Handschuhfach. Sein linkes Jochbein und der Kiefer waren gebrochen, im Schädel ein Riss. Hätte das Auto einen Airbag gehabt, wäre höchstwahrscheinlich alles glimpflich ausgegangen. Warum Nada ausgestiegen und verschwunden ist, weiß kein Mensch, an dem Unfall ist er jedenfalls nicht schuld gewesen, und für das Krankenhauspersonal gab es bei der Einlieferung meines Vaters keine Zweifel an seiner Identität, warum auch: Nadas Krankenkarte war gültig, die Beiträge bezahlt.

Eine abgenutzte Krankenhaustür, an den Ecken und um die Klinke herum ist der weiße Lack abgeplatzt. Immer noch habe ich mich nicht entschieden, wie ich reagieren soll, wütend oder erleichtert. Die Krankenschwester hat mir versichert, meinem Vater gehe es den Umständen entsprechend gut, er könne schon wieder selbst essen, und auch das Auge sei unverletzt, er spräche zusammenhängende und sinnvolle Sätze und habe sogar nach französischen Büchern verlangt, die sie mit ihrer privaten Leihkarte für ihn aus der Stadtbücherei besorgt habe. Sie nennt meinen Vater Herrn Hatife. Er lache und flirte wie ein Zwanzigjähriger, hat sie mir vor ein paar Minuten im Schwesternzimmer berichtet und dass sie glaubt, dass nach den Komplikationen mit der Wundheilung im Gesicht und der überstandenen Lungenentzündung einer baldigen Entlassung nun aber nichts mehr im Wege stehe. Es läge auch an den vielen Zigaretten, hat sie noch hinzugefügt und mich ermahnt: «Sie müssen sich um Ihren Vater kümmern, er soll aufhören mit dem Rauchen.»

Ich klopfe, und obwohl ich erwartet habe, dass es seine Stimme sein wird, die Herein ruft, erschrecke ich. Als ich die Tür zu dem Dreibettzimmer öffne, treffen sich sofort unsere Blicke. Mein Vater sitzt aufrecht in seinem Bett neben dem Fenster, die Le Monde vor sich auf dem Schoß. «Yael, meine Süße, wo warst du denn?», ruft er fröhlich bei meinem Anblick aus.

Von einem Moment auf den anderen ist die Vertrautheit zwischen uns da, ich bin empört. Ich hätte es wissen müssen, von Anfang an. Ich schließe die Tür hinter mir, mache aber keinen weiteren Schritt ins Zimmer. «Wie geht es dir?», frage ich gereizt. Mein Vater sieht mitgenommen aus, unter seinen Augen dunkle Ringe, seine Gesichtshaut ist fleckig und eingefallen und das verbliebene Haar nur wenige Millimeter lang. «Mir geht es den Umständen entsprechend, sagen wir mal so», scherzt er. Ich gehe zu dem leeren Bett gegenüber und setze mich. «Wirklich», beteuert er, «mir geht es wieder gut. Ich kann sofort entlassen werden, wenn ich möchte. Aber sag, wie geht es *dir*?» Mein sensibler Vater hat gleich gemerkt, dass die Stimmung nicht günstig für ihn steht, und er legt die Le Monde beiseite und bereitet sich auf die Anstrengung vor, die es ihn kosten wird, mich wieder für sich zu gewinnen. Er hustet leicht und zieht die Decke bis unters Kinn.

«Wie bist du auf die Idee gekommen, dich als Nada auszugeben?», frage ich. «Nein, nein, so war das nicht», protestiert er. «Nach dem Unfall hatte ich das große Bedürfnis, allein zu sein, und als mich auf einmal alle mit Herr Hatife angeredet haben, habe ich nicht widersprochen. Und weißt du», er senkt seine Stimme und flüstert, wie immer, wenn er die Bedeutung des Gesagten unterstreichen will, «es hat mir unheimlich gutgetan, meine liebe Yael. Kannst du dir das vorstellen?» «Dass man dich vermisst, daran hast du nicht gedacht?» «Hat man mich vermisst?», mein Vater lächelt geschmeichelt. «Wer denn?» Ich könnte jetzt sagen, ich zum Beispiel, aber das bringe ich nicht über die Lippen. Ich starre stattdessen an ihm vorbei auf das Bild an der Wand gegenüber, Chagall.

«Ich möchte, dass du mich verstehst, ich werde es dir

erklären: Es war eine gute Erfahrung, als jemand anderer unter den Menschen zu sein. Niemand weiß, wer du bist, niemand kennt deine Geschichte, ich habe hier viele gute Gespräche gehabt. Mit meinem Zimmernachbarn zum Beispiel. Ein interessanter Mann, sie haben ihn, glaube ich, gestern entlassen, er ist Kunstkritiker.» «Du hast dich als Nada ausgegeben, damit du dich mit einem Kunstkritiker besser unterhalten kannst?» «Er hat sogar ein Buch geschrieben, das möchte ich dir besorgen, wir könnten es gemeinsam lesen.» Mein Vater weiß, wie gerne ich mich über Kunst und Bücher unterhalte. Nun ist es so gut wie geschafft, denkt er. Noch ein paar Worte, und alles kommt wieder in Ordnung. «Weißt du, in welche Schwierigkeiten du uns gebracht hast mit diesem Unsinn?»

«Es war ja nicht *ich*, der behauptet hat, Nada Ben Hatife zu sein», sagt mein Vater ungeduldig, als könnte er es nicht fassen, dass ich diesen Unterschied nicht begreife. «Einen Vorteil habe ich mir damit auch nicht verschafft, ich bin ja selbst krankenversichert. Martha wird ihnen alles erklären. Und vorhin habe ich der Schwester gesagt, wer ich wirklich bin, Raoul hat gedrängt, dass ich das tun soll, also mach dir keine Sorgen.»

«Die Krankenkasse! Du hast ja keine Ahnung!» Ich habe wirklich genug von diesem Gespräch und ärgere mich, dass ich wieder zurück nach München gefahren bin.

Nun ist mein Vater doch besorgt: «Falls ich etwas bezahlen muss, dann reg dich nicht auf, Yael, ich habe da was in Aussicht. Übrigens, hat sich jemand bei Martha gemeldet? Es gibt nämlich eine Sache bei Joseph im Keller, um die ich mich kümmern muss.» «Ich weiß von nichts.» «Hat sie nichts in dieser Richtung erwähnt, umso besser.»

Wir schweigen eine Weile. Dann startet er einen zweiten Versuch: «Aber sag doch, wie geht es dir, was hast du gemacht? Du siehst gut aus, der Anzug steht dir phantastisch, und du hast so viele Sommersprossen.» «Danke, ich war verreist.» «Ach, das musst du mir erzählen. Weißt du, ich habe diese Zeit gebraucht, ich habe nachgedacht, viel nachgedacht, gelesen – wir haben eine Menge zu besprechen! Und ich freue mich wieder auf zu Hause. Renate und Gizella muss ich anrufen, und hast du was von Heidrun gehört?»

«Entschuldige», sage ich, «ich muss jetzt gehen, ich habe in Berlin einen Termin.» Mein Vater sieht mir erstaunt zu, als ich aufstehe und das Jackett zuknöpfe. «Geh noch nicht!», ruft er aus. «Bleib noch einen Moment! Trink ein Glas Orangensaft mit mir, es gibt ein Café im Krankenhaus.» Ich stehe in der Tür. «Warte, ich ziehe mich schnell an, und dann gehen wir, was meinst du? Allerdings müsstest du mich einladen», er kramt in den Taschen seines Bademantels, «ich habe kein Geld mehr.» Er schlägt die Decke zurück und setzt sich auf die Bettkante, sucht mit den Füßen nach seinen Hausschuhen. Ich schaue ihm zu und bemerke seine Krampfadern, die waren mir früher gar nicht aufgefallen. «Wie schaust du mich an?», sagt mein Vater traurig. «Lächle doch, Yael.»

Er steht unglücklich neben dem Bett, und dann muss ich plötzlich grinsen. Ich will mein Gesicht wegdrehen, bevor mein Vater es sehen kann, aber er hat es natürlich schon gesehen und grinst ebenfalls. «Okay», bestimmt er, «ich mache mich ein wenig frisch, du wartest so lange draußen, und dann gehen wir ins Café und sprechen über alles.» Er setzt sich wieder auf sein Bett.

Ich gehe ins Schwesternzimmer, wo ich meinen Handkoffer und die schwere Umhängetasche abgestellt habe. Ich bin die ganze Nacht so aufgeregt gewesen und gespannt darauf, ihn zu sehen, und nun ist er mir gleichgültig geworden. Ich muss unbedingt Franchesca davon erzählen. Vor acht Jahren hat sie mir auf Kassette gestanden, dass ihre Mutter für sie nur irgendein Mensch gewesen ist und wie sehr sie sich für dieses Gefühl geschämt hat, vielleicht lade ich sie heute Abend zum Essen ein.

Als ich mit meinem Gepäck das Schwesternzimmer verlassen will, sehe ich im Gang zwei Polizisten. Ich bleibe an der Tür stehen und höre, wie sich der eine von ihnen bei der Schwester nach meinem Vater erkundigt. Die Schwester sagt: «Er liegt in Zimmer Nummer zweiunddreißig.» Ich stelle den Handkoffer wieder ab, ich muss zu ihm zurück und ihn bei dem Gespräch, das ihn nun erwartet, unterstützen. Nur ich kann ihm jetzt helfen! Die Beamten gehen den Gang entlang in die Richtung, die ihnen die Schwester gewiesen hat, ich laufe hinter ihnen her. Der eine Polizist klopft an die Tür. Als er mich auf sich zukommen sieht, wirft er mir einen fragenden Blick zu, ich drehe mich um und gehe zum Schwesternzimmer zurück. Im Weggehen höre ich noch, wie die Tür geöffnet wird und die Beamten fragen: «Herr Hasidim? Antoine Hasidim?» Was mein Vater darauf antwortet, höre ich schon nicht mehr.